renascer

Obras da autora publicadas pela Galera Record:

Série Eva

Eva
Uma vez
Renascer

ANNA CAREY

Tradução de
Fabiana Colasanti

1ª edição

Galera

RIO DE JANEIRO
2018

CIP-BRASIL. CATALOGAÇÃO NA PUBLICAÇÃO
SINDICATO NACIONAL DOS EDITORES DE LIVROS, RJ

C273r Carey, Anna
       Renascer / Anna Carey; tradução de Fabiana Colasanti. –
       1. ed. – Rio de Janeiro: Galera Record, 2018.
       (Eva; 3)

       Tradução de: Rise
       ISBN: 978-85-01-09277-9

       1. Ficção juvenil americana. I. Colasanti, Fabiana.
       II. Título III. Série.

16-38763   CDD: 028.5
                                                  CDU: 087.5

Título original:
Rise

Copyright © 2012 by Alloy Entertainment and Anna Carey

Publicado mediante acordo com Rights People, London.

Todos os direitos reservados.
Proibida a reprodução, no todo ou em parte, através de quaisquer meios.
Os direitos morais do autor foram assegurados.

Texto revisado segundo o novo Acordo Ortográfico da Língua Portuguesa.

Composição de miolo: Abreu's System

Direitos exclusivos de publicação em língua portuguesa somente
para o Brasil adquiridos pela
EDITORA RECORD LTDA.
Rua Argentina, 171 – Rio de Janeiro, RJ – 20921-380 – Tel.: 2585-2000,
que se reserva a propriedade literária desta tradução.

Impresso no Brasil

ISBN 978-85-01-09277-9

Seja um leitor preferencial Record.
Cadastre-se e receba informações sobre nossos
lançamentos e nossas promoções.

Atendimento e venda direta ao leitor:
mdireto@record.com.br ou (21) 2585-2002.

*Para você, leitor —
por me seguir até aqui*

UM

CHARLES APOIOU A MÃO FIRMEMENTE NAS MINHAS COSTAS ENquanto girávamos uma vez e outra pelo conservatório, os convidados observando. Eu mantinha os olhos por cima do ombro dele, de encontro à respiração ofegante. O coro estava nos fundos do salão abobadado, cantando as primeiras canções de Natal do ano. "Feliz feliz feliz feliz Natal", cantavam, as bocas se mexendo em uníssono, "feliz feliz feliz feliz..."

— Pelo menos sorria — sussurrou Charles ao meu pescoço enquanto dávamos mais uma pirueta pela pista de dança. — Por favor?

— Desculpe, não percebi que minha tristeza o estava incomodando. Assim está melhor? — Empinei o queixo, arregalando os olhos enquanto sorria diretamente para ele. Amelda Wentworth, uma mulher mais velha com um rosto redondo e pálido ficou olhando zombeteiramente quando passamos pela mesa dela.

— Você sabe que não foi isso que eu quis dizer — falou Charles. Nós giramos rapidamente, para que Amelda não visse. — É só que... as pessoas percebem. Elas comentam.

— Então deixe que percebam — falei, apesar de na verdade estar exausta demais para discutir. Na maioria das noites eu acordava antes do nascer do sol. Sombras estranhas se aproximavam, me cercando, e eu chamava Caleb, esquecendo-me de que ele se fora.

A canção continuava zumbindo. Charles me girou de novo pela pista.

— Você sabe o que quero dizer — falou. — Você podia ao menos tentar.

Tentar. Era isso o que ele sempre pedia: que eu tentasse criar uma vida para mim dentro da Cidade, que tentasse superar a morte de Caleb. Será que eu não podia tentar sair da torre todos os dias, caminhar ao sol por algumas horas? Será que não podia tentar botar tudo o que havia acontecido no meu passado, em *nosso* passado?

— Se você quiser que eu sorria — falei —, então provavelmente não devemos ter essa conversa... não aqui.

Fomos para as mesas mais distantes, cobertas por toalhas vermelho-sangue, guirlandas arrumadas como enfeites de centro. A Cidade havia se transformado nos últimos dias. Luzes foram instaladas na rua principal, espiralando em volta dos postes e árvores. Pinheiros falsos de plástico haviam sido enfileirados em frente ao Palácio, seus galhos finos carecas em alguns pontos. Para todos os lugares que eu me virava, havia um homem de neve sorridente e idiota, ou um laço cafona com viés dourado. Minha nova empregada havia me vestido com um longo de veludo vermelho, como se eu fizesse parte da decoração.

O Dia de Ação de Graças tinha sido há dois dias, um feriado do qual eu já tinha ouvido falar, mas nunca vivenciara. O Rei sentara-se à mesa comprida, falando sem parar sobre o quanto estava grato por seu novo genro, Charles Harris, Diretor de Desenvolvimento da Cidade de Areia. Estava grato pelo apoio contínuo dos cidadãos da Nova América. Ele ergueu seu copo, os olhos nublados fixos nos meus, insistindo que estava muito grato por nossa reunião. Eu não conseguia acreditar nele, não depois de tudo que havia acontecido. Ele estava sempre observando, esperando que eu desse sinais de minha traição.

— Não entendo por que você foi em frente com aquilo — sussurrou Charles. — Qual é o objetivo disso tudo?

— Que opção eu tenho? — falei, desviando o olhar, esperando encerrar a conversa. Às vezes eu ficava imaginando se ele ia juntar os pontos, as entrevistas regulares que eu concedia a Reginald, que se sentava à mesa de meu pai, trabalhando como seu Diretor de Imprensa, mas que secretamente era Moss, líder do movimento rebelde. Eu me recusava a dormir na mesma cama que Charles, esperando até ele sair para a área de estar da suíte todas as noites. Só segurava a mão dele em público, mas assim que ficávamos a sós, colocava o máximo de distância possível entre nós. Será que ele não percebia que esses últimos meses, e o próprio casamento, eram para algum outro propósito?

A canção acabou, a música dando lugar a aplausos dispersos. Os empregados do Palácio circulavam pelas mesas com pratos de bolo vermelho confeitado e café fumegante. Charles mantinha minha mão na sua enquanto me guiava de volta à longa mesa de banquete onde o Rei estava sentado. Meu pai estava vestido de acordo, o casaco do smoking aberto, revelando uma faixa carmim. Havia uma rosa presa em sua lapela, as pétalas murchas nas beiradas. Moss estava sentado a duas cadeiras de distância, um olhar estranho. Ele se levantou, me cumprimentando.

9

— Princesa Genevieve — falou, oferecendo a mão. — Concede-me esta dança?

— Suponho que queira obter mais uma citação minha — respondi, dando-lhe um sorriso tenso. — Venha então; só não pise no meu pé dessa vez. — Apoiei minha mão na de Moss, voltando para a pista.

Moss aguardou até estarmos no centro do aposento, o casal mais próximo a dois metros de distância. Finalmente, ele falou.

— Você está ficando melhor nisso — disse, com uma risada.

— Mas, também, acho que aprendeu com o mestre. — Ele parecia diferente hoje, quase irreconhecível. Levei um momento para perceber o que era... ele estava sorrindo.

— É verdade — sussurrei, olhando para a parte interna de sua manga, onde as abotoaduras estavam costuradas à sua camisa. Eu meio que esperava ver o pacotinho de veneno aninhado no pulso. Ricina, ele o chamava. Há meses Moss estava esperando pela substância, que deveria ser fornecida por um rebelde na Periferia.

— Seu contato fez a entrega?

Moss olhou para a mesa do Rei. Minha tia Rose estava conversando animadamente com o Diretor de Finanças, gesticulando, enquanto meu pai contemplava ao redor.

— Melhor — disse ele. — O primeiro dos campos foi libertado. A revolta começou. Recebi um recado da Trilha esta tarde.

Era a notícia que estávamos esperando há meses. Agora que os meninos nos campos de trabalhos forçados estavam livres, os rebeldes na Trilha os trariam para a luta. Havia especulações sobre um exército estar sendo formado no leste, composto por simpatizantes das colônias. Um cerco à Cidade não levaria mais do que algumas semanas para acontecer.

— Boas notícias então. Entretanto, você não soube do seu contato — falei.

— Eles prometeram para amanhã — disse ele. — Vou ter que dar um jeito de entregá-lo para você.

— Então está acontecendo.

Apesar de ter concordado em envenenar meu pai — era a única com acesso não vigiado a ele —, eu não conseguia compreender inteiramente o que significava levar isso a cabo. Ele era responsável por tantas mortes, inclusive a de Caleb. Devia ser uma escolha fácil, eu devia desejar mais aquilo. Mas agora que estava perto, um sentimento de vazio se espalhava em meu estômago. Ele era meu pai, meu sangue, a única outra pessoa que amara minha mãe. Haveria alguma verdade no que ele dissera, mesmo agora, mesmo depois da morte de Caleb? Seria possível que ele me amasse?

Demos uma volta lenta pela borda da pista do salão de baile, tentando manter nossos passos leves. Meus olhos se demoraram por um momento no Rei enquanto ele ria de algo que Charles dissera.

— Isso vai acabar em alguns dias — sussurrou Moss, a voz quase inaudível acima da música. Eu sabia o que *aquilo* significava. Guerra ao longo das muralhas da Cidade. Revoltas na Periferia. Mais mortes. Eu ainda conseguia enxergar a nuvem tênue de fumaça que surgira quando Caleb levara o tiro, ainda conseguia sentir o fedor do sangue no chão de cimento do hangar. Tínhamos sido pegos enquanto fugíamos da Cidade, minutos antes de descermos para os túneis que os rebeldes haviam cavado.

Moss contou que Caleb fora levado para a carceragem depois de baleado. O médico da prisão registrou a morte às 11h33 daquela manhã. Eu me flagrava olhando para o relógio naquela hora, esperando-o parar por um minuto naqueles números, o segundo ponteiro girando silenciosamente. Ele deixara tanto espaço na minha vida. A sensação extensa e oca parecia impossível de ser preenchida com qualquer outra coisa. Nas últimas semanas eu a sentia em tudo que fazia. Estava no fluxo inconstante dos meus pensamentos, as noites agora passadas sozinha, os lençóis frios ao meu lado. *Era aqui que ele costumava ficar*, eu pensava. *Como posso conviver com todo esse espaço vazio?*

— Os soldados não vão deixar a Cidade ser tomada — falei, piscando para afastar uma súbita ameaça de lágrimas. Meu olhar pousou em meu pai, que havia empurrado sua cadeira para longe da mesa e se levantado, atravessando o salão de baile. — Não importa se ele morreu ou não.

Moss balançou a cabeça ligeiramente, sinalizando que era possível que houvesse alguém nos ouvindo. Olhei por cima do ombro. Clara estava dançando com o Diretor de Finanças a apenas alguns metros de distância.

— Tem razão, o Palácio realmente ganha vida nesta época do ano — disse Moss em voz alta. — Bem observado, Princesa.

Ele se afastou de mim enquanto a música acabava, soltando minha mão e fazendo uma reverência breve.

Ao sairmos da pista de dança, algumas pessoas na multidão aplaudiram. Levei um instante para localizar meu pai. Ele estava de pé perto da saída dos fundos, a cabeça inclinada falando com um soldado.

Moss veio atrás de mim e, após alguns passos, o rosto do soldado entrou no campo de visão. Eu não o via há mais de um mês, mas suas bochechas ainda estavam magras, o cabelo ainda cortado bem rente. A pele tinha um tom marrom avermelhado escuro por causa do sol. O Tenente olhou para mim enquanto eu tomava meu lugar à mesa. Baixou a voz, mas antes que a música seguinte começasse, consegui ouvi-lo dizer algo sobre os campos de trabalhos forçados. Ele estava ali para trazer notícias da revolta.

A cabeça do Rei estava inclinada para que seu ouvido ficasse bem próximo da boca do Tenente. Não ousei olhar para Moss. Em vez disso, mantive os olhos na parede espelhada diante de mim. De onde estava sentada, dava para ver o reflexo de meu pai no vidro. Havia um nervosismo na expressão dele que eu nunca tinha visto. Ele segurou o queixo com a mão, a cor sumindo das bochechas.

Outra canção começou, o conservatório se enchendo com o som do coro.

— À Princesa — disse Charles, erguendo uma taça fina com cidra. Brindei de volta, pensando apenas nas palavras de Moss. Em uma semana, meu pai estaria morto.

DOIS

NO COMEÇO EU NÃO TINHA CERTEZA DO QUE ESTAVA OUVINDO; O som existia no espaço turvo dos sonhos. Puxei as cobertas para mais perto, mesmo assim o barulho persistia. O quarto foi entrando em foco lentamente, o armário e as cadeiras iluminados pelo brilho suave vindo do lado de fora. Charles, como sempre, estava dormindo na espreguiçadeira do canto, seus pés alguns centímetros para fora da almofada curta. Toda vez que eu o via daquele jeito, encolhido, a expressão suavizada pelo sono, a culpa me dilacerava. Eu precisava me lembrar de quem ele era, por que nós dois estávamos ali, e que ele não significava nada para mim.

Sentei-me e agucei a audição. Do alto, os guinchos agudos e esporádicos de freios eram mais baixos, porém inconfundíveis. Eu tinha ouvido os mesmos sons enquanto íamos para oeste, em direção à Califia, e no longo caminho para a Cidade de Areia.

Fui para a janela e olhei para a rua principal, onde uma fila de jipes do governo serpenteava pela Cidade, seus faróis iluminando a escuridão.

— O que foi? — perguntou Charles.

Estando vinte andares acima do chão, eu mal conseguia distinguir as figuras escuras amontoadas nas caçambas.

— Acho que estão tirando pessoas da Cidade — falei, observando enquanto os jipes se moviam para o sul. A fila se estendia interminavelmente em ambas as direções da rua, um atrás do outro.

Charles esfregou os olhos para espantar o sono.

— Não achei que fossem fazer isso — murmurou.

— Como assim? — Eu me virei para ele, mas ele se recusou a olhar para mim. — Para onde eles os estão levando?

Ele se juntou a mim na janela, nossos reflexos quase invisíveis no vidro.

— Estão chegando, não partindo — disse Charles finalmente. Apontou para o hospital abandonado na Periferia. — As meninas.

— Que meninas? — Eu observava os jipes descendo a rua principal, parando e recomeçando novamente. Um punhado de soldados estava no meio do asfalto, guiando-os. Havia pelo menos algumas dúzias de caminhões. Era a maior quantidade de carros que eu já vira circulando em um só lugar.

— As meninas das Escolas — falou. Ele apoiou a mão em minhas costas, como se o gesto por si só pudesse me acalmar.

— Ouvi seu pai falando sobre isso hoje. Disseram que era uma medida preventiva, depois do que aconteceu nos campos.

Depois do jantar, o Rei ficara trancado no escritório com seus conselheiros. Eu sabia que estavam desenvolvendo uma estratégia de defesa, isso estava claro, mas não tinha imaginado que chegariam a ponto de evacuar as Escolas. Antes que eu pudesse entender, lágrimas encheram em meus olhos, e ficou difícil enxergar. Elas estavam ali, finalmente — Ruby, Arden e Pip.

— Todas as garotas estão aí? Quantas no total? — Caminhei pelo quarto rapidamente, puxando um suéter do armário e um par de calças justas do closet. Vesti por baixo da camisola, sem me dar ao trabalho de entrar no banheiro como de costume. Virei as costas nuas para Charles enquanto trocava a camisola por um suéter bege claro.

Quando girei de volta, ele estava me olhando fixamente, as bochechas coradas.

— Acho que todas. Parece que vão concluir a transferência ao nascer do sol. Não querem que seja um ato público.

— Isso vai ser impossível. — Olhei para trás dele, na direção do prédio no outro lado da rua. Algumas outras luzes haviam sido acesas nos apartamentos. Silhuetas passavam por trás das cortinas, observando a cena abaixo.

Ele não respondeu. Em vez disso, me analisou enquanto eu puxava as sapatilhas pretas reluzentes do fundo do closet. Alina, minha nova empregada, raramente permitia que eu as usasse em público, insistindo nos sapatos formais de salto que beliscavam meus dedos e me faziam sentir como se estivesse caindo para a frente.

— Você não pode ir, já passou do toque de recolher — disse Charles, percebendo o que eu estava fazendo. — Os soldados não vão deixá-la sair.

Peguei um paletó de um cabide e a calça que estava dobrada debaixo dele.

— Vão, sim — falei, jogando o terno para ele, uma peça de cada vez —, se você estiver comigo.

Ele olhou para mim, e então para as roupas que estavam emboladas contra o próprio peito. Lentamente, sem uma palavra, Charles entrou no banheiro para se trocar.

LEVAMOS QUASE UMA HORA PARA CHEGAR AO HOSPITAL NA PERIFEria. Os veículos ainda estavam aglomerados na rua principal, então um soldado nos acompanhou a pé. Enquanto caminhávamos, eu mantinha a cabeça baixa, os olhos no chão arenoso. A última vez em que havia estado naquela região, eu estava indo encontrar Caleb. A noite silenciosa havia me envolvido, estimulada pela possibilidade de uma vida juntos além dos muros, a possibilidade do *nós*. Agora a silhueta indistinta do aeroporto se erguia ao longe. Meus olhos encontraram o hangar onde havíamos passado a noite. Os cobertores finos de avião eram uma proteção tênue contra o frio. Caleb levara minha mão aos lábios, beijando cada dedo antes de adormecermos...

Uma sensação de enjoo e inquietude me consumiu. Prendi o ar frio nos pulmões, esperando que passasse. À medida que entrávamos mais na Periferia, meus pensamentos mudavam de Caleb para Pip. Eu tinha falado com minhas amigas pela última vez meses antes, em uma visita "oficial" negociada com meu pai. Eu voltara à nossa Escola para vê-las, concordando em me pronunciar para as alunas mais jovens de lá. Pip e eu ficamos sentadas perto do prédio de tijolos sem janelas, ela batendo os nós dos dedos na mesa de pedra até ficarem cor-de-rosa. Pip estava tão zangada comigo. Fazia mais de dois meses desde que eu dera à Arden a chave para a saída lateral da Escola, a mesma chave que a Professora Florence havia me dado. Mas eu não tivera notícia alguma sobre uma tentativa de fuga. Fiquei imaginando se Arden ainda tinha a tal chave, escondida em algum lugar no meio de seus pertences, ou se havia sido descoberta.

Conforme nos aproximávamos do hospital, o ar se enchia com o barulho baixo de motores. Uma fileira de jipes cercava a lateral do prédio de pedra, seus faróis um alívio bem-vindo na escuridão. Mais adiante, havia três soldadas na frente delas portas de vidro, algumas delas tapadas com folhas de compensado. O hospital não era usado desde antes da praga. Mesmo agora, os arbustos ao redor estavam murchos e nus, a areia empilhada no espaço onde a parede encontrava a terra. Duas das soldadas estavam discutindo com uma mulher mais velha que vestia blusa branca engomada e calça preta — o uniforme usado pelos funcionários no centro da Cidade.

— Não podemos ajudá-la — disse para a mulher uma soldada com marca de nascença vermelha e oval na bochecha. Uma das outras soldadas, uma mulher nos seus trinta e poucos anos com sobrancelhas finas e um nariz pequeno, feito um bico, ordenou à pessoa do outro lado da conexão de rádio para aguardar.

A funcionária estava de costas para nós, mas reconheci o anel fino de ouro com uma pedra verde simples no centro que ela usava. Eram as mesmas mãos que haviam segurado as minhas quando cheguei ao Palácio, as mãos que haviam limpado minha pele coberta de terra com uma toalha e que desembaraçaram cuidadosamente os nós dos meus cabelos molhados.

— Beatrice — chamei. — Como você chegou aqui?

Ela se virou para ficar de frente para mim. Apenas dois meses haviam se passado, no entanto ela parecia mais velha, as rugas profundas emoldurando seu rosto como parênteses. A pele abaixo de seus olhos estava fina e acinzentada.

— É tão bom vê-la, Eva — falou ela, dando um passo à frente.

— Princesa Genevieve — corrigiu Charles, erguendo uma das mãos para detê-la.

Eu passei por ele, ignorando-o. Depois que descobriram que eu havia sumido na manhã do casamento, Beatrice confessara ter me ajudado a sair do Palácio. O Rei fizera uma ameaça a ela e à filha, aluna de uma das Escolas desde que era bebê. Temendo pela vida da filha, Beatrice contara a ele onde eu iria encontrar Caleb, revelando a localização do primeiro de três túneis que os rebeldes haviam construído por baixo da muralha. Ela era o motivo pelo qual haviam nos encontrado naquela manhã, o motivo pelo qual fomos capturados e Caleb, morto. Eu não a vira desde então.

— Houve um boato no centro — continuou Beatrice, a voz quase um sussurro. — Eu vi um dos caminhões passando e os segui. São as meninas das Escolas? — Ela apontou de volta para o prédio, para as janelas cobertas por compensado, a mão trêmula.

— Estou certa, não estou?

A soldada com a marca de nascença se aproximou.

— Vocês precisam ir embora ou vou ter que prendê-los por desobedecerem ao toque de recolher.

— Você está certa — interrompi. No final, eles haviam liberado Beatrice de qualquer envolvimento com os dissidentes, depois de eu ter argumentado seu caso com meu pai, insistindo que ela sabia pouco sobre Caleb, que só estávamos planejando deixar a Cidade juntos. Então eles a transferiram para o centro de adoção, onde ela trabalhava agora, tomando conta de algumas das crianças mais novas da iniciativa de reprodução. — É por isso que estamos aqui também. — Eu me virei para a soldada. — Eu queria ver minhas amigas da Escola.

A mulher balançou a cabeça.

— Não podemos permitir isso.

As palavras dela saíram cortadas, os olhos nunca se desviando dos meus. Apesar dos esforços para manter a história entre poucos, parecia que todos os soldados sabiam o que tinha acontecido: eu havia tentado fugir com um dos dissidentes. Eu sabia de um túnel sendo construído por debaixo da muralha e havia escondido essa informação de meu pai, apesar do risco que isso representava para a segurança. Ninguém ali confiava em mim.

Ela apontou para trás de mim, para Charles e o soldado que havia nos escoltado até o hospital.

— Principalmente não com eles aqui. Vocês têm que ir.

— Eles não vão vir conosco — insisti.

Uma soldada mais baixa com um dente da frente lascado não parava de pressionar o polegar em seu rádio, enchendo o ar de estática. Do outro lado da conexão estavam os murmúrios baixos de uma voz feminina, perguntando se estavam prontas para encostar e descarregar mais um jipe.

— Nós já sabemos sobre as Formandas — falei alto, acenando com a cabeça para Beatrice. — Nós duas. Já visitei as meninas nas Escolas antes, com a permissão de meu pai. Não há risco de segurança aqui.

A mulher com a marca de nascença esfregou a nuca, como se pensando no assunto. Virei-me para Charles para ver se ele poderia convencê-la. A palavra dele ainda significava alguma coisa dentro dos muros da Cidade, mesmo que minha lealdade estivesse em xeque.

— Podemos esperar por elas aqui — disse ele baixinho, afastando-se do prédio.

— Temos que terminar de trazer o restante delas para dentro — falou ela finalmente, saiu da frente das portas de vidro, permitindo nossa entrada. — Dez minutos, não mais.

SÓ HAVIA ALGUMAS LUZES ACESAS NO SAGUÃO DA FRENTE; A MAIOria das lâmpadas estava quebrada, mas algumas piscavam incessantemente, ferindo meus olhos. Beatrice vinha logo atrás de mim. Algumas das cadeiras na sala de espera estavam viradas de cabeça para baixo e o carpete fino e esfarrapado tinha cheiro de poeira.

— De volta aos seus quartos, mocinhas — ecoou a voz de uma mulher pelo corredor. Uma sombra passou pela parede, aí sumiu.

Alguém havia feito tentativas apressadas de limpar o chão, o que só serviu para deslocar a sujeira, cobrindo o azulejo do corredor com rabiscos pretos. As paredes do corredor estavam repletas de estantes de metal com rodinhas, cheias de equipamentos, além de máquinas velhas cobertas por folhas de papel. Virei em um corredor lateral, onde havia uma mulher mais velha usando blusa vermelha e calça azul, rabiscando algo em uma prancheta. Fiquei olhando para o uniforme de Professora que eu tinha visto milhares de vezes na Escola, e então para o rosto fino da mulher. Levei um momento para perceber que eu não a conhecia — ela devia ser de outra instalação.

— Estou procurando as meninas da Escola 11 — falei.

Durante anos eu só conhecera minha Escola por suas coordenadas geográficas, antes de descobrir que a Cidade tinha números para todas.

Beatrice disparou pelo outro lado do corredor, parando no vão de uma porta, e então no próximo, procurando por sua filha, Sarah. Fiquei olhando para além da mulher, para o quarto mal-iluminado de hospital atrás dela. Camas baixas cobriam o chão, as cortinas finas fechadas. Todas as garotas tinham menos de 15 anos. A maioria estava encolhida nos vestidos do uniforme, cobertores de algodão empilhados sobre as pernas nuas. Nem mesmo tiraram os sapatos.

— Não tenho certeza — falou a Professora. Ela avaliou meu rosto, mas não houve sinal de reconhecimento. De suéter e calça, eu me assemelhava a qualquer outra mulher da Cidade. — Não neste andar, mas talvez no de cima. Posso perguntar o que você faz aqui?

Não me dei ao trabalho de responder. Em vez disso, passei por ela, irrompendo em outro corredor, que estava bloqueado por portas duplas. No primeiro quarto uma garota estava sentada em uma cama alta, a mais longe da janela, outra garota estava em cima de uma máquina enferrujada com fios serpenteando para fora. A menina loura estava segurando um brinquedo de papel nas mãos, uma dobradura de adivinhação, igual àqueles que fazíamos na Escola. Quando me ouviram, elas desceram e correram para debaixo dos cobertores.

Segui depressa por outro corredor, verificando os quartos de cada lado da passagem duas vezes. De vez em quando, uma Professora dormia em uma das camas de hospital bolorentas ou em uma cadeira no canto. Nenhuma das alunas estava grávida. Eu sabia que eles alojavam as garotas da iniciativa de reprodução separadamente, mas era impossível saber onde.

Subi rapidamente uma escada lateral. Estava quase completamente no escuro, os faróis dos jipes do lado de fora jogando um brilho fraco nas paredes. Subi um andar e passei correndo pelas portas — era igualzinho à primeira ala. Fui para o corredor seguinte, aí depois segui, sem parar, até ter visto todos os quartos. As meninas eram tão jovens quanto as outras, seus rostos desconhecidos.

Quando cheguei ao sexto andar, uma soldada estava posicionada em frente à porta. Eu mal havia percebido que estava correndo. Meus olhos estavam fixados no chão, meu cabelo grudando na pele úmida.

— Posso ajudá-la? — perguntou ela. Uma cicatriz cortava seu lábio superior, a pele branca e estufada.

— Preciso encontrar as meninas de uma das Escolas — falei.

— Estou procurando uma garota chamada Pip... cabelo ruivo, pele clara. Ela está grávida de cinco meses, mais ou menos.

A soldada foi até a beira do corrimão e espiou por cima, pelo espaço oco no centro da escada.

— O que você disse? — perguntou, voltando-se para mim. Ela segurava a coronha do rifle para fora, a apenas alguns centímetros do meu peito, para me impedir de ir adiante. — Quem é você?

Ergui as mãos.

— Sou Genevieve... a filha do Rei. Estudei na Escola.

A mulher me avaliou.

— A de cabelo ruivo? Da Escola no norte de Nevada?

Assenti, lembrando-me da cidade que vira em mapas. Havia passado tantos anos me referindo à Escola por suas coordenadas, como se fosse a única coisa existente naquele lugar. Agora era difícil pensar nela como uma cidade de verdade, onde pessoas haviam vivido antes da praga, um lugar que alguém chamava de *lar*.

— Você a conhece?

Sem dizer nenhuma palavra, ela destrancou a porta e entrou, deixando espaço suficiente para eu passar. Só havia uma luz acesa no corredor comprido. Duas soldadas estavam postadas ali. Uma ergueu os olhos de um livro surrado com um dinossauro na capa — algo chamado *Parque dos dinossauros*.

— Talvez eu saiba de quem você está falando — disse a soldada com a cicatriz. — Ela estava no mesmo jipe que eu. Tínhamos cerca de dez meninas na caçamba.

A leve sensação de enjoo em meu estômago voltou enquanto eu olhava dentro dos quartos onde as garotas dormiam. Todas tinham mais ou menos a minha idade, algumas um pouco mais velhas, as barrigas inchadas visíveis debaixo dos cobertores. Não deviam estar com mais do que seis meses de gravidez — provavelmente as meninas com gestação mais avançada foram consideradas frágeis demais para serem transportadas.

Agora, com elas tão perto, eu tentava manter as fantasias sob controle. Quantas vezes eu havia andado pela Cidade, imaginando Arden ao meu lado, ou ficara olhando para o lugar vazio na minha frente durante o chá da tarde, pensando em como seria se Pip estivesse ali? Eu ainda guardava um pedaço do bolo de chocolate por hábito, sabendo que era o preferido de Ruby. Eu entendia como devia ter sido vir para cá depois da praga, ser um dos cidadãos que haviam perdido todos os amigos, todos os membros da família. Os fantasmas de minhas amigas me seguiam sempre, aparecendo e desaparecendo quando eu menos esperava.

— Ela está ali — falou a soldada, fazendo um gesto para uma cama do outro lado do quarto, logo abaixo da janela. Fiquei congelada, olhando para os rostos das garotas, suas pálpebras tremulando no sono. Violet, uma menina de cabelo escuro que vivera no quarto vizinho ao nosso, estava virada de lado, o travesseiro enfiado entre os joelhos. Reconheci Lydia, que tinha estudado artes comigo. Ela havia feito tantas versões do mesmo desenho a nanquim: uma mulher na cama, uma toalha pressionada contra o nariz, tentando estancar o sangue.

Foi como andar por uma paisagem de sonhos, os rostos familiares, mas as circunstâncias modificadas. Eu não conseguia compreender, mesmo sabendo o que sabia — mesmo agora. Aproximei-me de Pip.

Seu cabelo havia crescido, as ondas soltas caíam pelas costas. Estava encolhida, virada para o outro lado, de frente para a parede, debaixo da janela, uma das mãos descansando na barriga.

— Pip, acorde — falei, sentando-me na cama. Toquei em seu cotovelo, sobressaltando-a.

— Qual é o problema? — Ela virou a cabeça e seu rosto subitamente ficou visível na luz fraca. Os malares altos, as sobrancelhas escuras e grossas que sempre a fizeram parecer tão séria. Era Maxine, a garota que havia especulado que o Rei iria a nossa formatura, depois de ouvir uma conversa entre as Professoras. — Eva? — perguntou ela, sentando-se. — O que você está fazendo aqui?

— Achei que fosse Pip — falei, chegando para trás na cama empoeirada. — Não percebi.

Maxine só ficou olhando para mim. A pele tinha um tom amarelado estranho. Havia feridas em seus pulsos, no ponto onde haviam sido amarrados.

— Elas foram embora — disse. — Pip, Ruby e Arden. Ninguém as vê há mais de três semanas.

Eu me levantei, vasculhando o quarto mais uma vez, observando com atenção os rostos das meninas, como se uma segunda olhadinha pudesse mudar o que já era evidente. Por que eu não tivera notícias? Será que meu pai sabia e havia escondido de mim?

Pousei os olhos em Maxine por um instante, no algodão na dobra de seu cotovelo, coberto de sangue seco. Eu não conseguia perguntar o que estava acontecendo no prédio, nem sobre a viagem que ela fizera até ali. Não podia fingir que éramos íntimas agora, a garota com quem eu falara apenas casualmente na Escola para ouvir qualquer fofoca que estivesse rolando entre as muralhas do complexo.

Eu me virei para partir, mas ela me deteve, a mão agarrando meu braço.

— Você sabia — falou. Ela inclinou a cabeça para o lado, olhando para mim como se fosse a primeira vez. — Por isso você foi embora. Você as ajudou a fugir, não foi?

— Sinto muito. — Foi tudo que consegui dizer.

A soldada entrou no quarto, tentando avaliar o que estava acontecendo. Maxine me soltou, os olhos vagando para o rifle nas mãos da mulher. Eu me virei para sair, contornando as camas, cobrindo meu rosto com o cabelo para não ser reconhecida pelas garotas que se sentavam, sobressaltadas pela voz de Maxine. Mantive a respiração presa até chegar do lado de fora.

— Como estava sua amiga? — perguntou a soldada.

Minhas mãos estavam tremendo. O corredor tinha cheiro de uma mistura de poeira com detergente químico.

— Obrigada pela ajuda — falei, sem responder à pergunta.

Ela abriu a boca para dizer mais alguma coisa, entretanto corri escada abaixo, sem parar, até ouvir a porta ser trancada atrás de mim.

Elas haviam ido embora. Era o que eu queria, mas agora que estavam além dos muros da Escola, eu não tinha como alcançá-las. Sua melhor chance era Califia, isso eu sabia, mas levariam mais de três semanas para chegar lá. Eu não sabia como Pip ou Ruby seriam capazes de viajar, nem se Arden estava grávida, ou mesmo quando haviam partido ou como. Por um momento, eu quis voltar a Maxine, lhe perguntar tudo, mas as palavras dela ricochetearam em mim. Eu havia escolhido ajudá-las, mesmo que significasse deixar outras para trás. Quem era eu para ir até ela agora, para esperar que me ajudasse? Quem era eu até mesmo para perguntar?

Ao pé da escada, vi Beatrice. Ela estava segurando uma menina com cabelo curto, cor de palha, que estava despenteado atrás como se ela tivesse acabado de acordar. O rosto da menina estava corado, os olhos inchados. Beatrice vacilava, puxando a garota para mais perto e, por um instante, minha solidão sumiu.

— Eu a encontrei — disse ela, notando meu olhar. — Esta é minha Sarah.

TRÊS

— ESTAS SÃO AS VELHAS ENCICLOPÉDIAS QUE VOCÊ PEDIU — disse Moss, colocando a pilha de volumes de capa dura em meus braços —, e um romance que achei que você fosse gostar. — Havia três volumes no total, cada um com seis centímetros de espessura. — Os que estavam faltando na sua coleção. Letras W e J. Espero que sejam úteis, para procurar sobre waffles e coisas do tipo. — Ele bateu o dedo na primeira capa, sinalizando para que eu a abrisse.

Eu a abri com cuidado, pegando o pacotinho de pó branco aninhado dentro. Algumas das páginas haviam sido cortadas, criando um nicho raso.

— Incomoda-se de nos dar alguns minutos a sós? — perguntei, olhando para o canto da sala. Alina, a empregada que havia substituído Beatrice, estava arrumando xícaras delicadas em uma bandeja, tirando o chá da manhã. Ela era baixa, com cabelo castanho cacheado e olhos pequenos e afastados. Ela assentiu antes de se dirigir para a porta.

Eu sabia que aquele era um de nossos últimos encontros, que as coisas estavam se desenrolando, o poder sendo passado para os rebeldes lenta e secretamente. Era difícil ter esperanças, porém; um clima pesado havia se estabelecido depois de eu ver Maxine. Eu me preocupava com minhas amigas, imaginando onde estariam — se seriam capazes de sobreviver. Ruby e Pip estavam com quase cinco meses de gestação, talvez mais. Por que Arden não mandara um recado através da Trilha?

Quando a porta foi bem fechada atrás de Alina, desempilhei os livros, espiando dentro de cada um. Dentro da enciclopédia da letra J havia um mapa dobrado e um rádio de manivela parecido com aqueles usados na Trilha.

— Engraçado — falei, abrindo o romance grosso que estava em cima, de título desconhecido. Havia uma faca dentro, o metal cintilando na luz. — *Guerra e paz*. Entendi.

Moss sorriu enquanto sentava-se à minha frente.

— Não resisti — sussurrou. — Pareceu apropriado. Estou tentando conseguir uma arma para você. Mas, com o cerco próximo, está complicado de se conseguir suprimentos. As pessoas não estão ansiosas para abrir mão das armas que têm.

Moss estava mais feliz do que eu jamais vira. Era inevitável não sentir inveja. Meu nervosismo havia aumentado. Na maioria das manhãs, eu me sentia sobrecarregada pela exaustão. Minhas mãos tremiam e uma dor constante revirava meu estômago, como se ele tivesse sido torcido para secar.

— O final está próximo — sussurrou Moss. Aí bateu os dedos nos livros. — E você vai iniciá-lo.

— Acho que consigo entrar. — Eu pensava nas circunstâncias que me permitiriam entrar na suíte de meu pai, no modo como pediria para falar com ele, inventando algum motivo para conversar. — Mas e depois que eu estiver lá?

Ele passou a mão na capa do livro, acariciando um relevo dourado gasto.

— Você vai ter que abrir as gavetas ao lado da pia do banheiro. Seu pai tem um frasco de remédio para pressão arterial. Cada cápsula pode ser dividida em dois e contém pó branco.

— Aí eu vou substituí-lo — falei, olhando para o livro.

Moss assentiu.

— Exatamente. Em quantas você puder... pelo menos seis ou sete cápsulas. Vai ter que tomar cuidado, porém. Assegure-se para não aspirá-lo ou deixar qualquer resíduo nas mãos. Tive problemas para adquirir a ricina... Isso é extrato seco de espirradeira. Não é o ideal, mas vai ser suficiente. Deixe as cápsulas no topo, onde serão tomadas antes. Deve levar apenas algumas doses.

— Aí nós só esperamos?

Moss pôs o dedo na testa.

— Depois que seu pai mostrar sinais de doença, você vai ter que deixar a Cidade, pelo menos por um ou dois meses, até o confronto acabar. Com as tropas das colônias, temos uma chance maior de terminar o conflito rapidamente. Quando eu me estabelecer como líder interino e marcarmos eleições, você pode voltar. Vai ser perigoso demais para você aqui nesse meio-tempo. Sei a quem sua lealdade pertence, mas não é algo que posso ou vou partilhar com a maioria dos rebeldes... não inicialmente. Seria perigoso demais.

Pensei nos túneis remanescentes por baixo do muro. Só um dos três havia sido descoberto quando Caleb foi baleado. Moss descrevera com frequência a localização dos outros dois, lembrando-me de onde ficavam caso nossa ligação fosse descoberta.

— O mapa e o rádio são para isso então — comentei. — A faca. Vou deixar a Cidade assim que ele ficar doente.

Qualquer um que morasse dentro dos muros iria me reconhecer. Eu era a herdeira do Rei, a garota na primeira página do jornal, nos telões eletrônicos que pairavam nas laterais dos prédios de luxo. Em território selvagem eu estaria mais segura, seria menos conhecida.

— Haverá algumas provisões esperando por você quando partir. Assegure-se de usar o túnel ao sul. — Moss baixou o olhar para a mesa, olhando fixamente para as migalhas dos bolinhos de mirtilo. Eu os havia esfarelado, enjoada com o cheiro seco e farinhento. Ele deu um peteleco em uma, jogando-a no chão. — O bastante para alguns dias, o suficiente para tirá-la da Cidade sem ter que caçar. E por favor... fique longe do hospital e das meninas, pelo menos por enquanto.

— Quem lhe contou que estive lá?

— Uma das rebeldes. Seema... uma soldada mais velha, mecha ruiva no cabelo. — Ele olhou para mim, mas eu não conseguia me lembrar de ter visto a mulher na noite anterior. — Sua presença lá instiga perguntas. Vamos seguir com este plano.

Deslizei a cadeira para longe da mesa.

— Enquanto está todo mundo aqui, vindo para o cerco, eu devo simplesmente fugir? Isso não vai confirmar as suspeitas de todos?

— Depois que o conflito tiver se acalmado e eu estabelecer algum controle internamente, você vai voltar. Um mês ou dois... é só isso.

— *Se* eu voltar — falei. — Como podemos prever o que vai acontecer depois do cerco? — Moss parecia confiante de que, depois que a luta terminasse e o Rei fosse morto, a Cidade iria naturalmente se voltar para a democracia; que, conforme cada cidadão descobrisse sobre as condições nos campos de trabalhos forçados e nas Escolas, até mesmo os soldados iriam passar para o lado dos rebeldes.

Moss cobriu minha mão com a dele.

— Há alojamentos por todo o Vale da Morte, os rebeldes esconderam suprimentos em um ponto chamado Stovepipe Wells. Eles o usaram como acampamento a caminho da Cidade. Os códigos de rádio que passei há algumas semanas serão os mesmos. Podemos discutir melhor depois que seu pai estiver doente, mas vai funcionar. Confie em mim.

Eu quase ri. Poderia haver um lugar com um nome mais sinistro do que Vale da Morte?

— E quanto a Clara? E Rose? O que vai acontecer com Charles depois que os rebeldes tomarem o poder?

Moss contraiu os lábios.

— Posso tentar lhes oferecer proteção, mas eles estão aliados ao seu pai. Moram no Palácio há anos, são facilmente reconhecíveis. Charles tem trabalhado para o Rei.

— Posso levá-los comigo — falei. — Eles vão voltar quando eu puder.

— Da última vez em que alguém no Palácio soube sobre os túneis, dois de nossos homens foram mortos — disse Moss. Ele não olhava para mim enquanto falava. Havia uma ligeira acusação em sua voz, ou era fruto da minha imaginação?

— Quando? — perguntei, a sala se fechando à minha volta. — Quanto tempo até vermos os efeitos do veneno?

Moss ergueu os olhos para a porta trancada. A sala estava em silêncio. O sol entrava pela janela, iluminando as minúsculas partículas de poeira no ar.

— Em 36 horas, no mais tardar em 72. Depende de quantas cápsulas ele ingerir e de quanto do extrato você conseguir botar dentro delas. Vai começar com náusea e vômito, um pouco de dor abdominal. Dentro de 24 horas vai haver desidratação, alucinação, convulsões... — Ele parou, estudando meu rosto. — O que foi? Você não parece bem.

Eu me levantei, afastando-me da mesa. O chão parecia menos firme. Mesmo a respiração, mais lenta e profunda, não conseguia acalmar a tensão em meu estômago. Um enjoo estranho e desgastante estava instalado em algum lugar atrás de meus olhos e nariz, a ânsia me atravessando.

— Tem algo errado — consegui dizer.

Moss se ergueu, os olhos varrendo o aposento, vasculhando os pratos de comida pela metade, o chá, o copo d'água.

— O que você está sentindo? — Ele foi até a bandeja de prata que Alina estivera arrumando e analisou a comida, virando o bolinho nas mãos. — Você comeu isso? Quem o trouxe para você?

Eu não conseguia responder. Minha pele estava quente e úmida. Os dutos de ventilação sopravam ar escaldante em cima de mim. Tirei o xale, mas não adiantou; eu não conseguia escapar da sensação de enjoo e tontura. Corri para a porta, mexendo na maçaneta até ela ceder. Não dei mais do que dois passos antes de me dobrar. O cuspe amargo veio da minha boca e atingiu o chão, cobrindo-o com um salpico marrom aguado. Minhas entranhas ficaram tensas de novo.

— Eva? — ouvi a voz de Clara de algum lugar do corredor. E então ela estava vindo em minha direção. — Socorro! Alguém chame o médico!

QUATRO

QUANDO ACORDEI, CLARA ESTAVA SENTADA NA ESPREGUIÇADEIRA no canto, o jornal da Cidade dobrado em cima do colo. Ela estava dormindo, recostada nos travesseiros que Charles sempre usava, a cabeça inclinada para um lado. Olhei para o meu braço. Havia chumaço de algodão colado na dobra do meu cotovelo, e um pontinho vermelho aflorava no meio. Certamente não havia se passado mais do que uma ou duas horas desde que o médico coletara sangue, medira o meu pulso, inspecionara minha garganta e olhos com a mesma luz cônica que usavam na Escola. Eu insistira que estava bem, e estava mesmo. A náusea havia se dissipado. O tato em minhas mãos havia voltado. Os únicos sintomas remanescentes eram a tensão vazia no estômago e o leve gosto amargo na língua.

Ouvi alguém empurrando um carrinho de servir pelo corredor, as rodas guinchando sob o peso. Levantei-me, minhas pernas parecendo mais fracas do que eu esperava enquanto andava até a estante de madeira entalhada, agachando-me ao lado dela. Todos os três livros estavam enfiados em segurança nas prateleiras de baixo, exatamente onde Moss os colocara horas antes. Se o que ele havia sugerido estivesse correto, se alguém tivesse tentado me envenenar, eu precisaria deles antes do que havia imaginado.

— Você acordou... — Clara esfregou os olhos, aí olhou para minha mão, meus dedos ainda apoiados em uma das lombadas.

— O que está olhando?

— Nada — falei, acomodando-me na almofada ao lado dela. — Tentando me distrair, só isso.

Clara botou a mão em minhas costas.

— Eu nunca vi você desse jeito — disse. — Você me assustou.

— Já me sinto melhor — falei. — O pior já passou.

Ela passou o dedo pela beira da almofada, traçando o viés branco fino.

— Fico feliz. Eles não conseguiram falar com Charles.

— Isso não me surpreende — comentei. — Ele está em uma obra na Periferia. Vai estar fora até o pôr do sol.

A expressão dela mudou. Eu me senti imediatamente culpada por ter dito aquilo — o reconhecimento sutil de que eu conhecia o cronograma dele melhor do que ela. Clara e Charles eram os dois únicos adolescentes criados no Palácio, e ela sempre nutria sentimentos por ele. Ela havia feito com que eu prometesse lhe contar caso ele falasse dela em algum momento.

— Ele ainda não disse nada — ofereci, tentando reconfortá--la. — Sabe, na maior parte do tempo, quando estamos conversando, estamos brigando. Não somos exatamente íntimos. — Cobri a mão dela com a minha e ela sorriu, uma covinha pequena e centralizada aparecendo na bochecha.

— Devo parecer tão boba para você — falou com uma risada. — Estou tendo um relacionamento na minha cabeça.

— De jeito nenhum.

Quantas vezes eu havia parado em Califia, imaginando que Caleb estava ali ao meu lado enquanto me sentava nas pedras, observando as ondas baterem no litoral? Quantas vezes me deixei acreditar que ele ainda estava ali, dentro da Cidade, que apareceria um dia, esperando por mim perto dos jardins do Palácio? Eu ainda conversava com ele, no silêncio da suíte, ainda contava a ele que queria voltar a tudo como era antes. Havia momentos em que eu tinha que lembrar a mim mesma que ele havia morrido, que o atestado de óbito havia sido arquivado, que o ocorrido nunca poderia ser revertido. Esses fatos eram meu único elo com a realidade.

Antes que eu pudesse dizer mais alguma coisa, a porta se abriu, o Rei entrando no quarto sem nem bater. Ele fazia isso às vezes, como se para me lembrar que era dono de cada pedacinho do Palácio.

— Eu soube do que aconteceu — disse, virando-se para mim. Eu me sentei ereta, enquanto o médico entrava atrás dele.

— Não foi nada — falei, apesar de ainda não ter certeza. Moss havia levado os restos do café da manhã para a Periferia, tentando conseguir respostas sobre o que havia nele.

— Você vomitou duas vezes — disse ele. — Está desidratada. Poderia ter desmaiado.

O médico, um homem magro e careca, não usava um jaleco branco como os da Escola. Em vez disso, estava vestindo uma camisa azul lisa e calça cinza, como qualquer outro empregado oficial do centro da Cidade. Disseram-me que era mais seguro assim. Mesmo 16 anos após a praga, havia ressentimento em relação aos médicos sobreviventes, perguntas sobre o que eles sabiam e desde quando sabiam.

— Seu pai estava preocupado. Ele perguntou se podia ser um ressurgimento do vírus — falou o médico, juntando as mãos. — Eu lhes asseguro que não é.

— Isso virou um *acontecimento* tão grande — falei, meu olhar disparando por eles. — Estou bem, mesmo.

— Mas vai acontecer de novo — falou o médico. Fiquei olhando para ele, confusa. — *Nausea gravidarum* — disse ele, como se isso explicasse alguma coisa. — A maioria das pessoas chama de enjoo matinal.

Meu pai estava sorrindo, os olhos expressando um divertimento silencioso. Ele veio em minha direção, colocando-me de pé enquanto apertava as minhas mãos.

— Você está grávida.

Ele me abraçou, o aroma pesado e enjoativo de seu perfume ardendo em meus pulmões. Não tive tempo de processar. Tinha que sorrir, que corar, que fingir qualquer alegria que sabia que deveria sentir. É claro que era isso que meu pai queria. Aos seus olhos, Charles e eu finalmente iríamos lhe dar um herdeiro.

— Essa é uma bela notícia. Temos que ir até Charles na Periferia — continuou meu pai. — Quando estiver vestida adequadamente, venha me encontrar perto dos elevadores.

Clara não disse nada. Não ousei olhar para ela; em vez disso, fiquei escutando sua respiração curta e irregular. Parecia que ela estava engasgando.

— Vai ter que ir até o consultório hoje à tarde — continuou o médico. — Fazer alguns exames para termos certeza de que está tudo normal. Enquanto isso, avisei ao pessoal da cozinha para estocar chá de gengibre, algumas bolachas, coisas para acalmar seu estômago. Você pode sentir-se um pouco enjoada, mas pular refeições só vai piorar as coisas. E, como provavelmente já sabe, vai descobrir que o enjoo passa com o decorrer do dia. — Ele estendeu a mão para um cumprimento. Esperei que não percebesse minhas palmas frias ou meu sorriso duro e imutável. Só quando ele saiu, meu pai logo atrás, é que Clara finalmente falou:

— Achei que você não o amasse — sussurrou, suas palavras lentas.

— Não amo — retruquei.

Eu já tinha visto Clara zangada, era capaz de reconhecer como seu rosto mudava, o maxilar endurecia em uma expressão fria. Mas aquilo ali era diferente. Ela virou de costas para mim, andando pelo quarto, sacudindo as mãos como se estivesse tentando secá-las.

— Não é verdade, Clara.

— Então o que *é* verdade? — Ela me encarou, seus olhos lacrimosos.

Eu não havia contado a ninguém o que havia acontecido no hangar com Caleb. Era a coisa para a qual eu voltava sempre que meus pensamentos vagavam. Eu me lembrava da sensação de suas mãos em meu pescoço, de seus dedos dançando sobre minha barriga, da entrega suave de seus lábios contra os meus. Do modo como nossos corpos se movimentavam juntos, sua pele com gosto de sal e suor. Agora isso só existia na lembrança, em um lugar que só eu podia visitar, onde Caleb e eu estávamos sozinhos para sempre.

Eu tinha escutado as advertências das Professoras, havia revisado os perigos de fazer sexo ou "dormir com" um homem. Todas nos avisaram, naquelas salas de aula tranquilas, que mesmo uma vez só poderia render uma gravidez. Mas, nos meses depois que fui embora, aprendi também que não podia confiar em nada do que elas haviam falado. E mesmo que houvesse uma verdade escondida — mesmo que não fosse um exagero ou uma mentira —, não teria feito diferença. Não havia como prevenir uma gravidez dentro da Cidade. O Rei havia proibido.

Agora tantos pensamentos voavam pela minha cabeça: que seria melhor se Clara não soubesse. Seria mais seguro se ela não soubesse. Eu me sentiria mais solitária se ela não soubesse, que eu correria mais perigo se ela soubesse, que eu me sentiria traiçoeira se ela não soubesse.

— Caleb — falei finalmente. De qualquer modo, assim que meu pai alcançasse Charles a farsa teria fim. — Foi Caleb. Eu lhe disse a verdade, não tenho interesse em Charles. Nunca tive.

Ela deixou as mãos caírem.

— Por que você nunca me contou? — perguntou. — Quando?

— Na última noite em que saí do Palácio — expliquei. — Há dois meses e meio.

Ela repuxou a cintura do vestido, beliscando a costura delicada.

— Seu pai nunca poderá saber — falou.

Imaginei a expressão de meu pai quando Charles lhe contasse a verdade. Sua boca ficaria tensa como sempre fazia quando estava zangado. Haveria aquela sugestão de algo mais cruel, daí ele se aprumaria, esfregando a mão pelo rosto, como se aquele movimento tivesse o poder de consertar seus traços. Ele iria me matar. Eu tinha certeza disso naquela hora, na quietude do quarto. Eu era inútil para ele agora. Desde o assassinato de Caleb, havia tantas perguntas a meu respeito, sobre meu envolvimento na construção dos túneis. Será que ainda tinha conexões com os dissidentes? Será que eu o havia traído desde a morte de Caleb? Eu tinha permissão para morar no Palácio, mantida como um trunfo, só porque seria capaz de produzir uma família real para a Nova América. Eu era Genevieve, fruto das Escolas, que havia se casado com seu Diretor de Desenvolvimento. Quando Charles revelasse a verdade que só nós conhecíamos, meu pai daria seu jeito. Talvez eu desaparecesse depois que a Cidade fosse dormir, como acontecera a alguns dissidentes. Eles poderiam alegar qualquer coisa: um intruso no Palácio, uma doença súbita. Qualquer coisa.

Não havia tempo para explicar tudo para Clara, para contar a ela por que e como. Eu me ajoelhei e puxei os livros grossos da estante, enfiando o pacotinho no bolso lateral do meu vestido. Coloquei a faca e o rádio na bolsa e então saí do quarto. Eu precisava fazer o que Moss havia mandado, ir em frente com isso, antes que fosse descoberta. Eu iria embora da Cidade hoje, caso fosse necessário.

— Por que você tem uma faca? — perguntou Clara, dando um passo para trás. — O que está fazendo?

— Não posso explicar agora — falei rapidamente enquanto ia para a porta. — Não sei o que vai acontecer quando meu pai descobrir e preciso de proteção.

— Então vai levar uma faca... para fazer o quê?

— Não sei do que meu pai é capaz — falei, balançando a cabeça. — É só para garantir.

Clara assentiu uma vez antes de eu abrir a porta.

Mantive a bolsa apertada debaixo do braço enquanto descia pelo corredor. Os passos do soldado estavam em algum lugar atrás de mim, chegando mais perto conforme eu seguia para a suíte de meu pai. Respirei fundo, imaginando o que teria sentido se as coisas fossem diferentes, se tivesse descoberto sobre a gravidez em algum outro momento e lugar. Eu poderia ter ficado feliz se Caleb estivesse vivo, se estivéssemos em território selvagem, em alguma parada da Trilha. Poderia ter sido um daqueles momentos límpidos, perfeitos, uma compreensão silenciosa partilhada por nós. Em vez disso eu só sentia medo. Como poderia criar uma criança sozinha, especialmente agora, no meio de tudo isso?

Meu pai emergiu de sua suíte.

— Sincronia perfeita — disse. Ele se virou em direção aos elevadores, fazendo um gesto para que eu o seguisse.

Enquanto me aproximava da porta de sua suíte, diminuí a velocidade, engolindo a saliva amarga que cobria minha língua. Pressionei a mão no rosto, enxugando minha pele, e respirei fundo. Estava na hora.

Levei a palma da mão até a boca e gesticulei para a porta.

— Por favor, acho que vou vomitar de novo. — Eu não o encarei. Em vez disso, apoiei meu ombro na porta, esperando que ele me deixasse entrar.

— Sim, é claro — falou ele, digitando alguns números no teclado abaixo da fechadura. — Só um momento... — E empurrou a porta aberta para me dar passagem.

A suíte de meu pai era três vezes o tamanho da nossa, com uma escada em espiral que levava à sala de estar no andar de cima. Uma fileira de janelas dava vista para a Cidade abaixo, com a paisagem se estendendo para além do muro curvo, onde a região era crivada de prédios despedaçados. Eu me virei, observando os modelos em miniatura que ficavam no aparador ao lado da porta. Havia barcos de madeira elaborados dentro de garrafas de vidro, todos de cores e tamanhos diferentes, suas velas de lona içadas. Eu só estivera na suíte quatro ou cinco vezes, mas em todas as vezes eu os avaliava, tentando entender por que meu pai passava seu tempo livre montando navios em miniatura. Ficava imaginando se ele achava gratificante controlar todos eles, aqueles mundos minúsculos sempre sob seu domínio.

— É só um minuto — justifiquei, andando em direção ao banheiro. Ele era compartilhado com o quarto principal, mas a segunda porta quase sempre estava trancada. Apertei um punho contra a boca, como se me esforçando para manter a compostura. Aí corri para o banheiro de mármore, grata quando finalmente fiquei sozinha.

CINCO

GIREI A TORNEIRA, DEIXANDO A ÁGUA FRIA CORRER PELOS DEDOS. Dei algumas tossidas altas e comecei a investigar o conjunto de gavetas estreitas, vasculhando as caixinhas de plástico e latinhas. Os nomes em alguns dos rótulos haviam se apagado. Peguei frascos altos cheios de líquido branco, uma navalha grossa de metal, uma escova de crina de cavalo e sabão usado para fazer espuma de barbear. Havia toalhas brancas dobradas que tinham cheiro de hortelã. Na gaveta de cima achei dois frascos cor de âmbar. Havia um rótulo escrito à mão em cada um, com a assinatura do médico rabiscada.

O extrato parecia pesado em meu bolso. Esvaziei as cápsulas brancas e brilhantes na bancada de mármore e comecei o trabalho, abrindo três delas e derramando o conteúdo na pia. O pó se amontoou e foi varrido, flutuando acima do ralo por um segundo antes de ser sugado para baixo.

Esvaziei um pouco do extrato em cima da bancada e o pressionei para dentro da cápsula dura, tomando cuidado para mantê-lo longe do meu rosto, conforme Moss havia instruído. Apertei um dos lados e fechei, largando-a de volta dentro do frasco. Estava na metade da segunda quando meu pai bateu à porta. O som reverberou no aposento oco, causando arrepios em meus braços.

— Está tudo bem? — perguntou ele. A maçaneta girou, mas permaneceu travada, recusando-se a abrir.

— Só um instante — gritei.

Acelerei, terminando a segunda cápsula, aí mais três, e despejei o restante do veneno na pia. Fechei a tampa do frasco, tomando cuidado de posicioná-lo exatamente como estava, no espaço vazio entre duas latas. Aí lavei as mãos, deixando a água fria correr pelos dedos até ficarem dormentes. Joguei um pouco no rosto e enfiei o saco de volta no bolso.

Quando saí, meu pai estava de pé bem ao lado da porta, a apenas alguns centímetros de distância. Seus braços estavam cruzados.

— Está se sentindo melhor? — indagou, seus olhos se demorando por um momento em minhas mãos, que ainda estavam molhadas.

Eu as levei às bochechas, fazendo força mental para que a pele macia e vermelha voltasse ao normal.

— Preciso me deitar — falei. — Não vou conseguir chegar à Periferia. Não desse jeito.

Meu pai inclinou a cabeça para um lado, me examinando.

— Não posso ir ver o Charles sozinho — disse. — Venha, vai ser uma visita breve. Você vai estar de volta em menos de meia hora. — Os traços dele endureceram e percebi que não havia espaço para discussão. A mão dele agarrou meu braço, guiando-me em direção à porta.

A VIAGEM FOI INTERMINÁVEL. O CARRO SACOLEJAVA A CADA VIRA-
da, a cabine densa com os aromas de couro e perfume. Abri uma
janela, tentando pegar um pouco de ar, mas a Periferia tinha fedor de poeira e cinzas. Minha mão estava na cintura, sentindo
a carne macia da minha barriga, à procura do volume que ainda não havia aparecido. Eu sabia que minha menstruação estava
atrasada e tinha imaginado se seria possível que estivesse grávida,
mas os últimos meses tinham sido tão frenéticos, como se eu não
estivesse presente.

Moss havia roubado uma camiseta puída da caixa de itens recuperados do hangar de aviões. Havia um C na etiqueta, o tecido
gasto devido a tantos anos de uso. Sozinha na suíte, com a camiseta de Caleb embolada nas mãos, eu tinha certeza de que, no
instante em que ele morreu, uma parte de mim morreu com ele.
Eu não conseguia mais sentir, não da maneira que sentia quando
ele estava ali, dentro da Cidade. Os dias no Palácio pareciam in-
termináveis, cheios de conversas afetadas e de pessoas que só me
enxergavam como filha de meu pai, nada mais.

Fiquei cutucando a pele em volta das unhas, observando enquanto o carro se aproximava mais da obra. A lista de atitudes contra Charles tomava significado agora. Coisas que fiz ou deixei de
fazer se transformavam em motivos para ele contar a verdade a meu
pai. Fui eu que insisti para ele sair da cama naquela primeira noite.
Eu não suportava quando ele ficava olhando demais para mim,
quando falava demais comigo, quando falava demais com meu pai,
quando ele dizia qualquer coisa positiva sobre o regime. Apesar
de haver momentos em que as coisas eram suportáveis, a maior
parte do tempo que passávamos juntos nas suítes era marcada pelas
perguntas dele, pelos esforços dele e pelo meu silêncio ou críticas.

— Genevieve, estou falando com você — disse meu pai. Eu me encolhi quando ele tocou meu braço. — Chegamos.

O carro havia parado do lado de fora de uma demolição. Eles haviam destruído um velho hotel que serviu de necrotério durante a praga. Tinha ficado cercado por tapumes durante mais de uma década, os ossos de vítimas ainda lá dentro. Alguns buquês de flores estavam no chão — rosas murchas, margaridas que agora estavam enrugadas e duras.

O local estava bloqueado com cercas de compensado, mas havia aberturas levando para a gigantesca cratera na terra. Saltei do veículo, andando em direção a uma brecha na parede.

— Genevieve — ouvi meu pai gritar atrás de mim. — Você não deve ver isso.

Uns dez metros abaixo da terra havia uma enorme pilha de destroços. Uma escavadeira empurrava o concreto contra a beira da base. Outra grua estava imóvel, seu gigantesco punho amarelo abaixado até o chão. Por todo o terreno, meninos dos campos de trabalhos forçados estavam tirando tijolos e cinzas usando pás e carrinhos de mão. Eles eram mais magros do que os meninos que eu tinha visto dentro da Cidade. Havia rumores de que, com a libertação dos campos, os garotos que estavam ali naquele momento agora estavam presos, e trabalhavam duas vezes mais para compensar pelos outros.

Um dos meninos mais velhos apontou para nós lá de baixo. Charles se virou e começou a subir a ladeira, pausando por um instante perto de uma pilha de concreto e de canos de aço emaranhados. Ele gritou algo para dois garotos mais jovens que estavam sem camisa. Eles estavam correndo pelo outro lado do terreno, chutando alguma coisa. Eu franzi os olhos contra o sol, distinguindo lentamente os buracos na lateral. Era um crânio humano.

Cobri meu nariz, assaltada pelo fedor seco. Eu ouvira dizer que centenas haviam sido enterradas dentro do hotel, seus corpos embrulhados em lençóis e toalhas. Havia rumores de que alguns ainda estavam vivos, sofrendo devido à praga; isso aterrorizou membros de famílias que os haviam deixado lá em suas últimas horas. A poeira havia se acumulado em todas as superfícies, por uns quinhentos metros. O asfalto, os prédios em volta, os carros enferrujados que estavam parados, sem pneus, em um estacionamento vazio — tudo estava coberto por uma fina camada de cinzas.

Mantive a cabeça baixa enquanto Charles vinha em nossa direção, subindo a rampa de compensado que tinha sido ancorada na lateral da vala. Enfiei o polegar debaixo da alça da bolsa, lembrando a mim mesma sobre seu conteúdo. O túnel mais próximo ainda estava a trinta minutos de distância, mesmo se eu corresse. A melhor chance que eu tinha era voltar de carro com meu pai e fugir quando entrássemos na rua principal. O túnel sul estaria a apenas dez minutos dali. Usando os becos na Periferia, haveria chance de eu despistar os soldados que estivessem me seguindo, caso eu andasse rápido o bastante.

— Temos novidades para você — gritou meu pai quando Charles chegou mais perto. Os ombros de seu terno azul marinho estavam cobertos de poeira. Ele tirou o capacete amarelo que estava usando, segurando-o como um bebê.

Ele olhou de meu pai para mim, e depois para o carro parado atrás de nós. O soldado estava de pé do lado de fora, o rifle pendurado no ombro.

— Deve ser importante. Não me lembro de ter Genevieve me visitando em um projeto.

O Rei apoiou a mão em minhas costas, empurrando-me só um pouquinho para a frente.

— Vá em frente, Genevieve — sussurrou. — Conte a boa notícia para Charles. — Ele estava me observando, os olhos concentrados na lateral do meu rosto.

Estava acabado, pude sentir quando meu olhar encontrou o de Charles. Ele parecia ao mesmo tempo esperançoso e ansioso enquanto alisava um tufo de cabelo preto que havia caído em seus olhos. Enchi os pulmões, prendendo o ar até não conseguir segurar mais.

— Eu estou grávida — falei, a garganta apertada. — A Cidade vai ficar felicíssima, tenho certeza.

A escavadeira se moveu pelo chão da obra, um apito baixo enchendo o ar. Apoiei a mão no peito, sentindo meu coração vivo debaixo do esterno, sua estabilidade me acalmando. *Apenas diga alguma coisa*, pensei, observando enquanto Charles baixava a cabeça, os olhos no chão. *Não prolongue mais isso.*

— Assim como eu. — Ele veio em minha direção, colocando o braço em meu ombro até eu estar bem apertada contra o peito dele. Respirei fundo, meu corpo relaxando lentamente, acomodando-se no dele. Ele pôs a mão atrás da minha cabeça tão suavemente que precisei piscar para afastar as lágrimas. — Nunca estive tão feliz.

SEIS

A FESTA AINDA ESTAVA ROLANDO, MESMO DEPOIS DE OS MÚSICOS terem ido embora e a última xícara e pires terem sido recolhidos das mesas na sala. Meu pai estava mais animado do que eu jamais vira, gesticulando com sua taça de cristal, falando sem parar com Harold Pollack, um engenheiro na Cidade.

— É algo para se comemorar. — Ouvi ele dizer enquanto Charles e eu nos dirigíamos para a porta.

— Em um momento em que as coisas não estão tão certas — concordou Harold.

Ao ouvir isso, o Rei fez um gesto, desconsiderando, como se afastasse uma mosca.

— Não acredite em tudo que ouve — falou. — Alguns tumultos não chegam a ser uma ameaça para a Cidade.

Eu me detive ali por um momento, observando-os enquanto Charles conversava com o Diretor de Finanças. Meu pai aguentou a presença de Harold por mais algum tempinho antes de pedir licença. Os rumores sobre rebeliões nos campos de trabalhos forçados ocorreram durante a noite inteira. Entre uma felicitação e outra, as pessoas mencionavam boatos, perguntando ao meu pai a respeito de rebeldes do lado de fora da Cidade. A cada pergunta ele ria um pouco mais, fazia uma cena demonstrando o quanto estava confiante. Ele os chamava de tumultos, não cercos, e fazia com que parecessem fatos isolados, ocorridos em um ou dois dos campos.

— Pronta para ir? — indagou Charles, me oferecendo o braço. Passei o meu pelo dele e descemos o corredor. Ambos permanecemos calados. Em vez disso, fiquei ouvindo o som dos nossos passos e o eco fraco do soldado atrás de nós.

Chegamos à suíte, o trinco se fechando atrás de nós. Observei Charles se movimentar pelo quarto, jogando o paletó do terno no braço da poltrona e afrouxando a gravata.

— Você não precisava ter feito aquilo hoje — falei. Ele estava de costas para mim e tirava os sapatos.

— É claro que precisava — retrucou ele, afastando o cabelo do rosto. — Eu não ia dizer a verdade para seu pai. Você sabe em que tipo de posição isso a teria colocado. — Ele se virou e, pela primeira vez, percebi que suas bochechas estavam manchadas e coradas, como se tivesse acabado de voltar do frio. — Ninguém pode descobrir, Genevieve... ninguém.

— Não é você quem deve resolver esse problema — retruquei. — Fui eu que fiz isso.

Após o ocorrido na obra, segui para minha consulta com o médico, e então encontrei Charles na recepção. A gratidão que eu sentira por ele havia diminuído, dando lugar a uma espécie de ressentimento silencioso. Ele me salvara. Pelo menos ele acreditava que o fizera, e dava para sentir a dívida insinuada entre nós sempre que a mão dele encontrava a minha, seus dedos apertando minha palma. *Estamos nisso juntos*, ele parecia dizer. *Não vou abandoná-la agora.*

Ele apertou as palmas das mãos contra o rosto, e sacudiu a cabeça.

— É assim que você me agradece? Eu não queria isso, você sabe, quando nos casamos. Não queria me sentir como se fosse uma segunda opção horrível, a qual foi forçada a aceitar. Estou *tentando* e sempre estive. Você poderia pelo menos ter me contado antes de me meter nessa emboscada na obra.

— Eu não sabia até hoje de manhã — falei. Afastei-me da porta, tentando manter a voz baixa. Eu *estava* grata. A atitude dele tinha sido gentil e decente. Ele me dera pelo menos mais um dia detrás dos muros da Cidade, uma chance de falar com Moss antes de fugir. Mas eu nunca pedira sua ajuda.

Charles esfregou a testa.

— Você passa horas nos jardins, andando em círculos, fazendo o mesmo caminho três vezes como se sempre fosse novidade. Eu vejo a maneira como seu olhar se perde quando estamos no jantar. É como se estivesse em um mundo invisível que ninguém mais consegue alcançar. Sei que você gostava dele...

— Eu não *gostava* dele — corrigi. — Eu o *amo*.

— *Amava*. Ele morreu — disse Charles. Meu corpo inteiro ficou rígido, como se ele tivesse cutucado um machucado recente. — Também não gosto do que aconteceu, mas acredito que você possa ser feliz. Acho que isso ainda é possível.

Não com você. As palavras ficaram tão perto de sair. Eu as segurei em algum lugar atrás dos meus dentes, tentando não lançá-las de forma cruel. Avaliei o rosto do Charles, o modo como ele parecia estranhamente esperançoso, seus olhos fixos em mim, aguardando. Sim, seria mais fácil se eu sentisse alguma coisa por ele. Mas eu não podia ignorar as coisas pequenas e covardes a respeito dele. A maneira como ele sempre dizia "o que aconteceu", como se o assassinato de Caleb fosse algum jantar desconfortável ao qual havíamos comparecido semanas antes.

— Fico grata pelo que você fez hoje — falei. — Mas isso não vai mudar o que eu sinto. — Os olhos dele marejaram subitamente e ele se virou, esperando que eu não visse. Agarrei-lhe a mão sem pensar. Segurei-a por um momento, sentindo o calor da palma. Mesmo assim e por vontade própria, parecia estranho e forçado. Nossos dedos não se entrelaçavam naturalmente do jeito que os meus se uniam aos de Caleb, a facilidade do ato fazendo parecer que era simplesmente a maneira como os dedos deviam ser — cruzados para sempre com os de outra pessoa. Eu soltei primeiro, nossos braços soltos agora.

Ele sentou-se na beirada da cama, os cotovelos apoiados nos joelhos, segurando a cabeça. Estava mais chateado do que eu jamais vira. Sentei-me ao lado dele, observando a lateral de seu rosto, até ele se virar para mim.

— Diga-me uma coisa — falou ele baixinho. — Você esteve envolvida com os rebeldes. O que estão dizendo é verdade?

Fixei meu olhar no chão.

— O que você quer dizer? — perguntei.

— Estou falando de como eles tomaram os campos de trabalhos forçados e estão vindo para cá. Há todo tipo de boatos, que vão queimar a Cidade, que já há uma facção enorme do lado de dentro dos muros. — Ele baixou a cabeça ao falar de novo. — Dizem que todo mundo que trabalha para o Rei será executado. Ninguém vai sobreviver.

Eu me lembrei da advertência de Moss sobre os dissidentes que haviam sido delatados e mortos, alguns torturados nas prisões da Cidade. Não podia contar nada a Charles, e não contaria.

Mesmo assim, enquanto ficava sentada ali, escutando a respiração irregular dele, desejei que houvesse algum jeito de avisá-lo. Coloquei minha mão nas suas costas, sentindo seu peito se expandir através da camisa.

— Você pode ter salvado minha vida hoje.

— E eu o faria de novo. — Ele se virou e entrou no banheiro, a porta se fechando em seguida. Fiquei sentada, ouvindo a água correr, as gavetas sendo abertas, então se fechando com um baque. Ele trabalhava para meu pai, assim como seu pai havia feito. Na cabeça de Moss ele não era melhor do que o Rei. Mas naquele momento ele era só o Charles, a pessoa que roubava peônias dos jardins do Palácio porque sabia que eu gostava de secá-las dentro de livros. Ele odiava tomates e era tirânico sobre passar fio-dental, e às vezes ficava com o cheiro dos canteiros de obra em seus cabelos, mesmo depois de uma ducha.

Vesti minha camisola e deitei debaixo das cobertas. Ele ficou no chuveiro por quase uma hora. Aí finalmente apagou a luz e se enroscou na espreguiçadeira no canto, a respiração ficando mais lenta de sono. Permaneci acordada, observando as sombras na parede, tentando imaginar como seria estar ali, dentro da Cidade, quando os rebeldes chegassem. Quanto tempo levariam para chegar ao Palácio? Imaginei o terror daquilo, vi Charles na escada, as mãos amarradas. O que ele pensaria, o que diria quando viessem prendê-lo? Eles o matariam, agora eu tinha certeza.

Meus membros ficaram frios. Fiquei deitada ali, disposta a continuar quieta, disposta a guardar os segredos que havia prometido guardar. Mas eu sabia de outra coisa — talvez com a mesma certeza, a ideia apertando meus pulmões.

Charles não merecia aquilo.

SETE

MEU PAI NÃO ESTAVA NO CAFÉ DA MANHÃ. AGUARDEI, DEIXANDO O ponteiro grande dar sua volta lenta pelo relógio, de novo e de novo. Dois minutos se passaram. Ele sempre entrava às nove, nem um segundo depois. Mas ainda assim o prato vazio descansava ali, os talheres de prata intocados.

— Só mais um minuto — disse Tia Rose, acenando com a cabeça para a cadeira dele. Gotas corriam pelas laterais de seu copo d'água, formando uma poça na mesa. Remexi os ovos duros pelo prato, tentando manter meus olhos longe de Clara e Charles. Eu não havia dormido na noite anterior. Agora, sentada ali, sentia como se estivesse rodeada de fantasmas. O cerco aconteceria no dia seguinte, Moss havia informado. Depois que o apoio das colônias chegasse, eles poderiam tomar o Palácio dentro de uma semana. O plano, nosso plano, parecia tão mais complicado agora. Independentemente de quais fossem minhas alianças, independentemente do que tivesse sido prometido, como eu poderia largar todos eles ali?

Clara passou os dedos por sua trança pequena, cor de palha.

— Você não sabe onde ele está? — perguntou, seus olhos encontrando os meus. Não havíamos conversado desde a recepção, quando ela felicitou a mim e a Charles como se não tivesse testemunhado os acontecimentos da manhã. Seu olhar continuava encontrando o meu e eu sabia que ela estava desesperada para conversar comigo. Eu tinha evitado passar pelo quarto dela na noite anterior, com medo de que ouvisse e me perguntasse de novo sobre a faca e o saquinho que eu enfiara no bolso. Eles estavam à espera na estante, prontos para serem pegos esta noite, quando eu iria embora.

Charles virou o garfo na mão, esfregando o polegar na prata. Observei o gesto simples, levando o ar aos meus pulmões, tentando diminuir a náusea. Já havia começado. Meu pai já estava doente. Era o único motivo para ele não estar ali. Moss queria que o envenenamento não fosse detectado pelo máximo de tempo possível. Ele esperava que a doença confundisse os médicos e, enquanto estivessem fazendo exames, os rebeldes se dirigiriam para a Cidade.

— Vou ver como ele está — falei, olhando em volta da mesa.
— Podem começar sem a gente.

Clara ficou me olhando enquanto eu saía da sala. Não ousei olhar para ela. Em vez disso, mantive meus olhos na porta, em direção ao corredor adiante, no ponto que dava na suíte de meu pai. Bati os nós dos dedos contra a madeira, deixando a mão descansar por um momento, sem estar totalmente pronta para entrar. Ouvi murmúrios. E então passos, quando alguém se aproximou da porta.

O médico a abriu só o suficiente para que eu pudesse ver seu rosto, mas não o quarto atrás dele. Seus óculos haviam escorregado pelo arco do nariz, a pele molhada de suor.

— Sim, Princesa Genevieve?

— Posso entrar? — Dei um passo à frente, mas ele segurou a porta, impedindo minha passagem. Ergueu um dedo e desapareceu por um momento, cerrando-a atrás de si. Houve mais murmúrios. Ouvi meu pai tossir. Até que a porta foi aberta novamente.

A suíte parecia igual ao dia anterior, todas as superfícies lustrosas e polidas, as janelas largas de vidro expondo a Cidade cintilante abaixo. Porém um fedor azedo havia se entranhado em tudo. Aquele cheiro — de podridão e suor — me atingiu num instante, fazendo a bile subir pelo fundo da garganta. Eu a engoli, cobrindo o nariz com a mão.

O médico ficou no vão da porta que dava para o quarto de meu pai, esperando que eu entrasse. Levei meu xale ao rosto enquanto entrava no quarto mal-iluminado. As cortinas estavam abertas apenas alguns centímetros. Uma nesga fina de luz entrava pelo chão e chegava até os pés da cama. Os dutos de ventilação sopravam acima de mim, fazendo o quarto parecer menor, mais abafado, o suor já cobrindo minha nuca.

Meu pai estava na cama, como eu nunca o vira. Seu pijama azul-marinho tinha uma mancha amarela seca na lapela. Seus olhos estavam semicerrados e a pele tinha um estranho tom de cinza que eu só vira nos moribundos.

Fechei os olhos e voltei ao silêncio do quarto dela, ao momento em que abri a porta do quarto de minha mãe. Ela estava dormindo, a cabeça virada para um lado, as equimoses se espalhando pela raiz dos cabelos. Havia sangue preto incrustado em volta do nariz. Caminhei em direção a ela, desejando me enroscar na cama, tê-la enfiando os joelhos debaixo dos meus do jeito que sempre fazia quando me abraçava. Subi no colchão e ela acordou, empurrando o corpo contra a cabeceira. *Você precisa sair*, disse ela, levando o cobertor até o rosto. *Agora*. Quando ela finalmente fechou a porta, ouvi a lingueta da tranca, aí o arranhar lento das pernas da cadeira, conforme ela a arrastava para debaixo da maçaneta.

— Estou fazendo tudo que posso para que ele fique confortável — falou o médico. Ele inclinou a cabeça, observando quando enxuguei os olhos. — Aconteceu tarde da noite de ontem. Provavelmente é um vírus. Mas não é a praga, posso lhe garantir.

Estudei os lábios do meu pai, bolhas estourando nos cantos da boca. O rosto dele tinha mudado, a expressão tensa enquanto ele lutava contra algo invisível. Eu sabia que era minha culpa — ele estava sofrendo por minha causa. Agora, no meio daquilo, senti como se estivesse encolhendo até sumir. Eu entrara na suíte dele e envenenara sua medicação enquanto ele esperava do lado de fora, achando que eu estava passando mal. Ali, daquele jeito, ele era só o homem que havia amado minha mãe. Que me encontrara depois desse tempo todo para poder me dizer isso.

Fui para o lado dele, olhando para suas mãos, as veias grossas e azuis inchadas debaixo da superfície da pele. Em uma havia um acesso enfiado, o sangue ainda aparecia debaixo do esparadrapo transparente que o segurava ali.

— Sou eu. — Eu me inclinei para que ele pudesse ouvir. — Vim ver qual era o problema.

Ele virou a cabeça e abriu os olhos, os lábios retorcidos em um sorriso minúsculo.

— Apenas um vírus estomacal, é só isso. — Ele limpou a saliva do canto da boca. — Hoje à noite? — acrescentou, olhando para o médico.

— Sim, vamos ter uma noção muito melhor das coisas hoje à noite. Veremos se melhorou um pouco. No momento, o mais importante é mantê-lo hidratado.

Meu pai pressionou a mão na lateral de seu corpo, duro e tenso. O médico me incitou a recuar, e se inclinou por cima dele, ouvindo sua respiração.

— Você pode voltar hoje mais tarde — falou, fazendo um gesto em direção à porta.

Eu só fiquei parada ali, observando a forma como os pés de meu pai se tensionavam, os dedos apontando para o teto, um joelho levantado enquanto tentava suportar a dor. Ele soltou um suspiro lento e ruidoso, e então relaxou um pouco, seus olhos me encontrando.

— Não se preocupe, Genevieve. — Quando ele sorriu, pareceu estar tentando não chorar. — Vai passar.

Fiquei olhando para o chão, para a estampa espiralada do carpete, para a nesga fina de luz se movimentando com a cortina. Pensei em minha mãe. Será que ela estaria desgostosa comigo agora, a filha que provocara tal sofrimento a alguém que ela havia amado? Independentemente de quantas mortes fossem responsabilidade dele, eu agora não tinha feito a mesma coisa? Será que eu não era igualmente má?

Virei-me para sair, parando à porta quando ele tossiu, me encolhendo a cada vez que arfava e engasgava. Era tarde demais. Estava feito. Agora eu só esperava que ele não ficasse assim, moribundo, por muito mais tempo. *Permita que seja rápido*, pedi, conversando com alguma força sem nome e sem rosto, como todas aquelas preces que já tinha ouvido ser proferidas nos memoriais. *Permita que acabe.*

OTTO

O DIA ESTAVA NO FIM. O CÉU SE ESTENDIA ACIMA DE NÓS, UM TOLdo laranja claro com apenas uma nuvem tênue, passageira. Passei o dedo por uma xícara de chá de porcelana, apertando a alça fina entre os dedos. A ideia de ir até ali tinha sido de Clara. Depois de eu evitá-la o dia todo, ela havia me encontrado na galeria do Palácio e insistira para darmos um passeio pela rua principal. Eu não consegui dizer nada, não enquanto passávamos pelos jardins do velho Venetian ou pelo último hotel convertido em apartamentos. Ela esperou, seus passos em sincronia com os meus, mas só quando chegamos ao restaurante no terraço no fim da rua é que encontramos coragem para falar.

— Só me diga — sussurrou Clara. Ela colocou a mão sobre a minha e a deixou ali. — Você teve alguma coisa a ver com o que aconteceu com seu pai? Dizem que ele está piorando.

Observei atentamente seu esmalte vermelho-sangue, a unha do polegar lascada no canto. As mesas em volta de nós estavam vazias, mas ainda havia quase cinquenta pessoas no terraço, demorando-se após o almoço. Um homem mais velho com cabelo grisalho e crespo estava sentado a alguns metros de distância, olhando ocasionalmente para nós, então de volta para seu jornal.

— Eu estava chateada ontem. — Dei de ombros. — Você não devia ter visto o que viu.

Ela se inclinou para a frente, os cotovelos na mesa, e descansou o rosto nas mãos.

— Não sei o que mais preciso fazer para você confiar em mim. Eu guardei cada um dos seus segredos.

Observei os dois soldados atrás dela. Eles haviam nos seguido até ali e agora estavam sentados numa mesa no canto, comendo os minúsculos sanduíches triangulares em uma só bocada.

— Não é isso — falei baixinho. — Eu simplesmente não posso.

A garçonete, uma mulher mais velha, com óculos arranhados, fez uma pausa para encher nossas xícaras de novo. Ficamos em silêncio enquanto ela estava ali, pairando acima de nós. De vez em quando as pessoas tiravam os olhos de seus pratos para ver o que estávamos fazendo. Parecíamos comicamente arrumadas demais para o chá da tarde, Clara em um longo que se abria na cintura, seus brincos de rubi elaborados quase tocando os ombros. Por insistência de Alina, meu cabelo estava penteado em cachos, um monte deles presos na base do pescoço. Meu vestido azul-marinho era transparente na parte de cima, as mangas de malha apertadas em volta dos braços, protegendo pouco do frio crescente. Clara não olhou para mim, esperando a garçonete atravessar o terraço novamente.

Ela virou de costas para o restante das mesas, olhando fixamente para a Cidade, tomando cuidado para que ninguém visse seu rosto.

— Você vai embora, não vai? — Foi mais uma declaração do que uma pergunta, sua expressão hesitante.

— Não posso fazer isso agora... — comecei, mas minha voz sumiu enquanto eu a observava. Ela mordeu uma das unhas com força, virando-a de lado, como se fosse arrancá-la.

— Estou com tanto medo — disse ela, tão baixo que mal pude ouvir.

Algo dentro de mim se partiu. Eles todos seriam mortos ali se eu os abandonasse. Moss seria o único dentro do Palácio capaz de impedir e, mesmo assim, eu me perguntava se ele o faria. Eu não podia fazer isso de novo, ficar olhando para trás constantemente, imaginando as coisas que poderia ter feito para salvá-los. Abaixei minha cabeça, apoiando os dedos na testa para tapar o rosto.

— Não devemos conversar aqui — falei.

Era tão mais fácil ir embora, não era? Enxerguei meu pai em mim, aquele lado silencioso e covarde dele que não respondera às cartas da minha mãe, que nos largara naquela casa, presas atrás de barricadas, esperando a morte. O pensamento me encheu de terror. Ele estaria comigo, sempre uma parte de mim, quer eu vivesse ou morresse.

— Posso não ser capaz de levá-la — murmurei. — Mas vou garantir que vocês fiquem em segurança. — Eu não iria partir até Moss prometer proteção a eles — Charles, Clara e sua mãe.

Clara jogou a cabeça para trás, deixando o cabelo cair para longe do rosto. Seus olhos estavam vidrados.

— Então *vai* acontecer. Todos os rumores são verdadeiros.

— Prometo que não vou deixar que nada aconteça a você — falei, incapaz de confirmar.

— Quanto tempo faz? — Ela balançou a cabeça. — Você chegou a cortar contato com os dissidentes?

Bufei, tentando conter o tremor em minhas mãos.

— Há um contato no Palácio que irá encontrá-la quando acontecer. Sua mãe e Charles também. Espere por ele.

Ela se inclinou para a frente e as lágrimas vieram depressa, tocando a mesa de mármore. Pus a mão em seu pulso e apertei, tentando lhe dizer tudo o que não tinha sido dito. *Não vou deixar que eles a machuquem*. Eu queria botar minha cadeira ao lado dela, abraçá-la pelos ombros, puxando-a para mim. Mas era arriscado demais ali. Ficaria óbvio que ela estava chorando, e suscitaria perguntas.

Fiquei olhando para as mechas de cabelo fino que sempre emolduravam o rosto de Clara, apesar de sua mãe tentar desesperadamente alisá-las para trás com laquê. Seu nariz era um pouco arrebitado na ponta. Poderia levar meses até que eu pudesse retornar à Cidade de novo. Eu queria fixá-la em minha mente de um modo que não tinha feito com Arden ou Pip. Quando tentava me lembrar de algo mais específico — um gesto, o som de suas vozes — eu não conseguia. Ficava cada vez mais difícil, os meses se passando rapidamente sem notícias delas. Pensei em levar uma foto de Clara, talvez uma nossa que havia saído no jornal nas últimas semanas, meu braço transpassado ao dela enquanto caminhávamos pelos jardins do Palácio.

Esta noite, em meu encontro final com Moss, eu me asseguraria de que eles fossem mantidos em segurança.

Clara enxugou as bochechas o dorso da mão.

— Isso vai parecer loucura — começou ela.

— Diga...

Ao ouvir isso, seus lábios se retorceram em um meio sorriso.

— As garotas da minha idade que não ficaram órfãs nunca gostaram muito de passar um tempo com a sobrinha do Rei. Elas costumavam dizer que eu era metida.

Eu sorri, lembrando-me da primeira vez em que vira Clara, do modo como ela me dera uma olhada crítica, avaliando meus sapatos, meu cabelo e vestido como se estivessem em um dos manequins da loja.

— *Nãããolo* — brinquei. — Eu não acredito.

Clara alisou a trança fina que segurava seu cabelo.

— Talvez eu não esteja *tão* surpresa — falou. — Mas agora não consigo imaginar as coisas sem você.

Nos dias posteriores ao casamento, foi Clara quem trouxe minhas refeições para a suíte quando me recusei a ver qualquer outra pessoa. Naquelas primeiras semanas ela não falou nenhuma vez sobre Charles, independentemente da estranheza por vê-lo casado, de ter que olhar para a frente e sorrir enquanto ele fazia juras para mim. Em vez disso, ela se enroscava ao meu lado, a mão em minhas costas ao recontar o que havia acontecido com Caleb.

— Vou vê-la de novo — prometi, mas mesmo naquele momento eu sabia o quanto seria difícil.

Ela enxugou os olhos.

— Está se sentindo melhor? — perguntou, o olhar repousando em meu abdômen por um instante.

— O enjoo vem e vai. — Eu tentava não olhar para os sanduíches pela metade no prato dela, onde havia um pedaço pálido de frango exposto, a carne e maionese exalando um cheiro forte, enjoativo.

— E Caleb? — indagou ela.

Empurrei meu prato para a beirada da mesa, para longe de mim. Ultimamente eu não queria falar tanto sobre ele, percebendo que era impossível para qualquer um entender o que eu sentia. Essa era a coisa mais marcante dos dias que se sucederam à morte dele — os *Como você está?* obrigatórios em todos os lugares na Cidade. Moss e Clara haviam perguntado com intenções claras, mas até mesmo as operações mais simples — o abrir de uma porta, a compra de algo dentro do shopping do Palácio — os suscitavam, a pergunta fácil e inocente ganhando mais peso. A cada resposta eu era empurrada ainda mais para a dor, as respostas vazias fazendo com que me sentisse ainda mais sozinha em minha solidão.

— Isso também vem e vai — eu disse.

— Minha mãe falou que vão saber hoje à noite — continuou Clara. — Sobre o Rei.

Ela fez uma pausa, esperando minha resposta, mas eu só balancei a cabeça.

— Não posso discutir isso — sussurrei, meu olhar disparando pelo terraço. Os dois soldados estavam de pé agora, as mãos acima dos olhos enquanto observavam a Cidade. Algumas pessoas nas mesas em volta se levantaram, tentando ver o que eles viam.

Segui seus olhares além do muro. Era difícil decifrar na luz diminuta, mas um deles apontou para uma área de prédios cobertos de areia. O rádio em seu cinto chiou. Pela primeira vez percebi que o topo da torre do Stratosphere havia mudado de cor, uma luz vermelha, pulsante, aparecendo no alto da agulha.

Algo se mexeu entre os prédios. As sombras no chão mudavam conforme homens disparavam de um prédio para o outro. Não deviam estar a mais do que uns oitocentos metros da Cidade. Talvez menos. Eu me inclinei para a frente, tentando alertar Clara, quando os primeiros tiros soaram. Uma explosão ocorreu do outro lado do muro, a fumaça preta subindo em um jorro grosso e encrespado.

A mulher ao nosso lado apontou para a Periferia ao sul. Silhuetas disparavam rua abaixo, verificando os prédios em busca de soldados. Mesmo lá de cima nós conseguíamos ver seus braços esticados e ouvir os estalos de tiros enquanto eles corriam em direção ao centro da Cidade.

— Estão do lado de dentro dos muros — falou ela. — Eles entraram.

— Isso é impossível — respondeu um homem atrás de nós. Clara virou-se para mim, analisando meu rosto. Eu sabia o que ela estava perguntando. *Havia mais túneis iguais ao que Caleb estava escavando? Havia um jeito de passar pelo muro, apesar do que todo mundo pensava?* Assenti, um *sim* quase imperceptível.

Um soldado foi para o outro lado do terraço, bloqueando a saída. As pessoas no restaurante estavam assustadoramente imóveis. Uma mulher havia congelado no meio da conversa, os lábios ligeiramente abertos, a xícara empoleirada no ar.

— Alguém me ajude — disse o soldado, apontando para os carrinhos de servir e para as mesas que cercavam a saída. — Temos que remover isso.

Ele arrastou uma mesa para a frente da porta da escadaria, bloqueando a única entrada. Mas só quando o outro soldado falou, é que alguém se mexeu.

— Vamos lá, pessoal! — disse ele, aumentando o volume da voz para um berro. — Não estão vendo o que está acontecendo? A Cidade está sob ataque.

NOVE

UMA HORA SE PASSOU. O AR TINHA CHEIRO DE FUMAÇA. DO TERraço, dava para ver um incêndio se alastrando pela Periferia, logo depois dos velhos hangares. Mais rebeldes haviam conseguido entrar na Cidade, lutando juntamente à oposição do lado de dentro. Gritos subiam da rua principal. Eu mantinha os olhos nas ruas abaixo, observando pessoas dispararem para dentro de prédios, algumas tentando descer a avenida, de volta para seus apartamentos. Explosões soavam ao longo do muro. O *ra-tá-tá* de metralhadoras era tão constante que eu não me encolhia mais.

— Você disse que ainda tínhamos tempo — sussurrou Clara. Ela estava segurando meu pulso cravava os dedos em minha pele ao observarmos a Cidade.

— Achei que tivéssemos. — Minha voz estava estranhamente calma. Os soldados se recusavam a nos deixar remover as mesas empilhadas contra as portas da escada, bloqueando a única entrada para o terraço. A maioria das pessoas estava na amurada, olhando a batalha. Poucas falavam. Uma mulher havia sacado uma câmera e estava tirando fotos, fotografando as chamas que consumiam um depósito na Periferia.

Tiros soaram em algum lugar na parte sul da Cidade, onde incêndios se espalhavam, as chamas atiçadas pelo vento. Havia centenas do lado de fora dos portões agora, uma grande massa de pessoas atirando contra os soldados posicionados ao longo das torres de vigia da muralha. De onde estávamos, dava para ver apenas uma nesga do portão norte e o clarão súbito de explosões além dele. As silhuetas se misturavam na escuridão cada vez maior, uma indistinguível da outra.

O homem de cabelo grisalho estava sentado com as costas encurvadas, os braços dobrados em cima da amurada. Outro homem, de não mais do que quarenta anos, estava parado ao nosso lado.

— Eles nunca vão conseguir passar pelos portões — falou. — Houve um ataque há cinco anos. Uma gangue construiu bombas com gasolina. Devem ter queimado por um dia inteiro, toda a parte norte do muro foi consumida. Nem eles conseguiram passar. Quaisquer rebeliões que estejam acontecendo na Periferia serão controladas dentro de algumas horas. Não precisam ficar com medo. — Ele fez uma ligeira reverência, sua expressão tão sincera, como se apenas ele tivesse o poder de nos tranquilizar.

Eu me virei de volta, tentando ter um vislumbre do lado sul do muro, onde ficava um dos túneis restantes. O homem estava errado — os rebeldes iam conseguir entrar na Cidade, se é que já não haviam conseguido. Moss havia descrito em detalhes: como o portão norte seria atacado primeiro, aí, depois que os soldados tivessem sido chamados para o extremo do muro, outra onda de rebeldes passaria por um dos túneis restantes e para dentro da

Periferia, trazendo suprimentos adicionais. Agora que o cerco havia começado, não havia como ter certeza de quando os rebeldes chegariam ao centro da Cidade. Mas se não estivéssemos de volta ao Palácio, com Moss, quando entrassem, nós duas estaríamos mortas.

Andei em direção à saída, puxando Clara.

— Precisamos ir embora — sussurrei para ela. — Não sei quanto tempo temos.

Uma pequena multidão havia se formado perto da saída, crivando os soldados de perguntas. Uma mulher baixinha estava na frente deles, gesticulando freneticamente. Agora que o sol havia se posto, ela pegara uma jaqueta curta e vermelha emprestada da equipe de garçons para se manter aquecida.

— Mas eu tenho que ir — disse ela, a voz trêmula. — Meus filhos estão a apenas dois quarteirões ao sul. E se os rebeldes conseguirem passar pelo portão? O que vamos fazer então?

— Eles não vão conseguir passar pelo portão. — A cabeça do soldado era completamente raspada. A pele da nuca formava dobras grossas e rosadas. — Estamos mais preocupados agora com os dissidentes dentro da Cidade. É mais seguro aqui do que lá embaixo na rua.

Três homens estavam de pé ao meu lado, escutando. Um deles esticou a mão por cima do braço do soldado e empurrou o topo da porta de metal, verificando se ela cedia.

— Para trás! — gritou o outro soldado. Ele agarrou o colarinho da camisa do sujeito, puxando-o para longe.

O homem debateu-se para se livrar da pegada do soldado.

— Temos familiares, queremos ficar ao lado deles. Que diferença faz para vocês se quisermos sair?

— Eles têm razão — falei. — Quanto tempo esperam que a gente fique aqui?

O soldado gordo olhou de soslaio para seu colega.

— Estas são as ordens de seu pai. — Ele parecia menos seguro agora, conforme alguns outros andavam em direção à saída. — Eles precisam das pessoas fora da rua para que os jipes possam passar. Devem permanecer aqui. É só por enquanto.

— Devemos só ficar aqui? — Um dos homens perto da porta havia tirado seu terno, revelando uma camisa manchada de suor.

— E quanto às nossas famílias? — Algumas mesas ainda estavam bloqueando a saída. Ele agarrou os pés de uma, puxando-a para trás. — Alguém me ajude a tirar isso.

O soldado gordo fez menção de detê-lo, mas agarrei o braço dele.

— Vocês têm que nos deixar sair — falei. Houve mais uma explosão na Periferia, a fumaça subindo em uma nuvem gigantesca repentina. Enrijeci o corpo. — Todos nós. Se ficarmos muito mais tempo aqui, estaremos encurralados.

— Eva — sussurrou Clara. — Talvez eles tenham razão. Talvez só tenhamos que esperar. Não devemos discutir com eles.

Ela observava o soldado gordo reajustar seu rifle enquanto a multidão se movimentava.

Mas eu fui em frente, agarrando uma das cadeiras do topo da pilha e passando-a para Clara. Havia duas mesas calçando a porta. Escorreguei a de baixo para o lado, ao longo da beirada do terraço. O soldado ficou parado ali, sem saber se devia me deter.

O pipocar oco de explosivos estava mais alto do que antes.

— Precisamos ir *agora* — gritou outro homem. Usava uniforme de garçom, o colete desabotoado. Ele abriu caminho até a frente da multidão.

As pessoas atrás o seguiram, derrubando-nos para a frente. O soldado pressionou um braço contra o peito do homem, tentando detê-lo, mas a multidão continuou avançando. Uma mulher caiu em cima de mim e nós continuamos a pressionar em direção à porta. Ela estava tão perto que eu conseguia sentir o cheiro de café em seu hálito.

    Meus joelhos vacilaram. A mão de Clara soltou-se da minha. Houve gritos quando a multidão empurrou em uma grande massa. As portas cederam subitamente e todo mundo caiu. Uma mulher mais jovem com um chapéu vermelho passou por cima das cadeiras que haviam sido escoradas contra a saída. Ao descermos as escadas correndo, estimulados pelo fluxo denso de pessoas em pânico, olhei para cima e vi dois homens segurando o soldado contra a parede enquanto o restante da multidão passava.

    O ambiente ficava silencioso conforme espiralávamos escada abaixo, olhando para nossos pés, nossos passos ecoando no concreto. Um homem mais velho parou na minha frente, arfando, as mãos nos joelhos. Algumas pessoas passaram correndo por ele, quase derrubando-o.

    — Está tudo bem — falei, pegando-o pelo braço. — Um de cada vez.

    Continuamos a descer até a escada nos despejar no andar térreo do hotel reformado. O saguão extenso estava vazio. As velhas máquinas de jogos estavam cobertas por lençóis. Todos os restaurantes estavam fechados, porta após porta, todas trancadas. A multidão se dispersou pelo labirinto de corredores, tentando as diferentes saídas enquanto eu esperava por Clara.

    — Obrigado, Princesa — disse o sujeito mais velho ao seguir para atravessar um dos corredores escuros. Eu o observei ir embora até ele virar um pontinho minúsculo, engolido pela escuridão.

    O silêncio me apavorou. Do outro lado das portas de vidro a rua principal estava deserta, a não ser por um jipe solitário que passava. Um soldado correu pela calçada, o som de seus passos retrocedendo, fazendo o mundo voltar ao seu lugar silencioso.

A quietude foi quebrada pelo pipocar rápido de tiros. Uma voz ao longe gritou de um corredor lateral:

— Aqui! Encontrei uma saída pelos fundos!

Clara saiu correndo da escada, levantando o vestido para não tropeçar. Observando-a agora, segurando o longo de seda pura que se abria na cintura, seu pescoço delicado enfeitado por um pendente de rubi, eu entendia o quanto estávamos em perigo. Era tão óbvio que fazíamos parte do Palácio — nossos cabelos penteados para cima, nossos vestidos em tecidos exclusivos quase impossíveis de ser encontrados agora, tantos anos após a praga.

Um homem passou por nós, empurrando, seu paletó jogado nos braços.

— Senhor! — gritei quando ele correu em direção a um corredor escuro. Ele não diminuiu a velocidade. Em vez disso, olhou por cima do ombro, o rosto de perfil. — Podemos ficar com o seu paletó? Não podemos sair assim. Se um rebelde nos vir, levaremos um tiro.

Ele desacelerou por um momento, pensando a respeito. Então saiu correndo por um corredor na penumbra e simplesmente largou o paletó, deixando-o no chão para que o pegássemos. Algumas mulheres se enfileiraram atrás dele, disparando em volta do paletó, até Clara e eu estarmos sozinhas no saguão vazio.

Passei o paletó por cima dos ombros de Clara. Aí soltei meu cabelo para que cobrisse as laterais do meu rosto e a parte de cima do vestido. Era uma caminhada de apenas 15 minutos até o Palácio, talvez menos, e não podíamos ficar ali e esperar. Seguimos o restante da multidão pelo saguão vazio, avançando na escuridão.

DEZ

A RUA PRINCIPAL QUASE VAZIA, APENAS COM ALGUMAS PESSOAS que tentavam voltar para seus apartamentos na avenida. Barricadas de metal haviam sido erguidas, bloqueando o lado oeste da rua, impedindo que as pessoas atravessassem. Um jipe passou e nós paramos, esperando que nos reconhecessem, mas o veículo só continuou andando, os olhos dos soldados fixos na extremidade sul do muro.

Olhei para o céu, observando a fumaça subir em uma neblina, cobrindo as estrelas. Havia um brilho alaranjado vindo do norte, onde os incêndios cresciam na Periferia. Dois tiros soaram em sucessão, e então o grito de uma mulher.

— Onde fica aquela loja? — perguntei a Clara, correndo na frente dela. Olhei para leste, onde as ruas laterais se abriam para lojas e restaurantes. — Passamos por ela um dia quando estávamos caminhando e você disse que todo mundo comprava roupas ali.

— Só mais um quarteirão.

Ela apontou para a esquina dez metros à frente. Acelerei, correndo o mais depressa possível na saia longa, a estrutura de tule arranhando minhas pernas. Não parei até virar na rua lateral silenciosa. A loja ficava a apenas duas portas de distância da rua. Tentei a porta, mas ela não cedeu.

— As pedras — falei, apontando para os arbustos que se enfileiravam pela rua principal. Eles estavam plantados ao lado da calçada, a terra cercada por pedras pesadas. — Passe uma para mim.

Clara encontrou uma pedra grande perto das raízes e a entregou para mim. Mirei no meio da porta de vidro, lançando-a através da vidraça logo acima da maçaneta. O vidro se quebrou em volta, estilhaçado e branco, como gelo triturado. O alarme soou, um uivo elétrico tão alto que senti a vibração no peito. Destranquei a porta e corri para dentro, em direção aos fundos, onde havia camisas penduradas em uma arara.

Clara abriu o zíper nas costas do meu vestido, ajudando-me a tirá-lo. Puxei uma blusa preta da arara, e então calças. Clara se vestiu rapidamente, pegando outra blusa de um cabide e enfiando um par de sapatos. Enquanto se ajoelhava para amarrá-los, o alarme continuava seu uivo horrível. Olhei pela porta estilhaçada, com medo de que chamasse atenção, mas só uma pessoa passou em disparada. Eles mal olhavam para a loja enquanto corriam.

— Isso também — falei, pegando dois chapéus de uma mesa quando estávamos saindo. Nós os colocamos bem em cima dos olhos e me senti mais tranquila imediatamente, voltando à rua principal.

Corremos em silêncio, as cabeças abaixadas, olhando para o asfalto. Mais tiros podiam ser ouvidos em algum lugar ao norte, aí uma explosão que rugiu como trovão, sacudindo tudo ao redor. Uma mulher correu pela rua principal, cobrindo os ouvidos com as mãos. Um homem mais velho estava bem atrás dela, seu terno preto de poeira, a perna direita da calça rasgada no joelho. Eles diminuíram a velocidade enquanto passavam. A mulher apontou por cima do ombro.

— Eles estão vindo do sul — berrou ela. — Há centenas deles. Meninos dos campos também.

O homem se demorou na esquina por um instante, a mão de sua esposa agarrada à dele.

— Boa sorte para vocês duas.

Um incêndio havia começado em um velho depósito. Fumaça preta subindo em ondas de uma janela quebrada, o ar pungente com cheiro de plástico queimado. Eu olhava para a curva na rua enquanto corríamos, esperando que o Palácio aparecesse atrás dela. Dava para ouvir a respiração de Clara atrás de mim e o som surdo de seus sapatos no chão. Lentamente, ele entrou no campo de visão. As luzes embaixo das estátuas haviam sido apagadas, as silhuetas quase invisíveis contra as árvores. Os chafarizes estavam desligados. Dúzias de soldados cobriam a parte norte do shopping, os jipes estacionados na calçada, bloqueando as entradas.

Levantei as mãos, mostrando a eles que estava desarmada. Subimos o longo caminho, as árvores magras se erguendo de ambos os lados. Um soldado perto da entrada dianteira nos viu primeiro, abaixando a arma, apontando para onde estávamos. Parei ali, Clara ao meu lado, observando enquanto dois outros soldados se aproximavam.

— É Genevieve — falei. Tirei meu chapéu, mostrando o rosto. — Clara e eu ficamos presas do outro lado da rua.

Um dos soldados puxou uma lanterna do cinto, mirando nas calças e blusas pretas que havíamos roubado da loja. Ele parou por um momento no meu rosto e franzi os olhos contra o facho de luz.

— Nossas desculpas, Princesa — ouvi-lo dizer, repetindo conforme as silhuetas corriam em nossa direção. — Não as reconhecemos com essas roupas.

Eles nos escoltaram, levando-nos para o andar principal do Palácio, onde ficavam as estátuas de mármore, os braços da mulher erguidos em saudação. Mas mesmo depois de estarmos no elevador, subindo acima da Cidade, não houve sensação de alívio. Eu só pensava em Moss, no exército vindo das colônias, imaginando quando e como eu fugiria.

SENTEI-ME NA BEIRADA DA BANHEIRA, O RÁDIO NAS MÃOS. O pequeno alto-falante estava coberto com uma toalha, pois eu tinha medo de que Charles ouvisse do quarto. Ele estava em uma obra na Periferia quando o cerco começou e logo foi trazido de volta em um carro do governo. Um menino, não mais do que 16 anos, havia jogado uma garrafa flamejante em um jipe. Ele descrevera como ela havia se quebrado debaixo do chassi, incendiando o assento onde dois soldados estavam. Mesmo depois que Charles se deitou para dormir, ele manteve os olhos abertos, o rosto congelado em uma expressão estranha. Ficou olhando para um ponto além do chão, olhando para algo que eu não conseguia ver.

Liguei o rádio, passando pelas estações da Cidade e ruídos de estática vazia, até a primeira linha que Moss havia marcado com caneta. Uma mensagem cortou o silêncio, interrompida por um chiado baixo ocasional. Era a voz de um homem, desfiando vários pensamentos desconexos que pareceriam incompreensíveis para qualquer um que não estivesse familiarizado com os códigos. Tentei me lembrar exatamente das instruções de Moss, os números que ele usava para dar sentido àquilo. A mensagem se repetiria em um ciclo de dez minutos, a segunda estação fornecendo a última parte.

Tentei manter minha voz firme quando pedi a Charles para organizar um encontro com Reginald, o Diretor de Imprensa do Rei. Meu pai havia piorado durante o dia e ainda estava de cama. Aleguei que queria dar uma declaração em nome dele. Charles não via Reginald desde a manhã, e a maioria dos soldados no Palácio acreditava que ele tinha ido à Periferia para relatar os acontecimentos. Eu não podia deixar o Palácio esta noite, conforme havíamos combinado — não até garantir proteção a Clara, à mãe dela e a Charles.

Tudo parecia errado. Eu tentava não pensar, só copiando as palavras do rádio, listando sete de cada vez na página, do jeito que Moss havia instruído. Escrevi até meu pulso doer, meus dedos ficarem doloridos e com câimbras, aí girei o *dial* até a linha seguinte que Moss havia marcado.

Levei quase uma hora, anotando os absurdos murmurados, e escutando de novo — duas vezes —, para me assegurar de que havia entendido direito. Quando terminei, tinha dois blocos de palavras, sete de cima para baixo e dez na horizontal. Coloquei os papéis um ao lado do outro, pegando uma a cada três palavras, depois a cada seis, depois a cada nove.

Fiquei olhando para elas por um instante, aquelas novas frases. Desliguei o rádio e fiquei sentada em silêncio. *As colônias retrocederam. Elas não podem fornecer apoio ao cerco à Cidade.*

Fiquei segurando o rádio, sem acreditar direito. As colônias não viriam. Em um dia, com uma decisão, os rebeldes haviam perdido milhares de soldados. O que isso significava para aqueles que já haviam começado a lutar? O que isso significava para todo mundo dentro das muralhas da Cidade? Moss estava tão confiante de que elas viriam, de que dariam o último impulso necessário para tomar a Cidade. Tudo parecia menos certo agora.

Fiquei sentada ali, esperando sentir alguma coisa, qualquer coisa, mas minhas entranhas pareciam ocas e frias. Minhas mãos estavam dormentes quando larguei o rádio. Minha gravidez às vezes parecia mais um enjoo constante e desgastante do que uma criança crescendo dentro de mim. Porém, desde que o cerco havia começado, eu não sentira mais a náusea pesada. Mais de oito horas haviam se passado. Meu estômago não estava tenso e revirado. Eu não sentia nada, e esse nada me assustava. As palavras do médico não paravam de voltar à minha cabeça. Ele tinha falado que ainda era possível perder a criança, que estresse e esforço poderiam fazer com que tudo acabasse.

Eu me levantei, meus joelhos leves, e fui para os fundos do banheiro. Pisando na beirada da banheira, dava para alcançar o pequeno duto de ventilação de metal perto do teto. Tirei um dos parafusos do fundo da grade circular, que agora deslizava para a direita, para o lado e para cima, deixando espaço para enfiar minha mão. Puxei o saco plástico aninhado no fundo do duto. A camiseta cinza estava embolada dentro dele, protegida em sua bolsa secreta.

Eu a segurei, sentindo a bainha rasgada na beirada, a etiqueta pendurada por alguns pontos frouxos, a letra C pintada. Provavelmente aquela seria a última coisa que eu teria de Caleb — a única prova de que ele havia existido. Parecia tão pequeno e patético agora, tão momentâneo. A linha já estava se soltando nas costuras.

Aquela palavra — *perder* — parecia mais pesada do que jamais parecera. E se, após semanas de gravidez desconhecida, eu já tivesse perdido o bebê? Pela primeira vez desde que soubera sobre a gravidez, fui arrastada pela dor, do mesmo tipo que me assolou subitamente nas semanas após a morte de Caleb. Por mais difícil que fosse ter um filho além dos muros da Cidade, eu o queria — era parte de mim, de *nós*. E, em alguns dias, ela (por que eu achava que era ela?) seria a única família que eu teria.

Eu não podia perder mais. Já havia tão pouco em que me agarrar. Moss tinha ido embora, Caleb estava morto. Em poucos dias estaria acabado, a Cidade, Clara e o Palácio ficando para trás até eu estar de novo em território selvagem, sozinha, esperando por quanto tempo — meses? anos? — para ser chamada de volta. Ela era tudo que me restava.

Por favor, pensei, desejando pela primeira vez em dias que o enjoo voltasse, que eu sentisse alguma coisa — qualquer coisa — novamente. Eu não queria perdê-la. Não queria perder a possibilidade do que ela seria, do que eu poderia ser para ela. Não agora. Toda vez que afastava a ideia de minha cabeça ela retornava, até eu me flagrar sentada no beiral da janela, a camiseta nas mãos. Apertei o tecido fino contra o rosto, tentando controlar a respiração, mas ela ficava presa em algum lugar dentro de mim. Permaneci ali assim, no silêncio do cômodo, durante horas, quase incapaz de forçar o nome dele para fora dos meus lábios: *Caleb*.

ONZE

— O TENENTE DISSE QUE OS SOLDADOS OS SUPERAM EM TRÊS para um. — Tia Rose remexia os ovos pelo prato, cutucando-os com o garfo. Era a primeira vez que eu a via sem maquiagem. A pele abaixo dos olhos tinha um tom de azul opaco, seus cílios quase invisíveis.

— O que importa é que estamos seguros aqui — disse Charles. — Há uma centena de soldados cercando o Palácio, talvez mais. Ninguém vai entrar na torre. — Ele olhava para mim de soslaio enquanto falava, como se eu pudesse confirmar a veracidade.

Baixei os olhos para a fatia fina de pão em meu prato e para a pequena porção de ovos ao lado. Meu apetite havia sumido, mas eu ainda não sentia nada. Meu pai estivera doente demais na noite anterior para falar comigo, mas o Tenente havia assegurado a todos que o cerco seria sufocado dentro de um ou dois dias. Mas já estavam racionando provisões. Nenhum caminhão de suprimentos podia vir da Periferia, portanto as cozinhas estavam trancadas. Uma das funcionárias do Palácio, uma mulher mais velha, alta e magra, de óculos, recebera a infeliz tarefa de atender às demandas.

Ficamos sentados ali, remexendo a comida pelos nossos pratos, escutando os sons da Cidade lá embaixo. Os tiros ainda podiam ser ouvidos, mesmo do alto da torre do Palácio. De vez em quando a luta era interrompida por um pipocar rápido e oco que causava arrepios em meus braços.

Clara quebrou o silêncio, a voz hesitante:

— Como ele está? — Ela não ousou olhar para mim quando falou.

Rose manteve os olhos em sua comida, deixando o garfo descansar na beirada do prato por um instante.

— Nem melhor nem pior — disse. — Você não comentou sobre a doença dele fora do Palácio, comentou?

— Não, mamãe. — Clara balançou a cabeça.

O sangue tomou meu rosto, deixou minhas bochechas quentes. Alguém passou pelo corredor, o som dos passos ficando mais alto conforme se aproximavam. Mantive os olhos na porta, esperando que Moss entrasse. Onde ele estava? Poderia ter sido ferido no cerco ou estar se escondendo com os rebeldes. Poderia ter sido capturado. Havia tantas possibilidades para ele não estar ali agora, no Palácio, mas eu tentava afastar meus pensamentos da hipótese mais aterrorizante de todas: e se ele tivesse me traído?

Eu mal conseguia respirar. Estava quente demais. A visão da comida me deixava enjoada, os ovos duros e frios.

— Não estou me sentindo bem — falei, me afastando da mesa. — Não consigo...

Não me dei ao trabalho de terminar a frase. Simplesmente me levantei e saí, a sensação horrível, desesperada, me seguindo. Talvez fosse melhor partir agora, apesar da incerteza. Mas como eu poderia abandonar Clara ou Charles? Se o que o Tenente dizia fosse verdade, se o exército fosse capaz de derrotar os rebeldes, então eles estariam seguros no final das contas. Eu era a única em perigo.

Seguia em direção ao meu quarto quando uma voz chamou atrás de mim.

— Princesa Genevieve — disse o médico. — Seu pai gostaria de falar com você. — Os olhos pequenos e pretos me observaram de por trás de lentes grossas. Ele parecia cansado, os ombros caídos, o rosto pálido.

— Não estou me sentindo bem. Neste momento não posso — falei, virando-me para sair. — Sinto muito.

Comecei a me afastar, rumo à minha suíte, porém ele me seguiu, esticando-se para pegar meu braço.

— Ele pode permanecer acordado apenas por mais uma ou duas horas — alertou, fazendo um gesto para o outro lado do corredor. — Falou que é importante.

Caminhamos em silêncio. Parei de resistir. Sabia o quanto seria estranho para o médico se eu me recusasse a falar com meu pai agora, quando ele estava tão doente. Juntei as mãos, apertando o sangue nos dedos, tentando lutar contra a dúvida que ainda me assolava.

— Os exames foram inconclusivos até agora — explicou o médico à medida que nos aproximávamos da suíte do meu pai. Havia dois soldados do lado de fora. — Estamos eliminando possibilidades, mas ele está estável por ora.

Dava para sentir o cheiro de água sanitária vindo do corredor. Lá dentro era pior, o ambiente estava minado pelo fedor da doença que ainda pairava. Cheguei à porta e fiquei surpresa ao ver meu pai sentado na cama, as cortinas abertas, o quarto insuportavelmente claro.

Ele parecia frágil, a pele fina como papel. À luz do sol ele parecia mais pálido, os olhos azuis-acinzentados translúcidos. Seus lábios estavam tão rachados que sangravam. Virei-me para o médico, mas ele tinha ido embora. A porta da suíte foi fechada, deixando nós dois sozinhos em silêncio.

Eu não conseguia perguntar como ele estava, ou mesmo ficar ali fingindo que aquilo não era o que eu queria. Em vez disso, só me sentei na beirada da cama, encolhendo as mãos no colo para impedi-las de tremer. Passou-se algum tempo antes que ele falasse:

— Você mentiu para mim — disse. Ele analisou a lateral do meu rosto.

O fundo da minha garganta estava tão seco que doía. Era impossível dizer o que ele sabia ou como. E se eu podia contornar os fatos, ou se não havia escapatória.

— Não sei o que quer dizer — falei, percebendo como aquilo soava patético, até mesmo para mim.

— Não acredito mais em você, Genevieve. — Ele passou os dedos no esparadrapo nas costas da mão. Um tubo plástico do acesso que continha algo líquido serpenteava para fora, conectando-se a uma bolsa molenga. — Parei de acreditar em você há muito tempo. Como tenho certeza de que você parou de acreditar em mim.

— Então por que se dar ao trabalho de perguntar? — Não fazia muito sentido fingir agora. Afundamos no silêncio, o ressentimento aumentara nesses últimos meses, mais natural do que qualquer outra coisa. Nem minha gravidez foi capaz de mudar isso por tempo o bastante.

Ele soltou um suspiro longo e ruidoso, descansando a cabeça de volta no travesseiro.

— Diga-me... há mais do que um túnel levando para a Periferia?

— Já lhe contei tudo que sei sobre os planos dos dissidentes — falei rapidamente, mantendo meus olhos fixos nos dele. — Caleb não me disse nada além do que eu precisava saber para que fossemos embora.

— Explique para mim como eles estão entrando na Cidade — disse ele. Um fio fino de suor desceu pelo lado de sua testa, ficando preso no cabelo acima da orelha. — O portão norte ainda não está comprometido, apesar de todos os esforços. E ainda assim há milhares deles do lado de dentro dos muros. Milhares.

— Eu não sei — repeti, mais energicamente desta vez. — E podemos falar sobre isso de novo, com o Tenente aqui, se você quiser, mas nada vai mudar. Não tenho mais o que lhe dizer.

Lentamente, sem dizer mais nada, o corpo dele relaxou no travesseiro. Ele parecia menor, de certa forma, os braços delgados debaixo da camisola larga.

— Eles não vão tomar a Cidade. Eu não vou deixar — advertiu sem olhar para mim. Em vez disso, ficou mirando para fora da janela, algum ponto indistinguível perto do muro leste. — Vai acabar logo.

Passei as mãos pelo cabelo. Nunca tinha sentido vontade de gritar tão alto ou durante tanto tempo. O exército das colônias não chegaria. Meu pai sabia sobre os outros túneis na Periferia. Então onde estava Moss agora? Para onde eu deveria ir? Os túneis estavam livres para eu passar, ou seria capturada lá por rebeldes que entravam na Cidade, sem saber que eu estava do lado deles?

Fiquei sentada ali, na beirada da cama dele, escutando o som baixo de tiros a oeste. Havia apenas uma pergunta que importava agora, enquanto papai estava deitado ali, entre a doença e a morte. Se ele estivesse certo — se os rebeldes fossem derrotados —, eu seria contabilizada entre eles?

DOZE

NA MANHÃ SEGUINTE, FIQUEI DEITADA NA CAMA POR MUITO TEMpo, meus olhos fechados, avaliando o silêncio. Meu corpo parecia pesado, os membros oprimidos pela exaustão. Inspirei profundamente, tentando estabilizar minha respiração, do mesmo jeito que havia feito tantas vezes nas últimas semanas. Levei um instante para perceber ao que estava reagindo. A náusea havia voltado. A sensação densa, inebriante, se espalhava por trás do meu nariz. Minha mão desceu para a pele macia da barriga, o arredondamento suave escondido debaixo da camisola.

Sorri, me permitindo aquela felicidade simples e momentânea. Estava tudo bem. Ela ainda estava ali, comigo, agora. Eu não estava sozinha.

Do outro lado do corredor, eu podia ouvir os tinidos baixos de panelas enquanto a cozinheira preparava nosso café da manhã. Tirando isso, o quarto estava em silêncio. O tiroteio havia cessado. Não havia mais explosões na Periferia, só o som dos jipes do governo, uma buzina tocando de vez em quando conforme algum deles passava voando pelo Palácio. Fiquei deitada ali de olhos fechados, enroscada em mim mesma, tentando afastar a náusea.

— Você está dormindo? — sussurrou Charles de algum lugar além. Ele fazia isso às vezes... era uma das coisas mais normais a respeito dele. *Você está dormindo?*, perguntava depois de as luzes já terem sido apagadas e de estarmos suspensos no escuro. Se eu estivesse, como poderia responder?

Rolei de lado, observando-o perto da janela. A luz estava embotada por nuvens. Ele segurava a cortina, passando o polegar no tecido.

— O que foi? — perguntei. Ele já estava vestido, a gravata pendurada no pescoço.

— Está acontecendo alguma coisa lá fora. — Ele não olhou para mim quando falou. Inclinou-se para a frente, o rosto a centímetros do vidro.

— Acabou, não é? — indaguei. — Os tiros pararam em algum momento hoje de manhã.

Ele balançou a cabeça. Parecia estranho, as sobrancelhas franzidas, como se tentando entender alguma coisa.

— Acho que está só começando.

A voz dele ficou presa no fundo da garganta. Fui até a janela, olhando para a Cidade abaixo. A multidão havia se espalhado pela rua principal, uma aglomeração densa espremida entre os prédios, da mesma forma que tinham feito nos desfiles. Mas não havia acenos com bandeiras, nenhum urro ou grito ouvidos do alto como um zumbido de estática. Em vez disso, eles estavam aglomerados em frente ao Palácio, logo atrás dos chafarizes, mal se mexendo enquanto o sol esquentava o céu.

— O que estão fazendo aqui? — perguntei. — O que está acontecendo?

— Estão esperando — falou ele. — Não sei o quê.

Ele apontou para o extremo norte da rua, onde um jipe abria caminho através da multidão, a massa de gente dando passagem para depois engolir o veículo por inteiro. Uma plataforma fora armada diante do Palácio. O pequeno bloco quadrado era visível lá do alto.

— Você não soube nada sobre isso? — indaguei.

Charles levou a mão à têmpora, como se estivesse com dor de cabeça.

— Fiquei aqui a noite inteira — disse ele. — Por que eu saberia algo mais do que você?

— Porque você trabalha para meu pai — respondi rapidamente, puxando um suéter e calças do armário.

Charles me seguiu enquanto eu atravessava o quarto até a cômoda. Ele laçou a gravata, passando uma ponta por cima da outra, mexendo as mãos rapidamente até deslizar o nó para junto da garganta.

— Estou no comando dos canteiros de obras. Não estou em uma guerra contra os rebeldes. Sou como qualquer outra pessoa dentro da Cidade, fazendo o melhor que posso com o que me foi dado.

— Não é bom o bastante — rebati. Aquilo não era culpa dele, eu sabia, e ainda assim ele estava ali. Era a única pessoa ao alcance.

Charles se afastou de mim, seus olhos pequenos e estreitos. Ele odiava quando eu fazia isso, o colocava ao lado do Rei, o responsabilizava pelo que meu pai havia feito. Mas ele estivera lá, não estivera? Se tivesse argumentado a favor de melhores condições nos campos, conforme alegara ter feito, então por que as coisas haviam continuado como estavam? Por que ele, de todas as pessoas, não pusera um fim àquilo?

Troquei de roupa rapidamente, me escondendo dele no banheiro frio e silencioso. A tranquilidade do lado de fora me assustava. Não passava das oito horas. Se meu pai ou o Tenente iam fazer discursos, eles haviam marcado para antes do café da manhã, quando a maioria de nós estava acabando de acordar.

Saí do quarto e entrei no corredor, passando pela fileira de suítes. Não levou muito tempo até eu ouvir a porta se abrir e o som dos passos de Charles atrás de mim. Não me dei ao trabalho de virar.

— O que você está fazendo? — questionei.

— Eu ia perguntar a mesma coisa.

— Vou descer para ver o que está acontecendo.

Continuei andando, nossos passos em sincronia, até ele disparar para o meu lado. Ainda estava endireitando a gravata.

— Vou com você — disse. O corredor estava frio, o ar provocando arrepios em minha pele. Na outra extremidade do corredor, perto da suíte de meu pai, ouvi murmúrios, vozes baixas saindo da saleta. Os soldados que normalmente ficavam posicionados do lado de fora do elevador e da escada haviam sumido.

Entramos no quarto. Um grupo estava aglomerado em volta da janela — alguns soldados, alguns dos empregados da cozinha do Palácio. Uma das cozinheiras que estivera presa na torre há dias, esperando pelo fim do cerco, estava com a mão pressionada contra o vidro, os olhos vermelhos.

— O que foi? — perguntei. — O que está acontecendo?

Os soldados mal tiraram os olhos da janela. Eu cheguei por trás deles, tentando ver o que estava acontecendo. Bem abaixo, o jipe havia conseguido passar pela multidão, os soldados se aproximando como um enxame conforme a porta de trás se abria. Era impossível dizer quem havia saltado, mas assim que a silhueta entrou na multidão, as pessoas começaram a mudar, os gritos e urros formando um uníssono. Uma parte das pessoas se juntou e então se dispersou, como um grande enxame de moscas.

— Os líderes rebeldes — disse um dos soldados, sem se virar para olhar para mim. — Eles os encontraram.

Senti o pânico subindo, minha pulsação latejando em minhas mãos.

— Quem são eles? — indaguei. — Onde foram encontrados?

Eu me virei, olhando para alguns dos empregados do Palácio. A cozinheira, uma mulher mais velha, com uma longa trança branca, apoiou o queixo na mão.

— Em algum lugar da Periferia, imagino. — Ela falou aquilo sem olhar para mim.

Marcus, um dos serventes da sala de jantar, estava com os lábios contraídos, uma linha reta. Seus olhos estavam injetados de sangue, as bochechas caídas.

— Pobres coitados.

— Não são exatamente inocentes, são? — retrucou um dos soldados. — Sabe quantas pessoas morreram protegendo a Cidade só nos últimos dias?

— Para onde os estão levando? — interrompi.

Algumas pessoas se viraram, me avaliando, mas ninguém disse nada. Retornei ao corredor, Charles em meu encalço. Fiquei apertando o botão do elevador, ouvindo-o subir até a torre. Só quando estávamos dentro, as portas se fechando, foi que falei:

— Eles os trouxeram aqui, ao Palácio, para fazer o quê? Dar uma lição ao público? Mostrar a todo mundo o que acontece com pessoas que desobedecem ao meu pai? — Meu estômago parecia leve à medida que os andares passavam voando, de um a dez.

Charles tirou o cabelo do rosto.

87

— Sei lá — disse ele. — Acho que não vamos retroceder a isso. Tem que haver julgamentos, pelo menos. Inocentes até que se prove a culpa, não era?

— *Não era* — repeti. — *No passado.* Acho que meu pai não se importa muito com julgamentos agora.

Ficamos observando os números se acenderem um a um, cronometrando nossa descida. Quando as portas se abriram no saguão principal, era como se a multidão ruidosa estivesse do lado de dentro. Na rua, logo além dos chafarizes do Palácio, as pessoas estavam gritando. Eu não conseguia distinguir uma palavra; tudo se misturava e ecoava pelo saguão de mármore, nos atingindo como o estrondo de um trem. Hannah e Lyle, dois dos funcionários do Palácio, haviam abandonado a recepção e estavam parados na frente das portas de vidro, olhando. Estavam pálidos.

— Isso é o inferno — disse Hannah. — Não acredito que eles realmente vão prosseguir com isso. Não podem.

Lyle, que com frequência arrumava os carros que iam e vinham do Palácio, estava com um braço em torno dela, a mão segurando sua lateral para mantê-la de pé. Corri até os dois, empurrando as portas da frente. Ali, logo além dos chafarizes, a parte de trás da plataforma era visível. Tinha quase um metro e meio de altura, a parte de baixo cercada, fora de vista. Dois postes subiam dela, formando um T gigantesco. No centro havia dois prisioneiros, as mãos amarradas atrás das costas, a corda passada com um nó em volta de seus pescoços.

Disparei pelo caminho abaixo, subindo as jardineiras baixas de pedra que separavam o Palácio da rua. Era impossível chegar por trás deles — a traseira da plataforma estava bloqueada por um jipe, os soldados observando do banco de trás como se fosse uma das apresentações de rua que às vezes aconteciam na via principal. Dois outros seguravam as mãos dos prisioneiros.

— Genevieve! Espere! — gritou Charles por cima do meu ombro. Mas eu já estava andando para a calçada, onde uma fileira de pessoas se espremia contra uma cerca de metal, olhando.

— Traidores! — gritou um homem na frente da plataforma. Ele era da Periferia; eu sabia por causa da jaqueta rasgada, dos cotovelos enlameados. Ele jogou a cabeça para trás, aí cuspiu, mirando nos pés deles.

Pelo meio das árvores eu só conseguia ter vislumbres dos dois rebeldes. O homem era alto e magro, suas costelas visíveis através da camisa ensanguentada. Ele tinha pele clara, mas não o reconheci imediatamente. Só quando passei pela cerca e entrei na multidão pude distinguir o cabelo preto e grosso, duro e escuro em volta da testa, onde estava incrustado de sangue. Um de seus olhos estava fechado devido ao inchaço e seus óculos haviam sumido, mas Curtis ainda era Curtis. Ele mantinha os ombros aprumados, o queixo erguido enquanto os homens na frente da multidão gritavam.

Jo estava bem ao lado dele, as mãos também amarradas. Seus dreadlocks louros haviam sido cortados, o cabelo agora tosado curto em volta das orelhas. A blusa estava rasgada na frente, expondo o topo do tórax, onde a pele estava em carne viva.

— Deixem-me passar — berrei, abrindo caminho multidão adentro, em direção à plataforma. — Eu preciso passar.

Quase ninguém me reconheceu com roupas casuais, com meus cabelos caindo soltos nos ombros. A multidão densa me espremia, um cotovelo bateu com força em minha lateral. Continuei lutando contra o grande enxame de pessoas. Um imbecil enorme se apoiou em mim e eu me inclinei para trás, manobrando para longe dele.

— O que há com todos vocês? — gritei. — Por que ninguém impede isso?

Cheguei mais perto, tentando diminuir a distância, quando meus olhos encontraram os de Jo. Em um instante, o chão se abriu debaixo dos rebeldes. Fiquei de pé ali, as lágrimas turvando minha visão, ao passo que alguns na multidão davam vivas. Outros ficaram em silêncio. Ela foi primeiro, apenas metade do corpo visível acima da plataforma, a cabeça inclinada em um ângulo horrível. Observei o modo como Curtis esperneou por alguns segundos, resistindo, aí ficou imóvel, os dedos dos pés apenas a alguns centímetros do chão.

TREZE

ELES ESTAVAM TRAZENDO MAIS UM JIPE. A MULTIDÃO ESTAVA abrindo passagem, a cabine do carro tinha mais três prisioneiros que não reconheci. Conforme os minutos se passavam e os soldados retiravam os corpos de Curtis e Jo, colocando-os em uma carreta, uma parte da multidão se dispersava de volta à rua principal. Uma mulher ao meu lado pressionou o rosto nas mãos, as bochechas coradas.

— O que está acontecendo conosco? — murmurou ela para o homem com quem estava antes de serem empurrados para a frente, rapidamente engolidos pela multidão.

Mas outros permaneceram, alguns em silêncio, esperando para assistir às próximas execuções. Abri caminho rumo à frente da plataforma até estar pressionada contra o cercadinho de metal. Agarrei-me a ele, chutando o trilho de baixo para me içar por cima. Charles gritou de algum lugar atrás de mim, mas o ignorei, correndo para a parte de trás da plataforma em vez disso, onde os dois soldados estavam; seus rostos escondidos por bandanas verdes, as beiras puxadas até os olhos. Estavam ligeiramente virados, de frente para os jipes nos fundos, e não me viram chegando. Antes mesmo de pensar no que estava fazendo, estiquei o braço para um deles, puxando o pano para baixo para que ficasse exposto.

— Vocês são todos covardes — gritei. — Quero saber quem fez isso. Mostrem-me quem vocês são. — O garoto, não mais do que 17 anos, cobriu-se de novo rapidamente, olhando para a multidão estupefata atrás de mim, imaginando quem tinha visto.

Dois soldados sacaram as armas, mirando em mim, antes de Charles se aproximar, pulando a barricada.

— É a Princesa — berrou ele. — Ela não quis dizer isso, está em choque.

— Eu *quis* dizer, sim — falei. — Não podem fazer isso, seus...

— Tirem-na daqui — gritou um dos soldados. Ele ainda estava me observando da extremidade do rifle. — *Já.*

As mãos de Charles agarraram meu braço e ele me puxou na direção do Palácio.

— Você perdeu completamente a cabeça? — reprimiu quando finalmente estávamos longe deles. — Tem sorte por não terem atirado em você. O que diabos estava pensando?

Subimos o longo caminho, os dedos de Charles bem apertados em meu bíceps. Ele não me soltou nem mesmo enquanto passávamos pelas portas de vidro e atravessávamos o saguão, a onda de gente em nosso rastro.

— Você tem que conversar com seu pai sobre isso — disse ele.

— Quem você pensa que deu a ordem? — Enxuguei os olhos, tentando não pensar no rosto de Jo inchando, a pele ficando cadavérica. Seus olhos ainda estavam abertos, a parte branca injetada de sangue. Como eles os haviam encontrado? E, se Moss não estava com eles, então onde estava?

Charles apertou o botão do elevador. Dava para sentir sua incerteza ao segurar o meu braço, a mão tremendo ligeiramente. Eu só conseguia pensar na faca e no rádio aninhados na estante. Precisava partir agora, hoje, com ou sem a ordem de Moss.

— Ai, meu Deus — disse Charles quando entramos no elevador. A porta se fechou, nos prendendo na cela de aço frio. — Você os conhecia, não é?

Ele se inclinou para baixo, tentando olhar no meu rosto, mas eu não conseguia falar. Não parava de enxergar Curtis aquela noite no motel, sua expressão relaxada, seus lábios em um quase sorriso enquanto estudava as plantas baixas dos canais de escoamento. Foi o momento em que o vi mais feliz.

— Não posso falar sobre isso — respondi finalmente, mirando meu reflexo no espelho pequeno e curvo no canto superior do elevador. — Simplesmente não posso. — Enfiei as mãos nos bolsos, tentando firmá-las.

— Você não está sozinha nisso. Eu posso ajudá-la. — Ele se abaixou para me olhar nos olhos. Esticou a mão e eu apoiei a minha na dele, deixando que ele a apertasse, o calor voltando lentamente aos meus dedos. — Qualquer coisa que você precisar, Genevieve.

Eu queria acreditar nele, queria confiar nele, mas lá estava aquele nome de novo. *Genevieve*. O motivo pelo qual eu estava sozinha, um dos muitos motivos que ele não era capaz de compreender. Ele ainda me chamava assim às vezes, caindo no mesmo estilo linguístico que meu pai utilizava, nas mesmas tentativas formais, afetadas, de intimidade. Agora que o cerco havia fracassado, agora que a Cidade estava novamente sob o controle de meu pai, Charles não podia me ajudar. Ele nem mesmo sabia quem eu era.

Por um segundo, eu quis contar a ele, ver sua expressão quando eu revelasse que tinha tentado matar meu pai. Que as plantas baixas que haviam sumido, as mesmas sobre as quais ele ficara se perguntando em uma tarde enquanto vasculhava as gavetas de seu arquivo, na verdade tinham sido roubadas e dadas para os rebeldes. Que Reginald, o Diretor de Imprensa do Rei, fora meu único confidente de verdade dentro dos muros do Palácio, que havia códigos diariamente no jornal, um dos quais ele havia lido em voz alta para mim certa manhã sem nem perceber. O que ele realmente diria, o que realmente faria se eu lhe contasse que estava indo embora agora, sozinha, possivelmente para sempre?

Quando as portas se abriram, desci pelo corredor, libertando minha mão.

— Se quer me ajudar — falei —, deixe-me quieta. Só esta manhã. Só por um tempo.

Ele ficou ali, segurando a porta aberta, me observando ir embora.

EMPURREI A PORTA DA SUÍTE, PEGUEI UMA DAS BOLSAS DE COURO de Charles e joguei a papelada dentro de uma gaveta de baixo da escrivaninha. Agi depressa, pegando alguns suéteres e meias do baú, escolhendo as de lã grossa que ele usava com seus mocassins. Enfiei o rádio dentro da bolsa e a faca na lateral do cinto, onde seria mais fácil alcançá-la. Recolhi o monte de cartas da mesinha de cabeceira, tateando cada gaveta uma última vez, tentando localizar a foto de minha mãe. A fotografia havia desaparecido após aquelas primeiras semanas no Palácio, mas nunca deixei de ter esperanças de encontrá-la, escondida debaixo de algum papel ou no espaço atrás das gavetas. Era tarde demais agora. Entrei rapidamente no banheiro e pisei na lateral da banheira. A camiseta de Caleb ainda estava lá, dentro da grade. Fechei tudo dentro da bolsa e saí.

No caminho, parei na cozinha do Palácio. Estava vazia, os empregados ainda amontoados na frente da janela da sala. As prateleiras não estavam muito cheias, depois de tantos dias sem entregas de suprimentos. Examinei todos os armários e gavetas, pegando alguns sacos de figos e maçãs secas, e uma carne de javali fina e salgada que era prensada em papel. Eu não tinha conseguido suportá-la nas últimas semanas, mas a levei de qualquer modo, sabendo que seria bom tê-la. Deixei a água da torneira correr, enchendo três garrafas antes de guardá-las. Quando voltei para o corredor, havia dois soldados de pé ao lado do elevador, seus olhos passando de mim para a bolsa.

Andei em direção a eles, mirando-os nos olhos.

— Volto já — falei, apertando o botão ao lado do elevador.

— Prometi ao Charles que deixaria isso em seu escritório. Ele pediu alguns documentos da suíte. — Apontei para as portas de metal, esperando que chegassem para o lado, permitindo assim minha passagem. Mas eles não se mexeram. Em vez disso, o mais velho dos dois, um homem com um dente da frente lascado, aprumou-se, bloqueando o vão da porta.

— Seu pai precisa falar com você — disse o outro, fechando a mão em meu pulso. Eu já o tinha visto, posicionado ao final do corredor. Ele tinha uma barba permanentemente por fazer, e a pele era tão clara que sempre dava para ver os pelos escuros abaixo da superfície.

— Preciso ir lá embaixo primeiro — falei, puxando o braço para me soltar. — Ele pode conversar comigo quando eu tiver terminado.

No entanto o outro soldado agarrou meu braço. Fiquei observando a mão dele ao redor do meu bíceps, esperando que ele me largasse, mas em vez disso ele me puxou para trás, para a suíte de meu pai.

— Não pode esperar — disse. Ele não me olhou nos olhos.

Senti a faca apertada em meu cinto, enfiada bem justa contra o quadril. Ele segurava meu braço direito, o outro soldado me ladeando à esquerda, não havia espaço para eu manobrar. Eles me guiaram corredor abaixo até a suíte principal. Quando nos aproximamos da porta, ouvi a voz de Charles do outro lado, suas palavras apressadas.

— Não sei dizer — concluía ele assim que entramos. — Não acho que isso seja verdade.

O soldado com quem ele estava falando virou-se para me encarar. O Tenente. Meu pai estava de pé, parecendo mais forte do que eu vira em dias. Havia outro homem, de costas para mim, as mãos amarradas com algemas de plástico. Eu sabia que era Moss pelo cabelo curto e grisalho e pelo anel de ouro.

— Genevieve — falou o Tenente —, estávamos tentando entender isso. Foi você quem botou o extrato de espirradeira na medicação de seu pai ou Reginald fez isso sozinho? — Moss virou-se para mim, seus olhos escuros encontrando os meus. Não havia nada decifrável na expressão dele... nenhum medo, nenhuma confusão, nada.

— Eu disse a eles que não sei do que estão falando — interrompeu Charles, semicerrando os olhos azuis, como se não me reconhecesse direito.

Controlei minha expressão, tentando recuperar a compostura, tentando transformar meu rosto em algo que inspirasse confiança.

— Por que Reginald faria isso?

Meu pai olhou de soslaio para o Tenente antes de falar:

— Não precisa mentir. Um dos rebeldes o entregou. A única pergunta é como o veneno foi parar no meu remédio, considerando-se que Moss não entra nesta suíte há meses. Naquele dia em que você entrou aqui, no dia em que descobrimos que estava grávida. Eu quero saber... você fez isso naquele dia?

— Eu mal conseguia ficar de pé naquele dia. Nunca havia ficado tão enjoada.

Ao ouvir isso, meu pai explodiu. O músculo do seu pescoço se retesou ao falar:

— Você não pode mais mentir para mim! Não vou aceitar. E se acha que de alguma forma você ficará imune porque está grávida, está enganada.

— Imune a quê? — perguntei. — Imune de ser morta, como todos os outros rebeldes? Como qualquer um que não concorde com você?

Meu pai não olhou para mim. Em vez disso meneou a cabeça para o Tenente, daí para Moss. O Tenente agarrou Moss pelo braço e o virou. Os soldados torceram meu pulso esquerdo atrás das costas.

— Isso não precisa acontecer — falou Charles, dando um passo à frente para, tentar bloquear a porta. — Tenho certeza de que é um mal-entendido... por que Genevieve estaria envolvida nisso? Para onde os estão levando?

O Rei não respondeu. Em vez disso, virou de costas, para a janela, olhando para a multidão reunida na rua abaixo. Moss olhou de esguelha para mim e fiquei imaginando se ele pressentira de algum modo, se em todos aqueles encontros que tivemos, sentados na quietude do gabinete, ele sentira que estávamos nos aproximando deste momento. Será que poderia ter sabido que estaríamos ali, juntos, seu futuro tão entrelaçado ao meu?

Antes que pudessem agarrar meu outro pulso, estiquei a mão para a faca no cinto. Eles levaram um segundo para processar o que estava acontecendo. Moss não hesitou. Empurrou todo seu peso para trás, derrubando o Tenente em cima das portas do armário atrás dele. Ouvi o som oco quando o Tenente caiu, a respiração entrecortada, como se estivesse lutando em busca de ar.

Moss correu até mim, as mãos ainda unidas pela amarra de plástico, desequilibrando um dos soldados. Recuei, atacando o outro com a faca. Enquanto o soldado se dobrava, o sangue formando uma poça em sua palma, nós atravessamos a porta.

Do lado de fora, o corredor estava vazio. Cortei as amarras de Moss com a lâmina e ele sacudiu as mãos para fazer o sangue voltar a circular. Corremos até a outra ponta do corredor, para a escadaria logo depois da curva.

— Há dois soldados posicionados lá — alertei. — Possivelmente mais.

Notei a ligeira hesitação de Moss quando corremos, optando então por seguir para os elevadores. A porta da suíte se abriu, o Tenente reaparecendo na outra extremidade do corredor. Vi a arma antes de Moss, que mergulhou para o botão do elevador, olhando direto para a frente e sem se dar ao trabalho de girar o corpo. O tiro o atingiu nas costas, atravessando o ponto macio entre as omoplatas. Ele cambaleou, e se encolheu. Pressionou a lateral do corpo contra a parede, tentando permanecer de pé.

O Tenente levantou a arma de novo assim que as portas do elevador se abriram. Agarrei Moss por baixo dos braços e o arrastei para dentro, me esforçando por causa de seu peso. Quando ergui os olhos, Charles estava ali, o punho se fechando em volta da camisa do Tenente, que teve seu pulso agarrado e desviado. Quando a arma disparou, atingiu a parede ao nosso lado, fazendo um buraco no metal. A última coisa que vi foi o rosto de Charles, seus traços retorcidos e estranhos, na luta contra o Tenente pela posse da arma.

QUATORZE

FIQUEI COM MEDO DE VIRAR MOSS, PREOCUPADA COM A POSSIBI-lidade de piorar os danos. O ferimento em suas costas quase não sangrava. Em vez disso, seus lábios perdiam a cor e o peito inflava, como se ele estivesse apenas inspirando longamente. Abri os botões de cima de sua camisa e tirei sua gravata, tentando criar espaço para o ar. Sua boca abria e fechava sem parar, mais devagar a cada vez, como um peixe sem água.

Parecia surreal, como uma cena estranha que eu estava testemunhando, mas da qual não fazia parte. Eu tentava facilitar a passagem de respiração boca a boca como vira na Escola quando uma das meninas mais jovens teve uma convulsão. Nada deu resultado. A bala havia entrado no meio das costas de Moss, atingindo algo dentro dele.

Quando chegamos ao pé da torre, Moss estava morto. Eu sabia que precisava ir embora, mas não conseguia arrancar meus dedos do pulso dele, como se sua pulsação fosse voltar caso eu os mantivesse ali por tempo suficiente. Senti a umidade fria nas palmas das mãos dele. Percebi a forma como seus olhos continuaram abertos, os membros tensos e imóveis. Quando finalmente saí do elevador, esperei até as portas se fecharem, trancando o corpo dele lá dentro.

Mantive os olhos baixos conforme passava pela fileira de soldados ao lado da entrada. Os empregados do Palácio ainda rondavam logo atrás do vidro, observando os últimos prisioneiros serem executados. Puxei o suéter em volta das mãos, tentando esconder o sangue espalhado na pele. Eu tinha minutos, se tanto, antes que soltassem o alerta, antes que o Tenente estivesse no térreo, vasculhando a rua principal.

Serpenteei pelo longo caminho, rumando para o sul até chegar à rua. Não parava de imaginar o que teria acontecido se tivéssemos virado à direita — e não à esquerda — ao sairmos da suíte de meu pai, se fosse eu que tivesse chegado à porta do elevador primeiro. O que a morte de Moss significava para a Trilha, como os...

— Eva, pare! — gritou uma voz familiar. — Estou chamando você. Por que não se virou? — Eu me encolhi quando a mão de Clara tocou meu pulso.

O rosto dela estava borrado de lágrimas, a ponta do nariz, cor-de-rosa.

— Você está indo embora, não está? — perguntou. Ela olhou para trás de mim, onde a multidão estava se dispersando pela Periferia. O céu estava de um cinza sufocante, que rugia com trovões.

— Eu tenho que ir — falei. — Estão atrás de mim. — Enxuguei minhas bochechas, percebendo pela primeira vez que estava chorando. Apertei a mão dela, sentindo seu calor, e então dei meia-volta, descendo novamente a rua principal, seguindo para o sul.

Eu me perdi no fluxo inconstante da multidão. Tive vislumbres dos chafarizes na frente do Bellagio, de duas mulheres mais velhas de mãos dadas na minha frente, do homem que apertava seu boné no peito, contra o coração.

Eu estava logo depois da torre do Cosmopolitan quando Clara me encontrou, a respiração ficando mais lenta conforme seus passos entravam em sincronia com os meus.

— Eu vou com você — disse ela.

Olhei além dela, mas não havia soldados a vista. O céu rugia com trovões e as nuvens soltavam as primeiras gotas pesadas. Adiante, pessoas seguravam seus casacos acima da cabeça para se protegerem da chuva iminente. Ajeitei meu cabelo em volta do rosto, tentando me esconder de um soldado de pé, a leste, logo depois das barricadas de metal.

— Agora que o cerco acabou, você não vai ser machucada. Não precisa vir. Você...

— Não vou morar aqui — falou ela. — Não desse jeito. — Ela voltou a olhar para o Palácio, onde a plataforma de madeira ainda era visível. Mais dois corpos estavam tendo as cordas cortadas.

— Você não pode — continuei. — Eles sabem o que fiz. Se você for encontrada comigo, também será morta. — Apressei o passo, virando à direita, atravessando a rua principal, onde a multidão tinha se dispersado. O túnel não devia estar a mais de três quilômetros. Daria para deixar a Cidade em menos de uma hora, mesmo que tivesse que serpentear pela Periferia, evitando as áreas descampadas.

— Qual é a opção? — perguntou Clara. Ela continuou me acompanhando, sem tirar os olhos de mim. — Ficar aqui? Aguardar até haver outro ataque? Aguardar até que me informem que capturaram você? Você não pode ir sozinha, Eva. — A última parte da frase de alguma forma continha uma pergunta, como se ela estivesse me perguntando: *Por que eu a deixaria fazer isso?* Pressionei meu rosto em seu pescoço, agarrando-me a ela só por um instante antes de me afastar.

— O túnel fica ao sul — sussurrei, guiando-a para um beco estreito, onde lojas velhas estavam fechadas com tapumes, cheios de grafite rabiscado pelos lados. UMA CIDADE LIVRE JÁ estava escrito com tinta vermelha. Sem Moss, era impossível saber se o túnel estaria livre ou se os rebeldes que haviam sobrado o estariam usando para fugir. Mas que escolha nós tínhamos?

Levei a mão ao rosto, tentando respirar pela boca, qualquer coisa para sufocar os cheiros que vinham da rua. Havia um corpo no meio das ruínas queimadas e das cinzas, de costas para nós, um casaco de plástico fino fundido ao esqueleto.

Continuamos andando, o som do motor de um jipe cortando o ar, os pneus levantando terra e areia quando ele passou voando pela rua atrás de nós. A chuva caiu. Alguns dos moradores da Periferia se enfiaram nos vãos das portas ou debaixo de marquises baixas dos prédios. Um grupo se espalhou por um estacionamento, sentando-se dentro das carcaças ocas dos carros, esperando a tempestade passar.

Segurei a bolsa apertada do meu lado, mantendo a cabeça abaixada. Só quando me virei, observando outro jipe desaparecer na Periferia, foi que notei o hospital, a não mais de cem metros de distância.

— O que foi? — indagou Clara. Ela manteve o ritmo, me deixando lá na beira da rua. Ela protegia os olhos da chuva.

Eu não conseguia desviar o olhar. Agora que o cerco havia acabado, as meninas seriam levadas da Cidade, de volta às Escolas. Anos poderiam se passar até que fossem libertas, caso o fossem. Quantas delas seriam levadas para aqueles prédios? Esta era a única chance de escaparem da Cidade. Eu não seria capaz de levar mais do que algumas comigo, se conseguisse entrar, mas não podia deixá-las sem fazer *alguma coisa*.

— Espere aqui — gritei para Clara. — O túnel não fica a mais do que dois quarteirões adiante. É em um motel marcado com um oito. — Larguei minha bolsa, gesticulando para o toldo de um supermercado abandonado. Clara me chamou, perguntando o que devia esperar, mas eu disparei em direção ao prédio, a voz dela desaparecendo atrás da chuva pesada.

Dois soldados estavam de pé diante da entrada. Escapuli para os fundos, notando uma mulher mais velha na frente de uma porta lateral. Nossos olhos se encontraram. Ela acenou. Só quando estava a alguns metros de distância percebi a mecha vermelha vibrante em seu cabelo. Era a mesma mulher que Moss havia mencionado.

— Eles já sabem sobre você — disse ela, inclinando-se para a frente. Ela não olhou para mim. Em vez disso, seus olhos observavam a cena atrás de mim. Os arbustos altos nos escondiam pouco de qualquer veículo que passasse na rua. — Os alertas foram emitidos. Você tem dez minutos, talvez 15, antes que cheguem aqui. Despacharam os jipes da parte norte do muro. Precisa partir agora.

Eu me encostei na lateral do edifício, tentando sair um pouco da chuva que atingia minha pele. O sangue saía dos meus dedos, a água formando uma poça cor-de-rosa na palma antes de escorrer pelas laterais da mão e lavar tudo.

— Preciso que me deixe entrar — pedi. — Por favor, vai ser rápido.

— Há dúzias de garotas neste andar... talvez mais. O que você vai fazer?

— Por favor — pedi outra vez. — Não tenho tempo.

Ela não respondeu. Em vez disso, abriu a tranca e, pela primeira vez, percebi que suas mãos estavam tremendo.

— É tudo que posso fazer — falou ela. — Sinto muito, não vou delatá-la, mas não posso ajudá-la mais do que isso. — Ela recuou, para longe de mim, desaparecendo atrás da esquina do prédio.

Mantive a porta aberta usando uma pedra. Lá dentro, o longo corredor estava silencioso. Algumas garotas em um quarto lateral estavam conversando sobre as explosões que tinham ouvido do lado de fora, imaginando o que havia acontecido e por quê. Duas pessoas estavam sentadas debaixo de um calendário gigante com a etiqueta *Janeiro 2025*, as cabeças inclinadas para baixo enquanto falavam. Só quando Beatrice se virou, ouvindo meus passos, é que a reconheci.

— O que está fazendo aqui? — perguntou, andando em minha direção. Sarah vinha atrás dela, os olhos inchados. — O que estão dizendo é verdade? Vão levar as meninas de volta para as Escolas?

— Temos que juntar o máximo possível de meninas — falei, olhando para dentro de um dos quartos. Havia um grupo de garotas sentadas com as pernas cruzadas, lendo algumas revistas velhas. — Há uma rota que podemos tomar para sair da Cidade. Diga para trazerem suas roupas mais quentes e quaisquer suprimentos que tenham. São quantas neste corredor?

— Somos só nove — disse Sarah. — As outras ficam para lá. — Ela apontou para as portas duplas fechadas atrás de si.

Entrei no segundo quarto, sem aguardar pela reação de Beatrice. Quatro garotas estavam enroscadas na cama, lendo uma cópia surrada de algo chamado *Harry Potter*. Elas olharam para cima quando entrei, passando os olhos por minhas roupas encharcadas e pelo meu cabelo, que estava grudado no rosto e pescoço em mechas pretas grossas. Olhando em seus olhos, de repente eu não estava tão certa do que dizer, de como convencê-las a virem agora, comigo, para longe de tudo que conheciam.

— Preciso que juntem todas as suas coisas e façam uma fila perto da saída — ordenei. — Aqui não é seguro mais. Peguem qualquer suprimento que tenham e estejam prontas para partir em dois minutos, não mais.

Uma menina de cabelo louro e sardas semicerrou os olhos para mim.

— Quem é você? As guardas sabem que está aqui?

— Não, e vocês não vão contar. — Peguei uma das gavetas de cima e a esvaziei em cima da cama, jogando uma mochila de lona que havia caído para a garota. — Sou Genevieve, a filha do Rei. E temos que sair da Cidade esta noite, agora, antes que vocês não tenham mais chance.

A menina sardenta agarrou o braço de sua amiga, mantendo-a no lugar.

— Por que deixaríamos a Cidade? Eles disseram que logo vão nos levar de volta para as Escolas. Disseram que agora é seguro.

— Porque eles mentiram para vocês — falei. A garota atrás dela mudou o peso do corpo de um pé para o outro. — Não existem escolas de ofícios. Depois da formatura, as meninas nas Escolas... garotas como vocês, como minhas amigas... são inseminadas e passam anos parindo naquele prédio. Elas são mantidas ali contra a vontade. O Rei está tentando elevar a taxa de natalidade da população de todas as formas possíveis.

— Você está mentindo — disse a menina de trança comprida. Mas as outras pareciam menos seguras.

— Já viram as garotas que se formaram antes de vocês? Alguma vez elas voltaram para dizer o que estão fazendo na Cidade? — fiz uma pausa. — E se eu não estiver mentindo? O que vocês vão fazer depois que estiverem de volta à Escola e perceberem que eu estava certa? O que vão fazer então?

Uma menina com trancinhas pretas minúsculas se levantou e começou a vasculhar lentamente uma caixa embaixo de seu catre.

— Vamos, Bette — falou. — E se ela tiver razão? Por que a Princesa mentiria para nós?

Eu não tinha tempo para convencê-las. Fui para o corredor enquanto algumas das outras começavam a arrumar as malas, sussurrando entre si. Quatro das meninas do quarto ao lado estavam lá, segurando as mochilas que haviam trazido da Escola. Elas pareciam inseguras, algumas à beira das lágrimas, outras rindo, como se eu fosse acompanhá-las em alguma espécie de excursão. Beatrice havia entrelaçado seu braço ao de Sarah e estava parada na frente da porta, observando o corredor atrás de mim.

— Leve-as para o outro lado da rua, para o supermercado vazio do outro lado — instruí. — Clara vai estar lá.

Beatrice espiou pela porta, observando a rua estreita que passava ao nosso lado. A água se juntava nos meios-fios rachados, espalhando-se em poças imensas e turvas. O único som era o da chuva que batia na lateral do edifício de pedra.

— E depois o quê? — perguntou ela.

— Vou levar as outras assim que estiverem prontas. — Virei no corredor, em direção à escada, e Beatrice saiu. Ergui os olhos para o primeiro lance longo. As meninas da minha Escola estavam vários andares acima, aguardando para serem levadas de volta para aquele prédio do outro lado do lago. Eu tinha que pelo menos *tentar*. Não devia isso a elas? — Rápido — falei, virando-me para as garotas no corredor. Mais algumas saíram do quarto, suéteres grossos por cima de seus vestidos. Outras se enfileiraram atrás de Beatrice. Quando me voltei para a escada outra vez, eu ouvi: o barulho veloz e constante de botas descendo os degraus.

Dois andares acima, uma soldada espiou por cima do corrimão, me vendo, seu rosto tenso ao sacar a arma.

Desci o corredor em disparada, puxando a porta da escadaria para fechá-la e empurrando um carrinho enferrujado de metal na frente para retardá-la.

— Vão — gritei, fazendo um gesto para que as garotas seguissem Beatrice pela saída lateral. — Agora!

Cinco delas ficaram ao lado da porta.

— Vocês têm que confiar em mim — berrei, correndo atrás delas. Lentamente, as meninas saíram para a chuva, segurando suas mochilas acima das cabeças e correndo. Continuei, instigando-as a irem mais depressa, a serpentearem pelo beco até a loja abandonada, onde Beatrice e as outras estariam aguardando, suas silhuetas quase invisíveis debaixo do toldo rasgado.

Chapinhei pelas poças que chegavam aos tornozelos, deixando a chuva me ensopar novamente. Quando olhei para trás, a soldada estava emergindo da lateral do prédio, com mais dois homens a reboque, correndo atrás de nós. Assim que cheguei ao mercado, disparei na frente, ignorando o som dos jipes, que corriam para o sul, vindo em nossa direção, seus faróis iluminando a escuridão.

QUINZE

A CHUVA NÃO DAVA TRÉGUA. CAÍA DEPRESSA E COM FORÇA, MAchucando minhas mãos, meu pescoço, meu rosto. Riachos alagavam a Periferia, desaparecendo na areia, transformando o chão em uma lama grossa e pesada. Quando olhei para trás, Clara havia tirado os sapatos e estava caminhando com dificuldade, com a água até os joelhos, numa poça. Atrás dela, o restante das garotas também se arrastava, nove ao todo, seus vestidos ensopados.

— Rápido, agora — gritou Beatrice, conduzindo-as. Seu casaco cinza curto caía pesado nos ombros, a chuva pingando da bainha.

Sarah estava berrando com uma garota que havia empacado perto da traseira do grupo. Eu me virei, percebendo que era a menina sardenta, Bette.

— Não podemos ir para as Escolas — repetia Sarah enquanto puxava Bette em direção ao muro. — Beatrice também falou. Não é seguro mais. Você simplesmente precisa confiar nelas.

Os jipes haviam parado na rua e os soldados saltavam; eram deliberados em seus movimentos, achando que tinham tempo, que não tínhamos para onde ir, o muro a apenas quatrocentos metros de distância. Aumentei a velocidade e as meninas acompanharam, ziguezagueando por uma última rua até o hotel entrar no campo de visão, a piscina cheia de um líquido turvo acinzentado, a chuva encrespando sua superfície.

— Não vamos conseguir chegar — disse Clara, correndo ao meu lado, seus pés descalços afundando na areia. — Há muitos deles e muitas de nós. — Ela afastou o cabelo molhado do rosto.

— Apenas corram — falei e abri o portão de arame, as meninas passando em fileira por mim. Algumas seguravam as mochilas acima da cabeça, seus sapatos amarrados uns aos outros, os cadarços passados por cima do ombro. Elas não paravam de olhar para mim, e de volta para os soldados, enquanto corriam para o hotel. — Leve-as para dentro do quarto marcado com um 11.

Passei pelo portão, observando os soldados correrem pela rua atrás da gente. Havia dez deles, talvez mais. Nós só tínhamos alguns minutos.

Quando a última garota entrou no quarto, fui atrás dela, contornando uma arara de roupas com uma lona de plástico transparente. O quarto tinha cheiro de bolor, o carpete estava soltando nos rodapés. Caixas de roupas cobriam um baú grande encostado na parede, as camisas dobradas de lado, organizadas por cor. O trinco era uma coisa frouxa, patética, mas puxei a corrente por cima da porta mesmo assim, fechando-a.

— Não é aqui — berrou Clara e abriu o armário nos fundos. Sua voz sobressaltou as outras meninas. Elas se espremeram contra as paredes, me observando. — É o quarto errado.

Havia um colchão escorado contra a janela, bloqueando parcialmente a visão. Puxei uma nesguinha da cortina, observando os soldados entrarem no hotel, e percorrerem a fileira de quartos. Agi depressa, arrastando o baú de madeira para a frente da porta.

Havia pegadas molhadas e enlameadas por todo o carpete, mas era impossível saber se eram nossas ou não. Havia outro colchão no piso, em um canto, dobrado contra a parede. Verifiquei o banheiro, os armários, o pequeno espaço entre as cômodas. Imaginei se havia a possibilidade de ter lido o mapa errado ou se aquele não era o hotel que Moss havia descrito.

— Eles estão vindo — disse Beatrice, sua voz um fiapo por causa do nervosismo. Ela deixou a cortina cair e começou a puxar os colchões, manobrando-os para cobrirem mais da janela exposta.

Fiquei olhando para o colchão no chão. Bette estava de pé em cima dele, seus pés se afundando bem no centro. Observei enquanto ela revezava o peso do corpo de um pé a outro, o estofo grosso cedendo debaixo.

— Ajudem-me a remover isso — falei. — Rápido. E ponham a cômoda na frente da porta.

Fiz um sinal para as meninas ao meu lado e elas agarraram as pontas emboloradas do colchão, escorregando-o de volta ao centro do quarto. Um buraco apareceu no chão, não mais do que um metro de largura, o carpete cortado nas beiradas. Clara pressionou as bochechas coradas, um alívio momentâneo, até o primeiro soldado bater à porta.

— Vá — ordenei a ela, acenando com a cabeça em direção ao buraco. — Encontrarei vocês do outro lado.

O quarto estava escuro. O som da chuva preenchia o silêncio. Dava para ver os soldados do lado de fora, suas sombras passando pela faixa estreita da janela que não estava bloqueada. Clara abaixou-se túnel adentro, respirando fundo ao largar o corpo.

— Tem água aqui embaixo — falou. Ela se virou para trás, as mãos agarrando a borda. — Chega até os meus joelhos.

Fechei os olhos, desejando um minuto para pensar, mas o soldado esmurrou a porta de novo. Moss nunca havia me dito a distância exata do túnel, mas eu imaginava que fosse do mesmo comprimento que o do hangar — não mais do que um quilômetro e meio. Muitos dos canais de escoamento haviam sido enchidos de concreto após a praga, pois eram vistos como uma ameaça à segurança. Os rebeldes haviam seguido suas rotas básicas, ampliando-os onde necessário, mas a maioria era muito mais estreita do que os originais — não mais do que um metro e meio de um lado a outro em alguns lugares, com tetos baixos. Era impossível saber em quanto tempo aquele ficaria cheio, mas seria mais perigoso se permanecêssemos ali, esperando os soldados entrarem.

— Vá rápido — incitei, ajudando a garota seguinte a entrar. — Simplesmente continuem em frente até alcançarem o outro lado.

— Eu não sei nadar — falou a menina, o rosto ficando tenso quando bateu na água turva abaixo. Ela puxou a bainha do vestido acima dos joelhos.

— Não precisa... só ande depressa.

Espiei dentro do túnel, meus olhos encontrando os de Clara antes de ela partir, caminhando com dificuldade pela água e para dentro da escuridão. Uma a uma, as garotas entraram na caverna. Os soldados do lado de fora forçavam a maçaneta, tentando soltá-la. Sarah havia colocado o segundo colchão contra a porta, enfiando-o atrás do baú de madeira, de maneira que ficasse nivelado contra a parede.

Ela ainda trabalhava, empurrando a cômoda apertada por trás, e tive um vislumbre de como Beatrice devia ter sido quando mais jovem. Sua compleição baixa e forte, o cabelo cor de palha cacheado na nuca.

— É melhor vocês irem — disse Sarah, apontando para dentro do túnel. A última garota desceu, deixando apenas nós três.

— Eu vou atrás de vocês.

— Não vai, não — falou Beatrice. Ela agarrou o braço da menina, puxando-a em minha direção. Assim que o fez, a tranca se quebrou. A porta apertou o colchão. O soldado forçava a entrada no quarto, empurrando o monte de móveis. A janela cedeu em segundos, o vidro estilhaçado caindo abaixo das cortinas.

Inclinei-me na beirada da entrada do túnel, observando a última garota ir em frente, escuridão adentro. Ajudei Beatrice a entrar na água. Sua saia se abriu em volta dela, o tecido cinza fino flutuando na superfície vítrea. A água havia subido. Três centímetros, talvez cinco.

Sarah seguiu atrás de sua mãe, arfando enquanto afundava no frio.

— Apenas continuem andando — gritei por cima do ombro de Sarah ao entrar. Bati no chão, a água quase nos meus quadris. Quando estendi os braços, as duas mãos roçaram nas laterais da caverna, as paredes esburacadas e ásperas nos pontos onde os rebeldes haviam escavado o concreto. Minha calça agarrava nas pernas e a barra do meu suéter estava grossa de água. Minhas botas se encheram, me ancorando ao chão.

Dava para enxergar muito pouco além das costas de Sarah, ouvia apenas a água batendo contra as paredes à medida que as garotas avançavam com dificuldade. Em algum lugar, uma menina estava chorando.

— Meu sapato ficou preso — berrou ela. Todo movimento cessou. Eu ouvia sua respiração difícil abrindo o zíper de minhas botas e, segurando-as contra o peito. Houve sussurros, incentivos baixos, e então começamos a andar novamente, mais para dentro da escuridão.

Olhei para trás, observando a luz baixa que entrava do quarto do hotel. Sombras passaram pela superfície da água.

— É outra passagem — ouvi um soldado gritar. Um deles pulou para dentro, a água batendo logo abaixo de seus quadris. Ele ficou esperando ali, franzindo os olhos no escuro, tentando imaginar o quão longe nós estávamos.

— Rápido — sussurrei. Eles não estavam mais do que dez metros atrás. Eu lutava para erguer os pés, minhas pernas queimando com o esforço. Cada passo era difícil, a corrente nos empurrando na direção contrária.

Nós fomos em frente. O grupo começava, parava, e eu ia junto, escutando Sarah em algum lugar adiante, a água espirrando em volta conforme ela tentava conseguir tração. De vez em quando Beatrice perguntava por ela, assegurando-se de que ainda estava ali. Eu soltava a respiração longa e lentamente, mas nada podia afastar o frio ou a sensação enjoativa de pânico enquanto a água subia até minhas costelas.

O soldado não estava mais atrás de nós. Pelo que dava para ver, ele havia parado na beirada do túnel e então voltado, desaparecendo dentro do quarto. *Continue*, disse para mim mesma, sentindo a energia se esvair, minhas pernas dormentes e cansadas por causa do frio. *Apenas continue andando*. Mas a água estava subindo rápido demais, chegando ao tórax, e as poucas garotas à minha frente lutavam para permanecer à tona.

— É o final — ouvi Clara dizer, em algum lugar lá na frente. — Lá em cima, só um pouco mais adiante. — O túnel ficou mais largo, a passagem com quase dois metros de um lado a outro em alguns pontos. A parede áspera de concreto arranhava minha pele. Pressionei a palma da mão contra ela, tentando me equilibrar.

Eu não sabia exatamente onde Clara estava, só que estava a alguns metros de distância, depois de uma curva no corredor. Quando a água alcançou nossos ombros, lutei para continuar segurando minha mochila e as botas. Minhas roupas, encharcadas, estavam pesadas demais para que eu conseguisse fazer algo melhor que rastejar.

— Temos que nadar — falei, tentando manter o queixo acima d'água. Senti que Sarah tinha ficado para trás de mim. Suas pernas se debatiam freneticamente abaixo da superfície. Estiquei a mão, puxando-a para a frente, na direção do final do túnel.

— Respire o mais fundo que puder — expliquei. — Aí nós vamos mergulhar. Use seus braços... assim.

Segurei o pulso dela, puxando-o para dentro d'água, imitando a braçada simples que Caleb havia me mostrado meses antes. À nossa frente, a luz entrava do alto. Eu mal conseguia ver Beatrice flutuando, empurrada pela onda repentina. Ela chegou à beirada do túnel, um par de pernas desaparecendo acima conforme outra garota era puxada para fora.

Respirei fundo, esperando até Sarah fazer o mesmo e nós duas mergulhamos, seus dedos apertados em volta dos meus. Eu chutava furiosamente, puxando-a em meu rastro, nadando para o fim do túnel. Meu ombro roçava nas paredes ásperas, a pele arranhada em carne viva. A corrente de água me cercou.

Quando abri os olhos, a água estava turva. Algumas bolhas subiam na frente do meu rosto. Uma luz tênue se espalhava em um círculo acima de nós, a apenas alguns metros de distância, sinalizando o fim do túnel. Quando cheguei a ele, fiquei de pé, mas a água cobria minha cabeça, o quarto em algum lugar acima de mim. Eu lutava debaixo d'água, içando Sarah com as mãos. Vozes gritavam de algum lugar além da superfície, abafadas e baixas, como uma canção distante.

Dei impulso no fundo e subi, respirando, o restante das meninas acotovelando-se em um pequeno depósito. Joguei minhas botas no chão e agarrei a beirada áspera da abertura. Clara enfiou as mãos debaixo dos meus braços me puxando para cima do concreto. Havia uma grade de metal semicerrada por cima da entrada, deixando a chuva de fora. A única mochila no canto estava gorda de suprimentos. Algumas folhas de papelão flutuavam em sessenta centímetros de água.

— O que vamos fazer agora? — perguntou a menina de tranças negras. Ela cruzou os braços, tentando se aquecer. Seus lábios tinham uma tonalidade arroxeada esquisita.

Espiei pela grade, observando a área ao longo do muro. A Cidade parecia estar a uns oitocentos metros de distância, talvez mais. Eu mal conseguia distinguir os prédios acima do muro, suas silhuetas salpicadas por luzes coloridas.

— Não podemos ficar aqui — falei. — Eles vão vasculhar além das muralhas em breve.

— Eu quero voltar — disse a menina sardenta. — Por que tínhamos que ir embora?

— Vocês não estão mais seguras na Cidade — respondeu Beatrice. Ela espremeu a água do suéter de Sarah, torcendo-o em uma bobina azul. — Podemos lhes contar mais quando estivermos longe daqui.

Calcei minhas botas empapadas e fechei o zíper.

— Precisamos ir agora — falei. Corri para a estrada, para longe do muro da Cidade, a chuva pesada pinicava minha pele. De fora, eu via onde as bombas haviam explodido durante o cerco, a pedra preta e chamuscada. Clara conduziu as outras atrás de mim e elas seguiram para o frio.

Corremos por fileira após fileira de containeres de armazenamento, a maioria com suas grades de metal fechadas, deixando a chuva de fora. Havia alguns brinquedos de plástico espalhados em um deles, uma boneca flutuando com a cara para baixo nos três centímetros de água no meio-fio. Fiquei me perguntando o quanto a enchente havia afetado a Cidade. Quase nunca chovia e, com a maioria dos túneis obstruídos, levaria dias, pelo menos, antes que a água baixasse.

Atravessamos um estacionamento e seguimos por uma colina baixa, uma leve subida em direção a um conjunto de lojas abandonadas. Quando já estávamos na metade da rua, eu me virei, observando o ponto no horizonte onde ficava o portão sul. Bem abaixo, dois jipes encostaram diante das muralhas da Cidade. Eles dobraram a esquina, a lama espirrando em volta dos pneus.

Ainda seguíamos, a chuva cascateava colina abaixo, o chão coberto por uma camada fina de água. Eu me virei para trás, observando e um jipe atolar na lama mole. Os soldados saltaram e começaram a atravessar o bairro a pé, mas estavam indo na direção errada. Continuei andando, cada passo mais fácil, uma leveza enchendo meu corpo inteiro. Estávamos fora da Cidade. Eles não podiam nos alcançar agora.

DEZESSEIS

— POR QUANTO TEMPO TEREMOS QUE ESPERAR AQUI? — PERGUNtou Sarah. Ela estava perto da janela, sua silhueta quase invisível contra o céu. A lua estava coberta de nuvens, a chuva ainda caindo, socando o beiral externo.

— Só por esta noite — falei. — Vamos partir amanhã.

Depois de andarmos por mais de duas horas, paramos em um bairro ao pé da montanha e ficamos escondidas nos andares superiores de uma casa abandonada. Contornei as tábuas quebradas do piso e alcancei Clara assim que ela subiu a escada. Depois dela vieram mais duas das outras meninas, Bette e Helene, com algumas toalhas nas mãos.

— Não encontraram mais nenhum? — indaguei, apontando para a pequena pilha de cobertores no chão. Mal havia o suficiente para manter três pessoas aquecidas durante a noite, que dirá doze.

— A maior parte dos suprimentos já foi pega — disse Clara. Ela olhou para o tecido rasgado e manchado em suas mãos. — Isso também não é o ideal...

Bette, uma garota alta, com olhos cinzentos profundos e arregalados e sardas marcantes, jogou uma das toalhas no chão.

— Elas estão nojentas — resmungou. — E só encontramos uma lata. Só uma. Isso não é o bastante para todas nós.

— Podemos procurar mais amanhã — falei. — E vamos caçar se for preciso. Mas temos sorte... nós temos água. Isso é a coisa mais importante.

Sarah observou os contêineres de plástico acomodados na beirada do telhado, esperando que enchessem. Seu cabelo ainda estava encharcado de chuva, havia vasilhames de plástico vazios empilhados perto de seus pés descalços.

— Não — disse Beatrice quando Sarah se esticou através da janela quebrada, manobrando o pulso fino para evitar se cortar no vidro. — Deixe que eu faça isso.

— Eu estou bem — replicou Sarah, erguendo a mão. — Está vendo? — Pegou um contêiner branco com letras apagadas, tomando cuidado para não derramar água demais. Ela o tirou do beiral da janela, substituindo-o lentamente por uma caixa de papelão vazia.

Beatrice se recostou contra a parede, seus olhos encontrando os meus só por um momento. Eu notava vislumbres de seus traços em Sarah. Ambas tinham rostos redondos em formato de coração e uma covinha no centro do queixo. Sarah era mais baixa e de aparência mais atlética do que a maioria das meninas, e a única que ainda não havia reclamado... da chuva, por deixar a Cidade, da casa abandonada.

Havíamos andado dez quilômetros, talvez menos. As meninas se cansaram rapidamente e a chuva estava caindo de lado, o vento empurrando contra nós. Eu sabia que não iríamos longe, mas aqueles primeiros quilômetros fora da Cidade eram os mais perigosos. Assim que a inundação diminuísse, os soldados voltariam às estradas, procurando por nós. Tínhamos que descansar agora e tomar uma das rotas secundárias para fora do bairro na manhã seguinte, antes que o sol raiasse.

O segundo andar da casa estava quase todo escuro, com uma luz tênue entrando pelas janelas quebradas. Um canto do chão estava empenado, as tábuas de madeira apodrecidas. Algumas das meninas se sentaram em colchões nus, cobertas pelo único lençol que havíamos encontrado.

— Eu não entendo — falou Helene, a garota com trancinhas pretas minúsculas, para ninguém em particular. Ela havia encontrado um pacote de camisetas em um armário no porão e algumas meninas as haviam vestido, parecendo estranhamente uniformes agora, à exceção de três garotas que tinham descoberto suéteres em uma gaveta de baixo. Quase todas as superfícies estavam repletas de roupas molhadas, vestidos e meias jogados nas costas da poltrona, sapatos enlameados espalhados perto da porta do quarto.

— É impossível entender — disse Beatrice. Ela espremeu as pontas do cabelo, tentando tirar até a última gota d'água. — Deus sabe que eu tentei.

Catei um dos cobertores do chão, abrindo-o na direção da janela. Aí passei-o para Bette e Lena, as duas meninas sentadas mais perto de mim.

— Eu vi o que acontece naquele complexo; foi minha Escola durante 12 anos — falei. — E, depois que fui embora, sempre que me sentia assustada ou confusa ou preocupada, eu simplesmente voltava para um fato: as Professoras lá mentiam. Nunca foi nossa vida, sempre estivemos sob o controle delas.

Lena tirou seus óculos pretos de plástico, limpando as lentes arranhadas na blusa.

— Mas a Professora Henrietta disse...

— Eu sei o que elas disseram. — Passei as mãos pelo cabelo, tirando algumas mechas molhadas do rosto. As garotas não tinham mais do que 14 anos, mas já haviam passado por alguns dos processos iniciais para a formatura. — Lembram-se das vitaminas que elas lhes davam? A forma como tabulavam sua altura e peso todos os meses? De como as meninas mais velhas iam ao médico com mais frequência? Conhecem alguma garota que já havia começado com as injeções?

O rosto de Helene mudou, mostrando alguma espécie de reconhecimento. Lembrei-me do que havia sentido naquele dia em que Arden me contara a verdade. Cada pedacinho de mim se recusara a acreditar, aquela resistência permanecendo mesmo depois de eu ter visto as Formandas por conta própria. Se tudo que acontecia dentro das Escolas era uma mentira, então quem era eu agora, depois de ter baseado minha identidade em volta daquilo? Como poderia ir em frente?

— Eu conheci — disse Helene, sem olhar para as outras enquanto falava.

— Provavelmente está convencida de que vai morrer aqui fora, que não tem como sobreviver em território selvagem — continuei. — Mas isso também não é verdade.

Olhei para as meninas amontoadas na cama. Algumas haviam ficado mais receptivas em relação a mim, agora que tínhamos saído da chuva. Eu sabia que a minha posição como Princesa significava algo para elas — elas já haviam ouvido minha voz antes, nas transmissões da Cidade. Haviam se sentado em um refeitório parecido com o da minha Escola, escutando o desfile quando cheguei, ouvindo as histórias sobre a garota que tinha saído das

Escolas para o Palácio, como se isso também fosse uma possibilidade para elas. Quantas delas já não deviam ter imaginado quem seriam seus pais, se estes haviam sobrevivido e se estariam morando em algum lugar dentro da Cidade?

— Não devíamos ter vindo para cá — falou Bette. — Devíamos ter ficado com o restante das meninas. Agora nunca mais as veremos de novo.

Sarah virou-se da janela, de onde estava tirando mais uma garrafa plástica de água da chuva.

— Mas não podemos voltar agora — disse. Beatrice aproximou-se para ajudá-la, mas ela se virou de costas, colocando a garrafa encostada na parede.

Bette puxou seu suéter, apertando-o mais no corpo.

— Mas por que elas fariam isso? Talvez não fosse em todas as Escolas... Talvez fosse só na sua. Como você sabe?

Clara acomodou-se na poltrona no canto.

— Ela sabe melhor do que qualquer um. Estávamos vivendo no Palácio. O Rei em pessoa falou.

Bette balançou a cabeça. Ela sussurrou algo para a menina ao seu lado que não consegui ouvir direito.

— Espero que aprendam a confiar em mim — falei. — Se voltassem para aquelas Escolas, ficariam presas lá indefinidamente.

— Então o que vamos fazer? — perguntou Bette. — Não podemos simplesmente ficar aqui para sempre.

— Nós vamos para Califia — expliquei enquanto me sentava na beirada do colchão, olhando para as meninas. Esfreguei as mãos, tentando aquecê-las. — É um assentamento no Norte. E há comida, água, suprimentos. Vocês podem ficar lá pelo tempo que precisarem... outras fugitivas das Escolas ficaram.

Lena abraçou os joelhos.

— Há homens lá? — perguntou.

— É só de mulheres — falei.

Bette não parava de balançar a cabeça.

— E daí que é só de mulheres? — Ela olhou para as outras meninas. — Como é que vamos chegar lá?

— Nós vamos andando — esclareci. — E se conseguirmos encontrar outra maneira mais rápida para chegar lá, vamos usá-la. Mas podemos levar até um mês. E vamos caçar, descansar e arrumar suprimentos como pudermos, mas vamos chegar. Eu já fiz isso.

Eu sentia os olhos de Clara em mim. Não me virei para encará-la. Sabia o que ela estava pensando — que eu tinha percorrido parte do caminho para Califia, subindo Sierra Nevada e atravessando até o oceano, no jipe dos soldados. Talvez fosse estupidez, até mesmo burrice, pensar que poderíamos chegar tão longe a pé, mas agora que estávamos além dos muros, não podíamos nos esconder indefinidamente. As garotas, Clara e Beatrice pelo menos, precisavam de algum lugar onde pudessem ficar. Meu pai ainda poderia continuar no poder durante anos, seu alcance se estendendo a regiões do território selvagem.

— Como vamos sobreviver por um mês? — indagou Helene. — Há gangues aqui fora que mataram meninas muito mais jovens do que nós. Houve uma órfã de 12 anos raptada a apenas um quilômetro e meio da Escola, quase que no instante em que tentou ir além do muro.

Sarah colocou outra garrafa no chão, tentando fechá-la o melhor que podia com uma das tampas tortas de plástico.

— Mas talvez isso também tenha sido mentira. A Professora Rose disse isso, e ela disse muitas outras coisas.

— Não é tarde demais — falou Bette. — Ainda podemos voltar. Vamos simplesmente encontrar um dos soldados e dizer...

— Não vão, não — interrompi. — Vocês virão conosco e vamos chegar a Califia. Talvez vocês não compreendam agora, mas em algum momento vão entender. Não há como recuar a essa altura.

Bette não parava de balançar a cabeça.

— Nós nem conhecemos você. — Ela olhou para algumas das outras garotas. — O que vocês acham que vai acontecer conosco lá fora? Não vamos conseguir sobreviver. Não me importa o que elas digam: estamos mais seguras na Escola.

— Vocês nunca estiveram seguras lá — disse Clara. Ela pegou alguns cobertores e os passou para as meninas, esperando terminar a conversa, mas eu podia ver que Bette não estava pronta para deixar o assunto de lado. Ela sussurrou mais alguma coisa para a garota *mignon* enroscada ao seu lado, e eu tive um vislumbre repentino das semanas que nos aguardavam, de como seria difícil mantê-las a salvo.

Além da janela da frente, o céu era uma massa cinza mosqueada, a lua coberta por nuvens. A chuva continuava, batendo de lado na frente da casa. Água se empoçava no chão abaixo do beiral da janela. Enquanto Beatrice se acomodava no chão ao lado de Sarah, meus olhos focavam em um único ponto no horizonte, as luzes tão pequenas a princípio que mal eram perceptíveis. Um jipe estava vindo pela estrada esburacada acima — o primeiro que eu via desde que havíamos fugido.

— O que foi? — perguntou Clara, olhando para a estrada.
— O que é?

Bette se virou, vendo-o ao mesmo tempo. O jipe avançava rapidamente, correndo pelo asfalto irregular. Um holofote na traseira foi aceso e alguém o virava para os lados, direcionando-o para as casas, o jipe diminuindo de velocidade ao passar.

Dei um passo na direção de Bette, tentando me colocar entre ela e a janela da frente, mas ela se mexeu rápido demais. Já estava de pé, a alguns centímetros da janela, acenando freneticamente.

— Estamos aqui — gritou, a voz arranhada e aguda. — Aqui!

Pressionei a palma da mão em sua boca, puxando-a para trás pelo quarto.

— Apenas fiquem quietas — falei para o restante das meninas. — Vão para os lados da janela, agora. — Bette se debateu por um instante, mas eu a puxei mais para perto, suas costas para mim, mantendo a mão em sua boca.

Clara conduziu as garotas para a parede da frente. Ela espiava pela janela conforme o jipe se aproximava.

— Está andando mais devagar — disse. Ela abaixou a cabeça, fechando os olhos por um momento, as costas contra a parede.

O céu do lado de fora da janela ficava mais claro à medida que a luz passava pelas casas perto da nossa. Dava para ouvir a respiração baixa das meninas, e Bette tentava me dizer algo, suas palavras abafadas embaixo da minha mão. Então, em um instante, o interior sombrio do quarto foi iluminado. Pela primeira vez notei cada rasgão no papel de parede, a forma como o teto se curvava em alguns lugares, como o chão estava imundo, coberto de poeira e areia. Havia sapatos gastos e surrados espalhados embaixo da cama. Ficamos sentadas ali, em silêncio, franzindo os olhos contra a luz insuportável, observando-a passar.

O jipe foi em frente. Clara pressionou o rosto contra a parede, seus olhos na estrada.

— Estão indo embora — falou ela depois de um longo tempo. — Agora mal consigo ver as luzes traseiras. — Ela olhou para Bette, que estava tensa. Só aí percebi o quanto a estava segurando apertado.

Eu a soltei, mas continuei segurando seu braço, mesmo ela tentando soltá-lo.

— Se quiser ir embora, vá embora agora — incentivei, apontando para a porta, que estava meio de lado, as dobradiças quebradas. — Mas ninguém vai com você.

Eu a soltei. Ela se sentou de novo no chão. Agora, contra a luz tênue da janela, eu percebia o quanto ela era pequena. A camiseta que estava usando era três tamanhos maior, seus braços ossudos e magros. Ela não se levantou para partir. Nem mostrou sinais de ter ouvido o que falei. Em vez disso, ficou mordendo o lábio, o silêncio crescendo à nossa volta.

— Ela não estava falando sério — disse Helene finalmente. Ela escorregou para fora da cama, oferecendo a Bette a toalha que estava segurando.

Se fosse outro lugar e outra época, eu teria ido até ela, ajudado-a a se levantar, e diria que não ficasse chateada. Mas eu não sentia nada agora, mesmo vendo ela chorar. Se eles a tivessem escutado, tivessem nos visto, tal como ela queria, eu teria sido levada de volta para a Cidade, e três de nós — Clara, Beatrice e eu — seríamos enforcadas como traidoras.

Acomodei-me na cadeira no canto, tentando relaxar nas almofadas finas. Foi Clara quem a ajudou, quem arrumou as camas das outras meninas para que cada uma tivesse um lugar para dormir.

— Estamos todas cansadas. — Foi a única coisa que consegui dizer.

Conforme o quarto ficava mais silencioso, Helene reconfortava Bette, sussurrando algo antes de irem dormir. O restante das garotas se deitou, cedendo à exaustão. Esperei até minha respiração se acalmar, o som do jipe sumindo na distância à medida que ele subia a estrada.

Mesmo não tendo acontecido nada esta noite, eu tinha a sensação horrível e devastadora de que havia cometido um erro. Talvez fosse um erro tê-las trazido até ali, achando que estariam melhores. Talvez, de certa forma, Bette estivesse certa. Seria impossível todas nós chegarmos vivas a Califia.

DEZESSETE

A ESTRADA SE ESTENDIA DIANTE DE NÓS, CORRENDO AO LONGO DA cordilheira e rumo ao céu. Conforme avançávamos para dentro do Vale da Morte, continuávamos subindo, mais alto nas montanhas, o chão de sal a centenas de metros abaixo. Eu tentava firmar minhas mãos, mas elas ainda tremiam, o ardor azedo de bílis na garganta. Minhas pernas doíam; meus pés estavam rachados e inchados. O ponto macio entre as omoplatas doía por carregar a mochila durante tantos quilômetros. Eu havia tentado manter um cronograma, bebendo um pouco da água de chuva fervida a cada três horas. Mas a cada quilômetro meus pensamentos voltavam para o bebê, imaginando se nós dois iríamos sobreviver.

A cada dia que passava, a cada manhã que eu acordava com o mesmo enjoo, era mais uma confirmação de que ela ainda estava viva, de que estávamos juntas. Era fácil ir para lá, sempre que meus pensamentos vagavam, imaginar como seria sua aparência, o jeitinho dela, se teria os olhos verdes claros de Caleb ou minha pele alva. Às vezes eu me permitia imaginar a possibilidade de Califia, de uma vida como a que Maeve montara para Lilac. Eu pensava em uma casa flutuante, ou imaginava um dos chalés abandonados empoleirados nas montanhas acima da baía, tentando imaginar como aqueles aposentos escuros ficariam caso fossem limpos e restaurados, as vinhas grossas tiradas das janelas.

Em meus dias mais conscientes, quando a verdade insistia em se apresentar para mim, eu sabia que a vida em Califia era em parte fantasia. Enquanto meu pai estivesse vivo, ele sempre estaria procurando por mim — por nós. Eu provavelmente já estava nos outdoors da Cidade, listada junto aos rebeldes. Por mais difícil que tivesse sido evitar os soldados antes, seria ainda pior agora.

— Não consigo andar mais — gritou Helene. Ela se ajoelhou alguns metros à frente, os olhos se franzindo contra o sol da manhã. — Quando é a próxima parada?

— Acabamos de começar — observou Clara. — Estamos na estrada há menos de uma hora. — Ela reduziu a velocidade na minha frente, o trenó de plástico escorregando logo atrás. Nós nos revezávamos, arrastando-o conosco, trazendo os poucos suprimentos que havíamos coletado nos últimos quatro dias. Cobertores e roupas velhas estavam enrolados em volta das últimas garrafas d'água. Ainda tínhamos cinco latas sem rótulo, um pouco de corda de plástico e fita adesiva, assim como uma garrafa fechada de álcool que havíamos encontrado em um sótão. Nosso único mapa, a folha dobrada que Moss me dera, estava enfiado no cós da minha calça, bem ao lado da minha faca.

— Não posso fazer nada. Dói — disse Helene, as tranças caindo no rosto enquanto ela examinava seus sapatos. Estava usando o mesmo par que havia trazido do hospital. O calçado de couro estava arrebentado atrás, seus calcanhares ensanguentados e em carne viva.

Eu me virei para trás. Ainda podia ver o posto de gasolina a um quilômetro e meio de distância, a única estrutura na cordilheira. Havíamos passado a noite lá, o aposento pequeno e apertado nos protegendo do vento que cortava o vale.

— Experimente isso — falei, pegando um velho rolo de fita adesiva preta aninhado no trenó. Meus olhos encontraram os de Beatrice; fora ela quem insistira para que o pegássemos debaixo da caixa registradora quebrada, dizendo que poderia ser útil, nem que fosse como curativo improvisado.

— Estou com sede — disse Bette, esticando a mão para uma garrafa no trenó.

— Não até o próximo intervalo. — Peguei a garrafa de volta, escondendo-a debaixo dos cobertores, fora de vista. — Isso precisa durar até acharmos o próximo lago.

Bette virou de costas sem me dar atenção, como havia feito na maior parte daqueles primeiros dias. Passou o braço pelo de Kit, uma garota com cabelo castanho-avermelhado escuro que cascateava pelas costas. Ela o havia amarrado para trás com um barbante encontrado pelo caminho, mas ele ficava sempre se soltando.

— Você está bem? — falou Clara baixinho enquanto Helene terminava de fazer o curativo no pé. — Não parece bem.

Olhei para a frente, onde as outras meninas caminhavam juntas, em grupos pequenos, seus passos lentos e irregulares.

— Só o de sempre — falei, balançando as mãos, esperando que o terremoto em meu estômago passasse. Beatrice e Sarah se viraram para trás, me olhando por cima do ombro quando parei à beira da estrada, bem onde o chão descia em uma ladeira íngreme. — Vão em frente. Eu as alcançarei.

129

Senti a náusea me dominando novamente. Clara esperou ali, para ver se ia passar. Finalmente ela se virou para partir, seguindo as garotas pela estrada sinuosa que se estreitava. A beirada do penhasco rochoso era a única coisa entre nós e o chão de sal abaixo. Não havia o que fazer. Meu corpo ficava tenso conforme eu me inclinava para a frente, encarando o pavimento. Meu estômago estava vazio, porém, os últimos dias uma sucessão de refeições pouco substanciais, minha garganta latejando com o esforço.

Vamos lá, você já passou por coisa pior do que isso, subiu uma voz familiar de algum lugar dentro de mim. Caleb — aquele tom carinhoso e brincalhão que ele usava comigo às vezes. Eu quase conseguia ouvi-lo agora, dando só uma risadinha à minha custa. Mas ele não tinha razão? Eu já não havia passado por coisa pior? Já havia chegado a Califia uma vez. Já havia escapado do meu pai. Já havia perdido a única pessoa que amava além de mim, sobrando apenas aquela voz baixinha. O que era aquele enjoo breve e passageiro comparado a isto?

Enxuguei a boca e fiquei de pé, percebendo Beatrice ali pela primeira vez, seus lábios apertados contraídos ao me observar. Ela parecia mais velha do que quando eu a conhecera, seus ombros encurvados, a pele seca parecendo couro por causa do sol.

— Devia ter me contado — disse ela, olhando por cima do ombro para se assegurar de que as meninas estavam distantes o suficiente.

— Contado o quê? — perguntei.

— Que você está grávida. — Beatrice tirou uma mecha de cabelo do rosto. — Havia rumores sobre isso nos centros de adoção, mas eu não tinha certeza se era verdade. Esta é a terceira manhã que você passa mal. Talvez as meninas não percebam, mas eu notei.

Baixei os olhos, chutando um pouco de areia por cima da minúscula poça de saliva.

— Eu não queria que elas soubessem — falei. — Já estão preocupadas o suficiente.

Ela me ajudou a levantar, para longe do beiral de pedra, e começamos a seguir as garotas. Olhou para a frente, sem ousar me encarar quando perguntou:

— É de Caleb?

Não respondi. Cada vez que uma pessoa ficava sabendo da verdade, aquele fato se tornava mais real, e eu ficava mais apegada àquilo tudo — à ideia de ter aquela menininha, minha filha, e uma vida possível em Califia. Era quase intolerável me concentrar no que estava diante de mim: como chegaríamos ao oceano, nossas próximas refeições, onde passaríamos a noite. Ainda havia a chance de eu perdê-la, de que tudo pudesse acabar.

Beatrice manteve a cabeça abaixada, a voz lenta e deliberada.

— Você pode me contar, Eva — disse ela. — Tem que saber que pode confiar em mim. O que aconteceu com Caleb foi um erro. Eu entrei em pânico. Seu pai a havia ameaçado. — Os olhos dela caíram em Sarah, que estava andando vários metros à frente, ajudando Helene a caminhar.

— Eu sei — falei. — Sei que você recuaria se pudesse.

Beatrice cobriu a boca com a mão.

— Você vai ver — disse ela. — Não é fácil. Às vezes sinto como se tivesse cometido tantos erros... erros demais. Tentei tanto protegê-la.

— Você não sabia sobre as Escolas — falei, lembrando-me da noite em que conhecera Beatrice, de como o segredo fora bem guardado. Ela, como a maioria da população na Cidade, acreditava que as meninas haviam se oferecido como voluntárias para dar à luz.

— Devia ter me contado que estava grávida — continuou Beatrice. — Eu poderia tê-la ajudado. Cá estamos, totalmente sozinhas, e você sofrendo desse jeito. Você devia ter me contado. — Ela apertou minha mão, seu calor me reconfortando.

Observei Sarah lá na frente, ao lado de Helene, chutando uma pedra enquanto elas se arrastavam pela estrada estreita. Ela havia encontrado uma sacola de pano em uma casa quilômetros atrás e carregava algumas de suas coisas dentro, deixando-a balançar em seu ombro. As meninas permaneciam no centro, conforme eu havia orientado, longe do declive íngreme.

— Ela vai ficar bem, Beatrice — falei. — Ela lidou com isso melhor do que todas elas. Isso tem que significar alguma coisa.

Beatrice observou a estrada conforme andávamos.

— Você está sendo educada — falou. — Ela não se apegou facilmente a mim. Você a viu, sei que viu.

Eu assenti. Quando Sarah ia dormir à noite, acomodando-se ao lado de Helene ou de Kit, eu via a decepção no rosto de Beatrice. Sarah insistira em carregar a própria bolsa, em andar com as amigas, e as conversas que eu escutara entre mãe e filha sempre pareciam um pouco forçadas e constrangidas. Beatrice fazia perguntas e Sarah dava respostas curtas, lacônicas.

— Vai levar tempo — sugeri.

Beatrice assentiu. Ela apertou minha mão novamente, seus olhos voltando para Sarah. As garotas tinham parado na beira da estrada, Clara também. Estavam olhando para alguma coisa lá embaixo.

— Espero que sim — disse ela. — E vou guardar seu segredo, se é o que quer, mas você vai comer meu jantar hoje à noite.

— Beatrice, isso não é...

— Sei que não tem muito, mas você precisa. E vamos arrumar mais provisões dentro de alguns dias, quando chegarmos ao alojamento no mapa — falou ela. — Eu insisto.

— Podemos caçar quando chegarmos ao primeiro lago — eu disse, tentando ignorar a dor crescente no estômago. — Fica a apenas dois dias daqui. — Quando nos aproximamos das meninas elas estavam sorrindo, Kit apontando para algo do outro lado do fundo do vale.

— Dá para vê-los! — gritou ela para nós por cima do ombro.

— Carneiros!

Franzi os olhos contra a luz da manhã, vendo os carneiros chifrudos subindo pela lateral da face rochosa, cem metros abaixo, logo à nossa esquerda. Beatrice foi para o meu lado, rindo quando os viu. Havia um rebanho inteiro, dois menores no meio. Eles quase se camuflavam entre as rochas de arenito.

— Eu os vi primeiro — gritou Kit para nós, os dedos penteando seu rabo de cavalo comprido. — Está vendo, Eva?

Subimos pela estrada apertada. As meninas haviam se virado para nós, esperando minha reação. Era um alívio vê-las sorrindo, o calor do dia ainda brando, a sede e fome esquecidas, mesmo que só por um instante. Eu estava prestes a comentar sobre a descoberta delas quando fui distraída por Helene. Ela estava afastada do grupo, perto da beirada do precipício, onde o asfalto dava lugar à formação rochosa. Segurava um calcanhar, mexendo no mesmo sapato que a havia incomodado antes.

Aconteceu tão rápido que mal tive tempo para reagir. Ela recolocou o pé no chão, perto demais da beirada, e a pedra desmoronou debaixo de seu passo. Foi puxada pela lateral da ravina íngreme abaixo, a terra indo com ela. Ela soltou um grito engasgado à medida que escorregava para longe, fora da minha visão.

DEZOITO

OUVI SEUS GRITOS BAIXOS, ENTRECORTADOS, E O SOM DA ROCHA cedendo, centenas de pedrinhas minúsculas despencando pela ravina, rumo ao fundo do vale. Algumas das meninas se ajoelharam, tentando alcançá-la, mas ela já estava muito abaixo. Seu corpo escorregou ainda mais pelo penhasco escarpado. Houve o som horrível, derrapante, de mãos arrastando contra a pedra, tentando encontrar alguma coisa em que se segurar.

— Fiquem longe do beiral — gritei, fazendo um gesto para que Bette e Sarah se afastassem. Quando cheguei a elas, avaliei seus rostos, com medo de olhar por cima do penhasco, para o vale. Houve um baque alguns metros abaixo, e, então, silêncio. Conforme eu as conduzia para trás, mais para perto da estrada, espiava por cima da beirada, tomando cuidado para manter os dois pés no asfalto. Helene estava uns dez metros abaixo, talvez mais, deitada em um afloramento de rochas. Segurava o queixo com as mãos. Os nós de seus dedos estavam ralados até os ossos. Um talho havia se aberto na frente de sua cabeça, o sangue escorrendo para dentro dos olhos.

— Minha perna — gritou. Seu rosto estava contorcido de dor.

— Que distância ela caiu? — perguntou Clara. — O quanto está machucada? — Ela empurrou as meninas para trás, afastando-as do beiral.

Os olhos de Bette se encheram de lágrimas. Ela não parava de passar a mão no rabo de cavalo louro, puxando-o.

— Eu avisei — disse ela, a voz trêmula. — É isso que...

— Não precisamos disso agora — falei. — Ela está machucada. — Fui até o trenó e o vasculhei, tentando encontrar a corda de plástico. Eu a soltei dali, contornando minha cintura com a ponta, pelos passadores do cinto nos quadris.

— O que você está fazendo? — perguntou Clara. Ela olhou de soslaio para Beatrice, tentando avaliar a reação da outra.

— Há o suficiente — falei, mostrando-lhe a outra ponta da corda. Havia pelo menos 12 metros, possivelmente mais. Vasculhei a beira da estrada, procurando alguma coisa, qualquer coisa, para ancorá-la. — Alguém precisa descer e buscá-la.

Clara espiou por cima do penhasco. Agora dava para ver só o topo da cabeça de Helene. Ela havia se arrastado para mais perto da rocha, tentando ficar o mais longe possível da beirada.

— Por que tem que ser você? — Clara estendeu a mão aberta, fazendo um gesto para eu lhe dar a corda. — Você não deveria.

Beatrice e Sarah chegaram um pouco mais para a frente, tentando ter um vislumbre de Helene na saliência abaixo.

— Rápido — disse Bette. — Ela pode cair.

Clara pegou a corda, puxando a ponta da minha cintura.

— Você não pode — falou. — É a única que sabe aonde estamos indo. — Seus olhos se fixaram nos meus por tempo demais, e eu sabia e que ela não ia acrescentar que eu estava grávida. Que era mais arriscado para mim do que para ela.

Beatrice agarrou meu braço.

— Deixe Clara ir — pediu. — Nós vamos segurar a corda para ela. Podemos ancorá-la ali atrás. — Ela apontou para a balaustrada baixa do outro lado da estrada. Estava corroída pelo sol, o metal agora coberto por uma película branca cheia de bolhas. Parecia frágil, mas as bases das barras de metal ainda estavam enraizadas no chão, enterradas em alguns metros de concreto sólido.

Examinei o corrimão, chutando a barra de baixo para me assegurar de que não cederia. Aí passei a corda de plástico em volta, usando o mesmo nó que tinha feito meses antes quando amarramos a casa flutuante de Quinn no píer em Califia. Inclinei-me para trás, deixando-a sustentar todo meu peso, os fios de plástico tensionando sob minha pegada.

De pé ali, olhando para o vale abaixo, lembrei-me da atração inconfundível que sentia no Palácio sempre que estava a apenas centímetros das janelas da torre. Uma tontura me assolou. Senti como se a qualquer instante pudesse cair, o enorme firmamento capaz de me engolir inteira.

— Você tem que me mostrar como amarrar — falou Clara de algum lugar atrás de mim. Ela me entregou a corda e percebi que suas mãos estavam trêmulas, os dedos drenados de sangue e pálidos.

— Deixe-me ir — pedi. Mas Clara só apertou a corda em minhas mãos.

Bette e Sarah ficaram no asfalto ao nosso lado, Sarah segurando o braço de Bette. Bette enxugava o rosto, tentando secá-lo.

— Você precisa fazer alguma coisa — falou. — Ela está com dor.

Agi rápido, amarrando a corda em volta da cintura de Clara, logo abaixo de suas costelas, dando um nó duplo para garantir que não se soltasse.

— Podemos tentar baixar a corda até ela primeiro — sugeri quando tive certeza de que as outras garotas não podiam ouvir.

— Você não precisa fazer isso.

O rosto de Clara estava molhado e pálido. As mãos se movimentavam erraticamente, primeiro agarrando a corda, aí a cintura, incerta de onde colocá-las.

— Não, eu faço — falou. Ela assentiu. — Eu faço.

Mandei as meninas formarem uma fila. Fiquei logo atrás de Clara, Beatrice atrás de mim, e as garotas segurando a corda atrás de nós.

— Agora, inclinem-se para trás; joguem todo seu peso na direção contrária — instruí. — Aconteça o que acontecer, não soltem. Estamos em número suficiente para trazê-las para cima.

Clara olhou para mim, a respiração lenta e deliberada cortando o silêncio.

— Se você se inclinar para trás, pode descer pela face do penhasco — expliquei. Eu tinha visto Quinn fazer isso duas vezes ao tentar chegar a uma das praias estreitas e isoladas no lado leste de Marin. — Mantenha as mãos na corda.

— Certo — falou ela. — Vou ficar bem. — Puxei um pouco da corda, para ficar esticada, e ela começou a andar para trás, olhando para o ponto onde o asfalto virava pedra. Quando chegou à beirada do precipício, ela se inclinou para trás, os olhos encontrando os meus por um segundo à medida que eu soltava a corda. Ela fechou bem os olhos para afastar as lágrimas.

Eu a observava descer lentamente pela frente do beiral, finalmente sumindo do meu campo de visão. Houve o som baixo de queda dos seixos, escorregando pela face de pedra, ouvido a cada vez que ela dava impulso. Atrás de mim, a respiração de Bette era engasgada e úmida.

— Ela tem que resgatá-la — falou. — Helene não pode morrer.

— Ninguém vai morrer — vociferou Beatrice. Era o mais próximo de raiva que eu já havia escutado em sua voz. Até mesmo as meninas ficaram sobressaltadas. Então todas ficaram em silêncio, soltando a corda apenas quando eu mandava.

Clara estava dizendo alguma coisa, sussurrando para si ao descer, embora eu não conseguisse ouvir o quê. Todas as dúvidas que eu havia afastado nos últimos dias sobrecarregavam a minha mente, me sufocando. Eu fora tola em pensar que podia levar as meninas comigo, que não seríamos todas capturadas ou que morreríamos de fome. Mesmo se Helene pudesse ser trazida para cima, sua perna provavelmente estaria quebrada ou distendida. Como ela seria capaz de acompanhar o ritmo? Ficaríamos na estrada por mais duas semanas, pelo menos, a caminho do litoral.

A corda queimava minha mão. Dava para sentir todo o peso de Clara forçando contra, puxando para trás e para longe. Soltei um pouco e, após alguns minutos, a corda afrouxou, assim que ela chegou ao afloramento onde Helene estava.

— Estou com ela — gritou Clara, a voz baixa e distante. — Ela está bem. Vou levá-la para cima.

APOIEI A MÃO NA TESTA DE HELENE, LOGO ACIMA DE SUA SOBRANcelha.

— Vai arder — falei. Suas trancinhas pretas estavam incrustadas de sangue seco. O talho de dez centímetros ainda estava aberto. Eu respirava pela boca, tentando não me entregar à sensação devastadora de enjoo ao jogar vodca no corte. Ela se retraiu, o corpo tensionando. Pus uma das toalhas ao lado de sua cabeça, absorvendo o resto do líquido, tomando cuidado para manter o pano longe da ferida.

— Pronto — falei. — Acabou. Tente dormir um pouco.

Helene não me encarou. Seus olhos estavam bem fechados, lágrimas presas nos cílios. Os hematomas nos braços tomaram cor, havia sangue preto incrustado debaixo das unhas. Olhei para a perna dela. Beatrice fizera uma tala com dois galhos que encontramos, amarrando-os um ao outro com corda. Fiquei segurado a mão de Helene enquanto Beatrice puxava seu calcanhar, botando o osso no lugar. Agora a área de seu joelho até o tornozelo estava inchada, a pele esticada e vermelha. Nós lhe demos um pouco de vodca para a dor, mas era difícil saber o quão grave era a fratura. Não tinha sido fratura exposta — Beatrice dissera que havia esperança.

Eu me virei de costas, contornando as meninas que haviam se acomodado em volta dela. Bette e Sarah tinham adormecido. Os cobertores que Helene não usou foram compartilhados pelas outras. Bette mudou de posição na terra dura, esforçando-se para ficar confortável. Conforme o vento passava pelo vale, eu puxava mais meu suéter, tentando suportar o frio, mas ele me atravessava mesmo assim. A temperatura tinha caído dez graus desde o pôr do sol.

Encontramos lugar para acampar assim que a estrada ficou reta, nos acomodando atrás de um conjunto de rochas altas. Bette e Sarah colocaram Helene atrás delas, no trenó. Mesmo depois de termos lhe dado o máximo de álcool que ela aguentaria, ela ainda soluçava, a dor indo e vindo em ondas. Passei quase uma hora sentada ao lado dela, escutando o rádio de vez em quando, tentando receber notícias da Trilha.

Olhei para Beatrice e Clara, suas silhuetas quase invisíveis atrás de arbustos secos e murchos. Conforme me aproximava, eu captava fragmentos da conversa, algumas frases carregadas pelo vento.

— Se estiver infeccionado, não temos escolha — disse Clara.
— Não vejo como ela poderia sobreviver de outra forma.

Beatrice estava ao lado dela, as duas encurvadas, tentando se proteger do frio.

— Mas não está infeccionado — ainda não — falou Beatrice.

Elas se viraram quando me viram chegar.

Beatrice balançou a cabeça.

— Você não ouviu nenhuma novidade pelo rádio? — perguntou ela. — Não há nenhuma parada por perto na Trilha? Se pudéssemos encontrar algum lugar para descansar... mesmo que só por uma semana, mais ou menos...

— A maioria dos rebeldes foi para a Cidade. Os que estão fora dos muros têm andado quietos — eu disse. — As únicas mensagens que ouvi vieram de sobreviventes do lado de dentro. As execuções públicas pararam, mas outros estão sendo levados de suas casas para interrogatório. As colônias estão em silêncio... Se elas ainda não vieram, parece improvável que venham em algum momento.

— E minha mãe...? — perguntou Clara.

Neguei a cabeça. Não tinha ouvido nada sobre minha tia Rose desde que o cerco havia chegado ao fim. Eu tinha que ter esperanças de que ela e Charles ainda estivessem vivos, embora soubesse que pelo menos Charles estava envolvido em nossa fuga.

Nós nos sentamos na frente da fileira baixa de arbustos, nossos ombros colados, tentando ficar aquecidas. Clara soltou um suspiro longo e lento. Seus joelhos estavam ralados e ensanguentados nos pontos em que haviam se firmado na face do penhasco ao tentar segurar Helene.

— E se a perna de Helene infeccionar? — indagou Clara. — Teríamos como tratá-la na cidade, mas aqui... ela pode morrer. O que devemos dizer às meninas então?

Beatrice esfregou a testa.

— As pessoas sobreviveram a essas coisas nos anos após a praga. Ela não é a primeira pessoa a quebrar um braço ou uma perna em território selvagem. Temos que esperar para ver.

— Você devia mandar uma mensagem pelo rádio — disse Clara. A lua lançava sombras estranhas em seu rosto. Sua pele parecia tão pálida, quase cinza, sob a luz. — Devíamos ver se os rebeldes podem mandar ajuda.

— Só como último recurso — falei. — É perigoso demais. Moss me falou sobre uma parada no mapa; não fica a mais do que um dia de caminhada. Alguns dos rebeldes fizeram uso dela a caminho da Cidade, mas agora está abandonada. Podemos acampar lá por alguns dias para descansar.

Beatrice assentiu.

— Stovepipe Wells? O lugar que você mencionou?

— Exatamente — confirmei. — Só precisamos chegar lá.

— Vamos ter que carregá-la o caminho inteiro — falou Clara. — Se ela sobreviver.

— Ela vai sobreviver — disse Beatrice. — Espero que sim.

Atrás de nós houve um barulho de estalido, os arbustos secos quebrando debaixo de peso novo. Eu me virei, vendo a silhueta de pé nos arbustos. Levei um momento, estudando seus traços ao luar, para perceber quem era.

— O que você está fazendo acordada? — perguntei.

— O que quer dizer, você *espera* que ela sobreviva? — indagou Bette. — Vocês acham que ela pode morrer?

Beatrice se levantou rapidamente, indo para o lado de Bette.

— Não, ela não vai morrer — falou. Deu um abraço apertado em Bette, tentando acalmá-la. — Não se preocupe. Estamos cuidando dela. Colocamos a perna no lugar. Estamos fazendo tudo que podemos.

Bette não se mexeu, mesmo quando Beatrice a puxou para mais perto, aninhando sua cabeça na mão. Ela não tirou os olhos de mim. Em seu olhar, havia uma acusação silenciosa.

— Então vamos para Stovepipe Wells amanhã de manhã — disse Clara, passando na minha frente. — Do jeito que combinamos. — Elas voltaram para o acampamento escuro, atravessando o descampado do vale sem mim.

Bette foi a única que se virou para trás, nossos olhos se encontrando.

— Ela vai ficar bem — falei. Mas elas já estavam a alguns metros adiante, embrenhando-se mais na escuridão, e minha voz não as alcançava.

DEZENOVE

— PEGUEI! — GRITOU SARAH AO ATRAVESSAR O VÃO DA PORTA QUE dava para o saguão do hotel. — Ganhei! — As meninas dispararam atrás dela, percebendo que haviam chegado um segundo tarde demais. Sarah segurava o rato de pelúcia no ar. Ele só tinha um olho, faltava um botão amarelo no short vermelho. As outras garotas tentavam tirá-lo das mãos dela, mas ela ficou na ponta dos pés, segurando-o no alto.

— O humor delas está melhor — sussurrou Beatrice para mim. Ela dobrou algumas das blusas que havíamos encontrado, enfiando-as dentro de uma mochila. — Mas não acho que podemos aguentar muito mais desses gritos.

— Por que vocês não se recolhem para dormir? — falei, olhando para fora. O céu já estava de um rosa-avermelhado intenso, o sol baixo atrás das montanhas. — Vocês têm mais uns 15 minutos de luz. Deviam arrumar suas camas.

Sarah perambulava pelo corredor abaixo, algumas das meninas seguindo-a, saindo para buscar os cobertores no quarto onde Helene dormia. Estávamos no hotel em Stovepipe Wells há quatro dias, acomodadas na parte de trás do prédio, longe da estrada. As garotas haviam inventado um jogo que envolvia sequestrar, aí esconder um bicho de pelúcia esfarrapado que haviam encontrado. A primeira a passar pela porta da frente com ele na mão ganhava. Qual era o prêmio exatamente, nunca ficou claro.

Clara estava atrás do balcão da recepção, arrumando uma fileira de garrafas de vidro em cima da bancada.

— Há dez ao todo — disse ela. — Devemos deixar algumas no caso de mais gente passar por aqui?

Fui para o lado dela, espiando dentro dos armários embaixo do balcão. Tínhamos encontrado suprimentos deixados pelos rebeldes. Havia garrafas d'água, frutas secas e nozes, e algumas toalhas e curativos limpos. Não havia mais do que três ou quatro semanas desde que tinham parado ali, a caminho da Cidade. Ainda encontramos pequenos sinais deles. Pegadas frescas na terra, levando para as casas nos fundos. Alguém havia deixado um pente perto de um espelho velho no corredor, o plástico limpo de qualquer poeira. Encontrei um medalhão de ouro embolado em uma das toalhas, um pedacinho minúsculo de papel vermelho dobrado dentro, *leve meu amor com você* rabiscado nele. Eu o guardei comigo, a corrente chacoalhando no meu bolso. Não conseguia parar de imaginar de quem seria, onde eles estariam agora, se haviam sido mortos dentro da Cidade.

— Duas garrafas e um pouco da comida desidratada — falei. — Agora que o cerco acabou, duvido que alguém vá usar esta parada. Mas é melhor deixar alguma coisa só para garantir.

Sarah e algumas das garotas voltaram ao saguão, cobertores empoeirados nos braços. Elas jogaram alguns em cima dos sofás velhos, as almofadas afundadas. Lena, uma menina calada com óculos pretos arranhados, deitou-se em um, puxando o cobertor por cima das pernas. Ela esticou a mão para o contêiner de plástico com panfletos amassados intitulados FAZENDO TRILHA NO VALE DA MORTE e BEM-VINDO A STOVEPIPE WELLS. Ela sempre os lia antes de dormir.

Bette puxava Helene no trenó, andando um pouco rápido demais pelo corredor estreito.

— Cuidado — gritei. — Tome cuidado com a perna dela.

Bette olhou fixo para mim.

— Eu *estou* tomando cuidado — resmungou. Ela ajudou Helene a se levantar, apoiando a perna ferida nas pilhas de almofadas achatadas na ponta do sofá. O inchaço havia diminuído, mas a pele ainda estava de um rosa vivo. Os hematomas faziam tudo parecer pior. Vergões roxos cobriam um ombro. O lado de seu rosto estava inchado, o talho na testa ainda em carne viva.

— Temos que ir embora amanhã? — perguntou Helene, retraindo-se enquanto se abaixava no sofá.

Beatrice largou as roupas dobradas e pressionou a palma da mão contra a testa de Helene.

— Vai ficar grata quando finalmente estivermos em Califia. Vai ter uma cama de verdade para dormir e poder descansar o quanto quiser. — Ela se virou para mim e assentiu, do mesmo jeito que havia feito todas as vezes que verificara Helene. Nesses últimos dias, ela o fizera a cada poucas horas, assegurando-se de que ela não tinha febre, que a perna não havia inchado mais, que não havia sinais de infecção. Tínhamos esperança de que o pior tivesse passado.

— Ela não está pronta para ir — disse Bette. — Por que você não consegue enxergar isso?

— Nós temos que ir — falei. — Não vale a pena discutir. Aqui fora ainda estamos expostas. Se alguém passar, podemos ser descobertas. Temos que continuar andando.

Bette balançou a cabeça, as outras meninas espalhavam seus cobertores e travesseiros no chão, enroscando-se uma ao lado da outra, quando ela entrou em um dos corredores laterais. Clara veio até mim, a mão em meu braço conforme a observávamos sair.

— Se servir de consolo, ela também não falou comigo — disse. — Vai ficar melhor depois que chegarmos a Califia. Ela vai ver que você tinha razão.

— Espero que sim — falei. Eu me afastei das outras, fazendo um gesto para Clara me seguir. Tirei o mapa esfarrapado do cinto e o abri, apontando para a rota que tinha marcado a lápis. Clara o estudou à última luz do dia. — Se formos para norte, há água pelo caminho. Um suprimento garantido a cada três dias, mais ou menos. Lago Owens, reservatório de Fish Springs, lago Mesa, lago Crowley... viu? Pelo caminho todo.

— Lago Tahoe? — indagou Clara. — Não era onde ficava o esconderijo subterrâneo? — Ela passou o dedo pela bifurcação na estrada, subindo além da linha que eu desenhara. Fiquei pensando em Silas e Benny depois que fui embora. Moss tinha enviado mensagens para a caverna quando cheguei à Cidade, declarando que eu estava viva, que Caleb e eu estávamos juntos. Não tivéramos nenhum retorno e era impossível confirmar se eles tinham recebido o recado. Por mais que eu quisesse saber se eles estavam bem, parte de mim não queria sofrer a realidade caso não estivessem. E se encontrássemos a caverna abandonada? E se eles tivessem ido para o cerco, e se estivessem entre os corpos espalhados pela estrada naqueles primeiros dias? E, caso estivessem vivos, eu não sabia se gostaria de reviver aquilo tudo... aquela época, aquele lugar. Caleb. Leif. Eu havia tomado a rota a oeste propositadamente antes de chegarmos ao acampamento dos meninos. Assenti.

— Mas iria acrescentar dias à viagem. Pensei que...

— Não quis dizer que devíamos ir por lá — disse Clara, virando-se para mim. A expressão era de desculpas. — Eu não ia querer que você fosse. Não ia querer que nenhuma de nós fosse... não depois do que aconteceu com você.

Algumas das meninas adormeciam, dando boa-noite umas às outras. Sarah e Kit tinham ido buscar mais suprimentos em um dos quartos. Clara se ajoelhou ao lado da mochila, vasculhando-a até encontrar o rádio.

— Eu estava pensando... — falou, segurando-o no alto. — Há algum jeito de mandarmos uma mensagem para ela? Só para ela saber que consegui sair da Cidade. Que estou a salvo, que estou com você. Provavelmente ela está um caco, pensando que fui morta na Periferia, imaginando se fui capturada pelos rebeldes.

Revirei o rádio nas mãos, me perguntando quem dentro do Palácio seria capaz de decifrar a mensagem. Eu sabia ser improvável que qualquer um dos rebeldes que ainda trabalhava na torre se arriscasse a revelar sua identidade para Rose — não agora e especialmente não para relatar que Clara, que pelo que todos sabiam apoiava meu pai, estava viva. Pensei a respeito, de qualquer modo, percebendo como o humor de Clara havia mudado na última semana, notando a forma como sempre falava da mãe ou da Cidade, querendo saber se havia algum informante no Palácio.

— É claro que podemos — eu disse. — Só devo advertir: é provável que ela não a receba. Agora que Moss está morto, acho que nenhum dos rebeldes a decodificaria e transmitiria.

Clara apoiou as costas na parede, apertando o rosto nas mãos.

— Vamos voltar, em algum momento — falou, não diretamente para mim. — Ela vai acabar sabendo que estou bem. Tenho certeza de que entendeu o que aconteceu.

— Deve ter entendido — concordei. — Vamos ter mais recursos ao chegarmos a Califia. Depois que estiver lá, você vai ter mais noção do que fazer.

O resto do sol do dia entrou pela porta, batendo nos olhos azuis-acinzentados de Clara, iluminando suas profundezas.

— Eu não devia simplesmente ter ido embora — queixou-se. — Foi como se estivesse tentando puni-la, sei lá.

— Você não teve muito tempo para decidir — retruquei.

— Sempre fomos só nós duas. — Clara mexia em um nó em seu cabelo dourado grosso, puxando o emaranhado até este se desfazer. — Desde a praga, desde que meu pai e Evan morreram. Houve tantos momentos em que eu só queria me ver livre dela.

— Você não pode se culpar por ir embora. E se meu pai tivesse descoberto que você havia me ajudado naquele dia? E aí?

Nós duas ficamos em silêncio. Eu queria dizer a ela que seria capaz de voltar à Cidade, que nós duas poderíamos retornar, mas conforme os dias se passavam, isso parecia menos provável. Eu havia percebido uma mudança até no tempo, desde que estávamos no acampamento. A náusea havia passado. Beatrice dissera que era normal, que agora que eu tinha chegado aos três meses de gestação não sentiria mais o enjoo matinal como antes. O meio do meu corpo parecia inchado e cheio, e minhas roupas estavam com caimento diferente — mesmo que fosse perceptível apenas para mim. Eu ficava me perguntando se, quando estivéssemos em Califa, algum dia iria embora ou se ficaria presa lá, indefinidamente, incapaz de ir para qualquer outro lugar. Quanto tempo eu tinha antes que meu pai me encontrasse novamente?

Sarah e Kit passaram por nós, com mais duas pilhas de cobertores nos braços. Clara enxugou a pele abaixo dos olhos e se levantou, pegando um manto de feltro embolorado. Eu me ajoelhei, prestes a enfiar o rádio de volta na mochila, onde o havia mantido escondido, quando Kit parou perto da porta. Ela estava olhando para mim, seu rosto pouco visível na luz tardia.

— O que está fazendo com isso? — perguntou ela.

Clara apertou o cobertor contra o peito.

— O que você quer dizer? — falou. — É um rádio, Kit. Você nunca...

— Eu sei o que é. — Kit puxou seu rabo de cavalo comprido, enrolando-o em volta dos dedos. — Mas achei que fosse de Bette.

Varri o saguão com os olhos, as meninas enroscadas nos sofás e no chão. Eu mal conseguia enxergá-las nas sombras, tão longe das janelas e da estrada.

— Por que você acharia isso?

Kit encolheu os ombros.

— Ela me disse que o havia encontrado no posto de gasolina, que era dela. Ela o estava usando duas noites atrás.

Eu sentia os olhos de Clara em mim. Passei por ela, entrando no aposento.

— Cadê a Bette? — Abaixei-me e apertei o ombro de Helene, acordando-a com um sobressalto. — Você sabia sobre o rádio? Sabia que ela o estava usando? — Olhei para algumas das meninas que estavam enroscadas no chão, tendo vislumbres de seus rostos sombreados, tentando distinguir uma da outra. Não vi Bette em lugar nenhum.

Helene balançou a cabeça.

— Não sei onde ela está — disse. Mas ela juntou as mãos, o rosto tenso. — Eu não...

— O que ela estava fazendo com ele? — perguntei. — Diga-me.

Helene afastou as tranças do rosto.

— Ela falou que ia pedir ajuda para mim. Ela me prometeu.

Disparei pelo corredor escuro, passando pelos quartos do hotel antigo. Algumas das camas estavam viradas de lado. Havia malas empoeiradas cheias de roupas, azulejos de teto apodrecidos, uma pilha de brinquedos abandonada por pessoas que haviam saído às pressas. Vi uma silhueta no espelho quebrado ao final do corredor. Fiquei tensa, levando um segundo para perceber que era meu próprio reflexo.

De pé, ali no corredor mal-iluminado, eu escutava cada respiração minha, tentando descobrir quando Bette me vira com o rádio. Muito provavelmente tinha vasculhado nossas mochilas, procurando por ele. Quanto tempo passara tentando enviar uma mensagem? Quem ela podia pensar que viria?

Lá longe, além das janelas quebradas, ouvi uma vozinha chamando, as palavras indistinguíveis. Dobrei o corredor, sem parar, até estar do lado de fora, contornando os fundos do prédio. Avancei pelo estacionamento cheio de carros carcomidos e, quando virei a esquina, finalmente a vi. Era só uma silhueta negra contra o céu roxo. Estava acenando freneticamente, para a frente e para trás, uma fogueira patética de sinalização ao lado de seus pés.

Levei um momento para notar para o que ela estava olhando. Minhas mãos ficaram frias. Subindo a cordilheira, a apenas oitocentos metros de distância, havia uma motocicleta, seu farol um pontinho de luz.

VINTE

BETTE CONTINUOU ACENANDO, SALTITANDO, TENTANDO FAZER sinal para a motocicleta.

— Aqui! — gritou ela. — Estamos aqui!

Corri o mais rápido que pude, agarrando-a, prendendo os braços dela.

— Você sabe o que fez?

O luar lançava sombras estranhas em seu rosto.

— Fiz o que você não quis fazer — disse ela. — Ela precisa de ajuda. Você mesma disse que ela poderia morrer.

A motocicleta estava se aproximando, zunindo pela serra. Chutei terra em cima da fogueira, uma pilha minúscula de gravetos e mato, espalhados com alguns fósforos queimados que ela provavelmente roubara dos suprimentos. Aí lhe agarrei o braço, puxando-a de volta ao hotel. Tudo voltou a mim, aos jorros, afastando qualquer outro pensamento. Em um instante eu podia ver

Marjorie e Otis, a trança dela ensopada de sangue. Eu havia reconhecido o risco de trazer o rádio, sabendo o que podia acontecer, sabendo o quanto estaríamos em perigo se uma das garotas o usasse. Eu o enfiara no fundo da mochila onde só Beatrice, Clara e eu saberíamos que estaria.

Bette enterrou os calcanhares na terra, puxando nós duas até pararmos.

— Vou conseguir ajuda para ela — repetiu. — Precisamos que alguém traga um médico.

— Não é assim que funciona — falei. Ela lutava, mas eu a segurava sem deixar que se soltasse. — Quando você enviou a mensagem? O que disse?

O farol se aproximava. O soldado era só uma silhueta escura recortada contra o céu, suas costas ligeiramente encurvadas, a motocicleta cheia de suprimentos. Eu nunca tinha visto um soldado sozinho, mas ouvira os meninos na caverna falando sobre isso, sobre como às vezes eles faziam vigilância de armazéns ou pontos de verificação do governo. Se ele estava vasculhando, isso significava que havia outros por perto, a não mais do que oitenta quilômetros de distância.

— Ontem à noite — disse ela. — Quando você estava dormindo. Falei onde nós estávamos.

Eu a puxei de volta para os fundos do hotel, usando toda minha força.

— Você precisa se apressar — pedi, olhando para o pequeno grupo de prédios à nossa frente. Havia apenas três estruturas de madeira e uma loja abandonada, o estacionamento cheio de carros espalhados, seus pneus arrancados das rodas de metal. O soldado não levaria mais do que alguns instantes para revistar os prédios. Nossa única vantagem era que estávamos em maior número e conhecíamos a planta do hotel.

Apressei o passo, correndo para os fundos do prédio, Bette logo atrás. A motocicleta se aproximava rápido demais. Eu a ouvia subindo a serra, diminuindo o espaço entre nós. Houve o rangido terrível dos pneus no asfalto, o som dos freios. Quando estávamos quase alcançando o motel, o motor foi desligado, devolvendo o silêncio ao mundo exterior.

Ele não gritou, como os soldados frequentemente faziam, ordenando que nos virássemos, que nos identificássemos. Eu não olhei para ele, optando por guiar Bette ao longo da lateral do prédio, através do estacionamento, rumo aos fundos. Empurrei a porta de vidro do saguão para abri-la, disparando o tilintar baixo de sinos em algum lugar acima.

— Temos que ir para os quartos dos fundos — gritei, apontando para o corredor escuro mais distante da estrada. — Fomos encontradas. Andem, depressa.

Bette ficou ao lado da porta, sem saber o que fazer. Algumas das meninas estavam dormindo e se sobressaltaram. Clara ficou parada perto da entrada dianteira do saguão, de onde estivera nos observando enquanto a motocicleta se aproximava. Ela largou a cortina e se virou para mim.

— Ele não está mais lá — disse, indo até as janelas do outro lado da porta. — Não o estou vendo.

Passei os olhos pelo saguão, mas estava tão escuro que era difícil distinguir o rosto de qualquer um. Beatrice e Sarah ajudaram Helene a ficar de pé. Tateei, procurando a faca em meu quadril, tranquilizada por ela estar lá. Enquanto pegava a mão de Kit, levando-a para o corredor lateral, ouvi os sinos baterem um no outro, um barulho tão repentino que arrepiou os pelos finos em meu braço. Houve o som breve de botas no piso de ladrilho, a respiração lenta e difícil do homem que agarrou Bette pelo braço, encostando uma arma nas costelas dela.

153

Ele olhou em volta, seu rosto meio revelado sob o luar que entrava pela porta.

— Quem fez isso? — perguntou. Era óbvio que não era um soldado. Estava usando uma jaqueta de couro gasta e jeans que estavam pretos de sujeira. Eu o observei, estudando a braçadeira vermelha amarrada na manga, imaginando o que poderia simbolizar, se era a favor ou contra a resistência. Será que ele sabia sobre a Trilha? — Quem trouxe vocês todas para cá? — gritou.

— Pode pegar o que quiser — falei, tentando manter minha voz firme. — Nós temos água e comida. O suficiente para durar uma semana.

— Eu não quero suprimentos — disse ele, a arma apertada na lateral de Bette. Ela estava estranhamente imóvel, o corpo rígido e os olhos fechados, como se já estivesse morta. Uma das garotas atrás de mim estava chorando. Eu não me virei para olhar. Algumas delas estavam usando seus vestidos da Escola e de repente me arrependi por tê-las deixado ficar com eles, mesmo que só os usassem para dormir. Era impossível agora mentir sobre quem elas eram.

— Eu as trouxe — falei finalmente. — Elas estavam fugindo das Escolas.

Ele tirou a arma da lateral de Bette, apontando-a então para mim.

— Você trouxe — começou ele, cada palavra curta. — Alguém enviou uma mensagem dizendo que precisavam de ajuda. Que estavam sendo mantidas aqui.

Eu olhei para Bette.

— Ela machucou a perna — falou ela, engasgando, mal abrindo os olhos. — Helene. Ela precisa de um médico.

O homem varreu o aposento com os olhos, vendo Helene ao lado de Sarah. Ela ergueu a perna machucada do chão.

— Eva estava tentando nos salvar — disse Kit rapidamente. Eu me virei para ela, esperando que não continuasse, mas ela continuou: — Ela é a Princesa; a filha do Rei.

Beatrice agarrou Kit, tentando silenciá-la, mas já era tarde demais. Ele largou Bette e, em vez disso, se lançou em cima de mim, apertando meu braço com tanta força que doeu. Aí ele pôs a arma logo abaixo das minhas costelas. A sensação de tê-la ali, a ponta rombuda pressionando minha pele, era suficiente para me deixar sem fôlego.

— Há mais alguém do Palácio? — berrou ele para as outras.

Beatrice deu um passo à frente, para a luz fraca.

— Você cometeu um engano — falou. — Ela está tentando levar as garotas para a segurança. Para Califia. Ela estava trabalhando com Moss.

— Moss está morto — disse o homem. — Todo mundo na Trilha sabe quem é a Princesa Genevieve. Ela vai ser punida, mesmo que seu pai não tenha sido.

— Eu estava trabalhando com os rebeldes — falei lentamente, tentando manter minha voz calma. — Estou do seu lado.

— O homem deu um puxão no meu braço, me arrastando para a saída dos fundos. Algumas das meninas estavam chorando, os soluços baixos e abafados ouvidos na escuridão.

— Conheço os códigos — falei, pensando que isso poderia significar alguma coisa para ele. No entanto ele manteve a arma apontada para meu estômago.

— Você tem que escutá-la — disse Clara, correndo em nossa direção. — Ela nunca ficou do lado do pai. — Balancei a cabeça, esperando que ela não falasse mais nada. Era possível que ele soubesse quem ela era. Se alguém dissesse o nome dela ou mencionasse que era minha prima, ele poderia levá-la também.

Ele me puxou na direção da porta. Não resisti, resolvendo então manter minha respiração regular, pensando na faca em meu cinto. Eu não sabia se tinha capacidade física para tal, mas meu olhar não parava de se voltar para a arma, a ponta dela ainda apontada logo acima do meu cinto. Ele segurava meu braço, andando de costas. Quando chegou à porta, virou-se por um breve instante para abri-la, olhando para baixo enquanto procurava a maçaneta. Escorreguei a mão até a cintura, apertando bem os dedos em volta do cabo da faca, puxando-a da bainha. Ele abriu a porta, fazendo um gesto para eu passar.

Assim que botei os pés no estacionamento, mantive a lâmina à minha frente. Ele passou pela porta e eu me virei depressa, enfiando-a em seu bíceps direito. Ele xingou e soltou a arma. Eu a chutei com força, fazendo-a escorregar pelo asfalto. Afastei-me dele, tentando botar espaço entre nós, quando Clara passou pela porta. Ouvi os sinos soarem, o rangido alto das dobradiças, e então ela o atingiu na nuca. Só depois que ele estava no chão, se contorcendo de dor, foi que eu vi uma das garrafas d'água de vidro na mão dela.

Ele não se levantou. Apertou os olhos, os joelhos dobrados contra o peito. Esticou a mão para a nuca, onde um talho havia sido aberto, o sangue molhando seu cabelo. Clara pegou a corda de plástico de seu cinto e a passou em volta dos pulsos dele. Mesmo quando ele estava no chão, as mãos amarradas, eu não consegui recuperar o fôlego. Vi a arma de novo, o cano apontado para meu estômago. Já era o bastante proteger a mim mesma, mas eu sentia que agora havia essa outra parte de mim, uma pessoa que eu imaginava tão vividamente quanto qualquer outra coisa.

Não se passou mais do que um minuto antes que o restante das meninas estivesse do lado de fora. Conforme o homem perdia a consciência, elas se aproximaram, avaliando-o.

— Ele ia matá-la — falou Helene. Ela tentava secar as bochechas, mas seus olhos continuavam lacrimejando.

— Eu só estava tentando ajudar — disse Bette. — Estava tentando arrumar alguém para nos ajudar.

O rosto de Clara estava estranho para mim. Suas bochechas estavam vermelhas, a mão apertando o braço de Bette. Ela falou por entre dentes cerrados.

— O que você acha que estamos fazendo? Nós *estamos* ajudando vocês. — Bette tentava se soltar, mas Clara se mantinha firme. — Se ele ouviu, quantas outras pessoas ouviram?

Olhei para o sujeito, seu rosto incrustado de terra. Tínhamos que ir embora naquela noite. Era possível que mais rebeldes já estivessem a caminho. Se os soldados tivessem ouvido a mensagem, eles nos rastreariam até ali. Mesmo que continuássemos seguindo para o norte, longe daquele acampamento, eles poderiam calcular nossa localização aproximada. Se supusessem que estávamos indo para Califia, poderiam estabelecer pontos de verificação a oeste das montanhas, bloqueando o caminho. Precisávamos de um lugar onde pudéssemos nos esconder.

Corri para a estrada, onde a motocicleta ainda estava. O som baixo dos meus pés contra o asfalto me acalmou. Era bom estar de pé, estar me mexendo novamente, o ar noturno enchendo o peito.

— Eva? — chamou Clara, me observando. — O que você está fazendo?

Quando cheguei à moto, me ajoelhei atrás do pneu, procurando pelo pequeno bocal na lateral. Quinn havia me ensinado o truque em Califia, quando conversamos sobre os jipes do governo. Era mais fácil do que cortar a borracha grossa.

Girei a válvula, abrindo-a, escutando o chiado satisfatório enquanto o ar saía.

— Recolham tudo — gritei, virando-me para ver suas silhuetas, congeladas ali contra o céu salpicado de estrelas. — Vamos partir para o esconderijo subterrâneo hoje à noite.

VINTE E UM

— ESTÁ TÃO PERTO — GRITOU SARAH CONFORME CHEGÁVAMOS ao cume da colina. — Consigo ver a água. — Examinei as árvores para ter certeza de que havia nos direcionado para o local certo. Estava como eu me lembrava, mas de alguma forma parecia mais solitário, o lago estranho na ausência de Caleb e Arden.

As meninas saíram correndo quando a água se estendeu diante delas, o céu refletindo rosa e alaranjado em sua superfície vítrea. Bette ajudou Helene a descer o barranco rochoso, segurando o trenó por trás, tomando cuidado para não deixá-lo deslizar rápido demais. Eu a observei, grata por termos chegado. Havíamos feito três fogueiras durante o trajeto em direção ao norte — só durante o dia, para ferver água dos lagos — e sofrido durante noites no frio, temerosas de que a fumaça fosse vista da estrada. Enquanto acampávamos no lago Crowley, um veículo passara acima de nós. Nós o vimos parar em cima da cordilheira, os soldados saltando ao examinar o pavimento, estudando por alguns minutos as pegadas fracas que tínhamos deixado na areia antes de seguirem viagem.

Bette e Helene começaram a caminhar para o lago. Helene mancava, ainda incapaz de apoiar o peso em sua perna ferida. Quando chegaram à parte rasa, as outras garotas mal se viraram, preferindo lavar seus braços e pernas com água limpa. Elas não haviam escondido sua irritação com Bette. Mesmo agora, uma semana e meia depois, andavam metros à frente dela, às vezes ignorando-a quando ela as chamava.

Sarah submergiu na parte rasa. Ela se lavou rapidamente, pegando punhados de areia e esfregando-os nos braços para depois encher suas garrafas com água fresca.

— Não consigo vê-los — falou, passando os olhos pelas árvores atrás de mim. — Talvez eles não estejam aqui.

Algumas das garotas se viraram à menção dos meninos. Elas tinham saído da água, enchendo o restante de suas garrafas e colocando-as em terra firme.

— Eu não vou até lá em cima — disse Bette, olhando para a escuridão entre as árvores. — Não me importo de dormir na terra.

— Tem certeza de que é seguro? — perguntou Clara enquanto vinha para o meu lado. Ela largou a mochila e esfregou o ponto dolorido no ombro onde a alça se enterrara na pele. — Podemos ficar aqui?

— Não tenho certeza de nada — respondi, olhando para o caminho que levava ao esconderijo subterrâneo. — Mas o lugar é escondido. Há água e muita caça. Talvez possamos levar os cavalos pelo restante do caminho... Reduziria a viagem a Califia em pelo menos uma semana.

O olhar de Clara caiu em Helene. Beatrice estava tirando o curativo da perna dela, trocando a tala e as toalhas que seguravam o osso no lugar. Nenhuma de nós dissera em voz alta, mas seu ferimento diminuíra nosso ritmo consideravelmente. Apesar de nós todas nos revezarmos puxando-a, algumas das meninas eram fracas demais, e a maior parte da tarefa recaía sobre mim, Clara e Beatrice. Mesmo tendo feito algumas pequenas refeições à base de coelho, estávamos perpetuamente com fome. Havia uma dor surda e constante em meu estômago e minha energia estava baixa. Eu estava preocupada que, se não continuássemos ali e descansássemos, conservando o pouco de força que tínhamos, pudéssemos ser presas a caminho de Califia, em algum lugar com ainda menos recursos. Talvez não conseguíssemos chegar até lá.

Bette pegou um punhado de areia molhada e esfregou a sujeira de suas palmas. Algumas garotas entraram até os joelhos, mas se recusaram a se virar de costas para a margem, mantendo os olhos na floresta, como se esperando que os meninos aparecessem. Estavam todas tão magras. Lena tinha uma queimadura de sol horrível nos ombros, a pele vermelha formando bolhas.

Helene e Beatrice ainda estavam na margem. Helene estremeceu quando Beatrice segurou as duas tábuas estreitas contra a perna. Ela começou a passar a corda em volta delas, segurando a tala no lugar.

Fui até as meninas, tentando afastar as dúvidas que tivera sobre ter ido até ali. Eu revisitara aquelas últimas horas na caverna tantas vezes, imaginando se era tolice voltar, sabendo que fora Leif quem nos traíra para Fletcher. Enquanto meu pai estivesse me procurando e tivesse meios para procurar, sempre haveria a chance de alguém mandar um recado para o exército sobre minha localização. De agora em diante, toda luz na estrada, todo sinal de fumaça ao longe e todo estranho que encontrássemos era uma ameaça.

— Lembrem-se do que eu disse — comecei, olhando para as garotas na beira do lago. — É só por alguns dias, para podermos descansar. E Clara, Beatrice e eu estamos aqui com vocês, então tentem não se preocupar.

Sarah enfiou o dedo na boca, mordiscando a pele em volta da unha.

— Você sabe que é mais fácil falar... — começou ela, deixando a frase morrer. Seus olhos dispararam na direção da mãe.

— Pode haver alguma verdade nisso — retruquei, sabendo o quanto era difícil processar. — Mas só uma coisa importava para as Professoras: que vocês ficassem dentro dos muros da Escola. E, se fossem além deles, elas queriam se assegurar de que retornariam assim que pudessem. Parte disso era ensiná-las a temer a tudo e todos, principalmente os homens. Assim que vocês começassem a perceber que nem todos os homens além do muro eram tão perigosos quanto diziam, o que mais começariam a questionar? E se encontrassem um aliado em um deles... e aí?

Kit enfiou os dedos dos pés na areia, enterrando-os ali. O restante das meninas ficou em silêncio. Beatrice jogou uma toalha por cima dos ombros de Sarah, secando a água do lago de suas costas. Sarah não a afastou como fazia às vezes. Ela não resmungou dizendo que podia fazê-lo sozinha, sobre como Beatrice não precisava ajudá-la. Por um momento elas só ficaram juntas assim, os braços de Beatrice nos ombros dela, em um quase abraço.

Eu me virei, examinando a floresta, procurando o tronco queimado que se retorcia em direção ao lago, as raízes apontando para trás, na direção do esconderijo mais acima. Depois andei até o local onde as árvores encontravam a praia pedregosa.

Quando cheguei à beira da floresta, Clara correu atrás de mim.

— Vou com você — disse ela, olhando para as sombras. Puxei meu suéter em volta de mim. O ar estava mais frio debaixo dos galhos de árvore gigantescos.

— Você pode ficar, sério. Mantenha as meninas na beira d'água até eu voltar.

Contornei as raízes emaranhadas, entrando mais fundo na floresta, vendo a árvore queimada mais adiante. Bem longe, à minha direita, estava um dos tocos em cima dos quais os meninos costumavam colocar a comida quando cozinhavam. Eles o haviam limpado, mas havia uma mancha fresca de suco de frutas silvestres de um lado. Sementes minúsculas ainda estavam presas na beirada da madeira. Alguém esteve ali há não mais de uma semana. Quando cheguei à encosta, inclinei-me para baixo, tentando encontrar o sulco da porta escondida.

Lá dentro estava estranhamente silencioso. Entrei no primeiro quarto, iluminado por um pequeno buraco no teto. Eu não conseguia me lembrar a quem pertencia — Aaron ou Kevin. Não havia roupas espalhadas pelo chão, nenhuma tigela vazia empilhada no canto. Nenhuma das velhas bolas de futebol murchas que eles chutavam ou os invólucros amassados que haviam sobrado do saque a um armazém. O colchão estava descoberto. As duas cadeiras de plástico no canto, recuperadas de um jardim, só tinham um cobertor em cima.

Voltei para o corredor de barro, espiando dentro da alcova seguinte. Estava vazia. Tirando um prato bolorento com ossos no chão, não havia sinais dos meninos. Olhei para a frente, onde o corredor se abria para a sala larga e circular na qual fazíamos as refeições. A caverna estava abandonada. Talvez eles tivessem lutado no cerco, viajado com os rebeldes para libertar os campos de trabalhos forçados. Talvez tivessem sido afugentados por alguém ou alguma coisa, o acampamento descoberto semanas antes. Puxei minha faca, desejando ter trazido a arma do rebelde, agora separada em duas partes, guardadas por Clara e Beatrice.

Continuei descendo o corredor mal-iluminado, passando por mais quartos vazios, correndo a mão pela parede para me orientar. Quando cheguei à caverna principal, estava como fora meses antes, a fogueira no centro, as cinzas frias. Havia algumas latas vazias espalhadas pelo chão. Passei meu dedo dentro de uma delas e o levei à língua. Ainda estava molhada de suco de pêra.

Ao me levantar, olhei para o corredor mais adiante, as paredes de barro iluminadas por buracos no teto em alguns lugares. Uma figura passou correndo de um quarto para outro. Seu rosto estava escondido por um cobertor esfarrapado, as pontas cobrindo os ombros. Movimentei-me rapidamente, pressionando o corpo contra a parede. Um suor frio cobriu minha pele. Tentei silenciar minha respiração, escutando os passos da pessoa enquanto ela corria para dentro do quarto.

Estiquei a faca conforme entrava no túnel, tateando cada passo enquanto avançava corredor escuro adentro. Era possível que a caverna tivesse sido descoberta, que as tropas tivessem passado por ali em algum momento ou que os rebeldes do norte a tivessem usado a caminho da Cidade. Qualquer um poderia estar ali agora, furtando os suprimentos remanescentes.

Uma sombra pairou no vão da porta. Ele era um pouco mais alto do que eu, a silhueta se aproximando devagar do corredor. Assim que olhei para ele, ele entrou no aposento.

Avancei para cima dele quando ele recuou. Minha mão pegou seu braço, a faca a apenas alguns centímetros do pescoço da figura misteriosa. Lentamente, o quarto começou a entrar em foco, a luz caindo do teto em um feixe fino. Vi o rosto que vira todos os dias durante 12 anos, todas as manhãs e noites na Escola, o cabelo cacheado preso para trás por um xale grosso. Pip estava assustadoramente magra, a clavícula pressionando a pele fina do pescoço. Olhei para baixo, notando a barriga de grávida, que se projetava acima da calça rasgada. Era esquisita, como se não pudesse pertencer a alguém tão pequena e frágil.

— Eva, não — disse uma voz familiar atrás dela. — Por favor.

Ruby estava de pé no canto, com Benny e Silas, cercando-os, os braços passados em volta dos ombros de ambos. Todos ficaram olhando para mim, as expressões assustadas, Pip avançando como se quisesse bloquear a visão.

Abaixei a arma, me vendo nos olhos deles. Minha garganta se fechou, subitamente envergonhada por eu ter me tornado o tipo de pessoa que segura uma faca contra a garganta de outra.

— Somos nós — falou Benny, sua vozinha enchendo o quarto. — Somos só nós.

VINTE E DOIS

GIREI O *DIAL* ENTRE OS DEDOS, SINTONIZANDO O RÁDIO NA ESTAção que Moss havia marcado a lápis. O ar se encheu com uma estática baixa, chiada. Ruby e eu nos inclinamos para a frente, esperando ouvir alguma coisa — qualquer coisa —, mas os minutos se passaram sem nenhuma palavra.

— Poucos rebeldes estão enviando mensagens agora — falei, finalmente desligando o aparelho.

— Kevin e Aaron teriam mandado recado caso os meninos estivessem voltando — disse Ruby. Botei o rádio dentro da mochila, tirando a pilha e guardando-a no meu bolso interno.

Espiei o quarto estreito de barro.

— Há o suficiente para quatro meses — falei, passando a mão por cima de uma fileira de latas, seus rótulos há muito desaparecidos. Logo abaixo havia potes de frutas silvestres secas e nozes, javali salgado e água do lago fervida. Havia caixas empilhadas em um canto do cômodo, resultado de um saque recente a um armazém.

— Os meninos disseram que poderia durar até seis. — Ruby puxou algumas jarras de água para baixo. — Mas temos acrescentado. Encontramos rosa mosqueta, frutas silvestres, uvas. Quando há peixes na parte rasa, tentamos pegá-los com a rede, mas só podemos entrar até certo ponto, já que não sabemos nadar. — Ela sentou-se de novo ao lado de Pip, girando a tampa de uma das jarras para ela. Pip estava calada.

— Isso é inteligente — falei. — É impossível saber se eles sobreviveram ao cerco. Quando vocês finalmente ficassem sem suprimentos, poderia ser tarde demais para coletá-los. — Meu olhar caiu sobre Pip e Ruby por um instante. As gestações delas estavam pelo menos dois meses mais adiantadas do que a minha, talvez mais.

Do outro lado do quarto, as meninas estavam sentadas na frente do fogo, mais à vontade agora que tinham visto Silas e Benny. Helene, que parecia a menos afetada pela presença deles, explicava sua tala para Silas, tirando-a para que ele pudesse ver a perna por baixo. Beatrice servia a sopa de cenoura nos contêineres de plástico que os meninos haviam usado como xícaras.

— Eva voltou — falou Benny, entalhando o chão de barro com um graveto, mostrando as palavras para Bette e Sarah enquanto as pronunciava. Eu devia estar aliviada... por Leif não estar ali, por minhas amigas estarem vivas e a salvo. Mas meu olhar não parava de voltar para Pip. Ela estava sentada de costas para a parede, mexendo a colher em círculos, os olhos fixos na superfície fumegante da sopa.

Ambas estavam com mais de cinco meses de gravidez, mas isso as havia afetado de maneira tão diferente. Ruby parecia mais saudável, o rosto mais gordo, as bochechas cheias e rosadas. Sempre que não estava falando, uma das mãos encontrava o caminho até a barriga, a palma descansando no ponto macio abaixo do umbigo. Pip parecia estar lutando contra o enjoo, não havia cor em seu rosto. Os olhos estavam vermelhos e tristes e, desde o momento que eu as descobrira ali, ela só dissera algumas palavras, todas curtas e estranhas.

— E Arden nunca engravidou, vocês têm certeza? — perguntei, mantendo a voz baixa para evitar ser ouvida.

Ruby assentiu.

— Tenho certeza. É parte do motivo pelo qual fomos embora do complexo.

— Quando vocês fugiram, então? Como Arden as trouxe para cá?

Ela olhou para os lados e por um momento Pip a olhou nos olhos, ostentando uma expressão fugaz que não reconheci. Os olhos de Pip estavam desfocados, como se estivesse em alguma outra época e lugar.

— Há cerca de um mês — disse Ruby. — Estávamos no quarto ao lado dela há semanas, e ela não tinha dito nada. E aí uma noite ela estava lá. Todas as outras estavam dormindo. Ela abriu a mão e lá estava a chave. Falou que você tinha dado a ela e que só teríamos aquela chance de ir embora.

— Ela havia ficado amiga de uma das guardas. Miriam, acho que o nome era esse. Às vezes Arden ajudava com tarefas no prédio, varrendo, mudando equipamento de lugar, esse tipo de coisa. Achava que isso as faria ver que havia mudado, que ela não era uma ameaça. Ela achava que, se fosse útil ao complexo, não a fariam treinar para o exército... havia boatos sobre isso, sobre o que aconteceria se ela não conseguisse engravidar. Fomos embora naquela noite com ela. Ela roubou um código de segurança da Miriam. E atravessou o lago conosco, uma de cada vez. Estávamos logo ao sul da caverna, então viemos até aqui para arrumar suprimentos. Foi quando ouvimos sobre o cerco pela primeira vez. Em menos de uma semana os meninos partiram. Eles foram libertar o primeiro campo de trabalhos forçados com um grupo de um assentamento ao norte. Arden foi com eles.

Pip não ergueu os olhos do chão. Ficou remexendo no barro com a unha, escavando um buraco raso.

— Temos tomado conta de Benny e Silas — contou ela.

Os olhos de Ruby estavam vítreos à luz do fogo.

— Arden nos contou que você estava presa na Cidade — disse. — Achei que nunca mais a veria novamente.

Ela contraiu os lábios, conseguindo dar um sorriso tenso. Eu nunca a tinha visto chorar na Escola. Ela sempre reconfortava a mim e Pip, sempre era a incorrigivelmente racional que conseguia enxergar todos os lados de todas as situações, alguém cuja presença automaticamente fazia você abaixar a voz, falar mais devagar, não ficar tão zangada ou triste. Ruby esfregou a barriga enquanto respirava fundo, fazendo força para afastar as lágrimas.

— Fico feliz que tenhamos chegado até aqui — falei. — Às vezes eu pensava a mesma coisa. — Eu me inclinei para a frente, prestes a abraçá-la, mas algo em seu rosto me fez parar. Ela olhou por cima do meu ombro, a expressão estranha e fria.

Pip percebeu a hesitação de Ruby.

— Eu nunca entendi... por que Arden? — indagou ela, cada palavra dita com tanto cuidado, como se estivesse esperando há dias, semanas talvez, para dizê-las. — Você a odiava na Escola. E aí ela vem até nós, falando que você lhe deu essa chave. Ela nos contou como vocês estiveram juntas em território selvagem. Disse que você a salvou. — Pip enxugou a bochecha, capturando uma lágrima antes que caísse. — Eu só não entendo por que você a levou, e não a nós.

— Não levei — falei. Peguei as mãos de Pip, mas ela as desvencilhou. — Eu não a levei. Eu a encontrei depois que parti. Foi ela quem me contou sobre o prédio. Fui obrigada a fugir sozinha.

— Quem? — A voz de Pip vacilou. — Quem a obrigou?

— A Professora Florence — expliquei. — Eu só podia partir se fosse sozinha.

— Então você não devia ter partido. — Ela ergueu a voz. Ruby botou a mão em suas costas, tentando acalmá-la, mas Pip continuou: — Sabe que esperei por você? Fiquei sentada naquele quarto o dia inteiro e discuti com a Diretora, dizendo que eu não podia ir à formatura, que algo horrível devia ter acontecido. Não podia imaginar que você realmente fosse embora da Escola sem mim. Não foi uma burrice? O quanto eu fui idiota, achando que iria para a Cidade? Imaginando meu apartamento, a empresa de arquitetura para a qual eu trabalharia lá, imaginando que ficaríamos juntas. — Ela se inclinou para a frente, suas bochechas coradas. Estava falando tão alto agora que as meninas se viraram, nos observando. — Eu estava olhando para o lago enquanto andava por aquela ponte. Não parava de examinar a água, pois estava tão apavorada, achando que você tivesse se afogado. E você sabia o tempo todo. Você me ouvia falar sem parar sobre minha vida na Cidade, e você *sabia*.

Minha garganta se fechou, apertada. Pressionei os dedos nos olhos, tentando deter as lágrimas, mas meu rosto estava vermelho, o quarto inteiro se fechando ao meu redor.

— Cometi um erro — falei, obrigando cada palavra a sair. — Um erro realmente enorme, irreversível. E ainda carrego isso. Mas eu não sabia até aquela noite. Só tive minutos para decidir o que ia fazer. Eu não estava planejando. É claro que a teria levado se soubesse.

Pip soltou um suspiro profundo. O ar pareceu mais pesado, os centímetros entre nós segurando tudo que não fora dito.

— Agora você é a Princesa. — Pip soltou uma risada estranha. — Depois desse tempo todo, você estava morando no Palácio.

Ruby segurou a mão de Pip e sussurrou algo para ela, as palavras tão baixas que não consegui distingui-las.

— Por que acham que estou aqui? — perguntei. — Eu fugi da Cidade. Se formos pegas, eu serei morta. Posso ter morado no Palácio, mas não foi como se tivesse esquecido tudo que aconteceu antes.

Atrás de nós, Clara e Beatrice se levantaram, recolhendo algumas das tigelas espalhadas pelo chão.

— Vamos acomodar todo mundo em seus quartos. Vocês todas precisam descansar — disse Clara. Ela ajudou Helene a se erguer, passando o braço ao redor dela. Lentamente, as meninas entraram nos túneis em volta, seus olhos se demorando em cima de nós.

— Por que você as trouxe aqui? — indagou Ruby. — Qual é o propósito disso?

Eu tentava acalmar minha respiração.

— Nós vamos para Califia. Arden deve ter lhes contado sobre o assentamento do outro lado da ponte.

— O acampamento das mulheres — assentiu Ruby. Conforme o fogo se apagava, as toras enegrecidas, o aposento ficava mais frio. — Ela disse que vocês tiveram que sair de lá, que não era seguro.

— É o lugar mais seguro que temos. Talvez o único lugar — falei. — Especialmente para as meninas. Algumas das mulheres são médicas. Há parteiras para ajudar. Posso arrumar acomodações para todas nós.

Pip me estudou.

— Quando vocês vão?

Aquela palavra, *vocês* — não *nós* — me deixou em silêncio por um instante.

— Nós vamos partir dentro de uma semana, talvez menos. Temos esperanças de que os meninos tenham deixado pelo menos alguns dos cavalos. A viagem pode levar menos de quatro dias se cavalgarmos até lá. Eu quero que vocês duas venham.

Ruby se levantou, puxando o xale em volta de si.

— É muito tempo de viagem.

— Podemos conseguir ir mais rápido — avisei. — O importante é partirmos assim que possível. As tropas estão à nossa procura e isso aqui era para ser só uma parada no caminho.

— Benny e Silas — falou Pip. — Não podemos deixá-los.

— Não vamos. — Instintivamente, estiquei-me para lhe segurar a mão, mas ela ficou tensa com meu toque. Mesmo assim deixei a mão ali por um instante antes de tirá-la. — Teremos que levá-los e insistir para que fiquem conosco. Eles ainda são pequenos, não são uma ameaça.

Mas Pip não parava de sacudir a cabeça. Ela se levantou, espanando a terra de sua calça.

— Não posso — disse, a voz baixa. — Não vou. Estamos seguras aqui. Estava tudo bem antes de você chegar. — Ela se virou, puxando o suéter em volta de si, e entrou em um dos túneis mais distantes.

Fiquei de pé, sentindo como se ela tivesse acabado de me esbofetear.

— Suponho que você também vá ficar? — perguntei a Ruby, tentando manter minha voz firme. Ela já havia me visto chorar tantas vezes na Escola, me abraçara enquanto conversávamos sobre a praga, sobre a aparência de minha mãe antes de morrer. Não teria sido novidade para nenhuma de nós e, ainda assim, ali, depois de tantos meses separadas, ela parecia uma estranha. Até mesmo seu rosto, as bochechas cheias e olhos grandes e profundos, era algo que eu precisava reaprender.

— Não posso deixá-la. — Ruby tirou seu cabelo grosso e negro do rosto. — Nós podemos ficar aqui. Temos nos virado bem sozinhas. — Apertou os lábios, como se não houvesse mais nada a dizer.

Ela passou por mim, indo atrás de Pip.

— Sinto muito — falei. — Sei que não faz diferença agora. Mas eu mudaria muitas coisas se pudesse.

Ruby não olhou para trás. Ela pegou o braço de Pip, puxando-a bem para seu lado. Fiquei na sala sozinha, ouvindo as meninas sussurrando, então o som baixo de água batendo enquanto Beatrice levava os baldes para fora, Silas e Benny seguindo seu rastro.

Observei as costas delas à frente, entrando no quarto que partilhavam.

VINTE E TRÊS

A PRAIA ESTAVA SILENCIOSA NAS PRIMEIRAS HORAS DA MANHÃ. Clara começou a lavagem, mergulhando as roupas na água fria. Parecia tão natural fazendo aquilo, esfregando o tecido, soltando a sujeira, que mal a reconheci como a garota que conhecera no Palácio da Cidade tantos meses antes. Ela abriu as roupas em cima das pedras para secar, juntando-as ao restante. Camisas e calças, suéteres e meias — todos esticados ali, sombras coloridas na margem.

Enquanto Sarah e eu descíamos a ladeira arenosa, carregando panelas para pegar água do lago, percebi a presença de Helene. Estava sentada mais para o lado, seu pé machucado descansando na parte rasa. O inchaço havia diminuído, mas agora estava aparente que o osso não havia colado direito. Seu tornozelo estava virado para fora em um ângulo estranho. Ela esticou a mão naquela direção, pressionando os dedos no ponto dolorido onde havia se quebrado.

— É melhor não — falei, botando as panelas no chão. Inclinei-me para examinar o osso. A pele estava azul-esverdeada, os resquícios do hematoma.

— Está com uma aparência horrível — disse ela. — Ontem à noite eu acordei porque estava latejando. Vai ser sempre assim, não é? Nunca vou ser capaz de andar direito novamente. — Ela examinou o meu rosto, procurando alguma resposta.

— Vamos conseguir ajuda quando chegarmos a Califia. Há uma mulher lá que estudou medicina. Não sei o suficiente para lhe dizer como vai ficar — falei, empurrando suas tranças para trás. Mas parecia, mais de uma semana depois, que o osso havia mesmo solidificado errado. Poderia haver uma chance de quebrá-lo novamente, mas eu não conseguia imaginar isso, ter que sofrer toda a dor de novo. Peguei as duas tábuas e as coloquei dos dois lados de sua canela, ajudando-a a amarrar a tala de volta no lugar.

Sarah largou suas panelas na beira do lago.

— É o que Beatrice vive repetindo, mas quanto tempo teremos que ficar aqui até podermos partir? — Ela apontou para o outro lado da água. — Se formos ficar aqui muito mais tempo, você precisa pelo menos nos ensinar a nadar. Como vamos ajudar a pescar se não posso nem deixar a água passar dos meus joelhos?

— Este é um bom lugar para descansar — falei. — Temos suprimentos, e não precisamos ficar vigiando à noite. Devemos ficar aqui mais um ou dois dias. — Olhei para um ponto do outro lado do lago, mal conseguindo enxergar Ruby e Pip atrás das árvores. Elas saíam todas as manhãs, sozinhas, para catar frutas e uvas silvestres. Eu não sabia se, em algum momento, iria parecer tempo suficiente ali. Três dias ou trinta, quando partisse eu as estaria abandonando de novo.

Puxei meu suéter para baixo, por cima da largura da barriga, assegurando-me que ficasse coberta. A cada dia meu corpo parecia diferente. Eu trocara meus jeans gastos por calças mais largas, ajustando o cinto. Meus seios estavam inchados e doloridos, meu rosto mais cheio, e eu podia sentir minha barriga se expandindo, ficando cada vez mais difícil de disfarçar. Eu não quisera contar às meninas. Havia imaginado como mudaria sua percepção de mim, que eu poderia parecer mais fraca, mais vulnerável caso soubessem. Quando estivéssemos de novo na estrada, dividindo nossos parcos suprimentos, eu não queria que se preocupassem por não haver o bastante. Beatrice e Clara já haviam insistido em partilhar suas porções pequenas, tentando manter minha energia alta a caminho da caverna.

E havia Caleb. Fazia tanto tempo que eu dissera seu nome em voz alta. Como poderia explicar o que havia acontecido entre nós? Como as garotas poderiam entender que eu não só passara tempo com ele, mas que o havia amado? Será que eu não estava igualzinha àquelas mulheres sobre quem as Professoras sempre falavam, arruinada, de alguma forma, por aquele amor? Era como se uma parede invisível tivesse sido erguida, me separando de todo mundo. Agora que Caleb estava morto, o que eu devia fazer com o amor que ainda sentia? Para onde ele deveria ir?

Pip e Ruby estavam se aproximando, serpenteando por entre as árvores. Dava para sentir Clara vigiando-as, esperando para ver se virariam em nossa direção, para a praia. Elas haviam decidido comer em separado, levando as refeições para seu quarto nos últimos dois dias. Passavam as tardes com Benny e Silas, as manhãs vasculhando o bosque perto da beira do lago, voltando com seus achados ocasionais: um copo de plástico, um garfo torto ou uma lata sem rótulo. Eu não havia tentado falar com elas desde nossa primeira noite. Um silêncio havia se estabelecido entre nós. Eu pensava nas palavras a dizer, formulando cuidadosamente mais um pedido de desculpas, aí nós nos cruzávamos no corredor. Pip quase nem olhava para cima, mal dando sinais de perceber minha presença, e eu era lembrada mais uma vez que não era o suficiente. Nada que eu dissesse jamais seria suficiente.

Pip tinha um saco em uma das mãos. Ela saiu do meio das árvores, Ruby seguindo atrás. Eu as observei se aproximando enquanto Sarah enchia uma panela, e mais outra.

— Só queria estar lá de uma vez — disse ela. — Sinto como se estivesse aguardando por isso esse tempo todo. Você e Beatrice não param de falar sobre todas as coisas que vamos ter em Califia, mas isso só faz todo mundo lembrar do que não temos agora.

— Vamos partir em breve — prometi, mergulhando minha panela na água.

Meu olhar se voltou para Ruby e Pip. Pip olhou para cima e por um instante sua expressão mudou, seus olhos encontrando os meus, os lábios se retorcendo em um quase sorriso. Ela veio em nossa direção, sustentando meu olhar pela primeira vez desde que havíamos chegado.

— Encontramos uma casca de salgueiro-preto — falou. Ela puxou os flocos marrons do saco, aí olhou de mim para Helene. — Eu soube que sua perna estava doendo ontem à noite. Isso pode ajudar.

Sarah colocou a panela d'água na praia, as sobrancelhas franzidas, como se não tivesse certeza de que era Pip mesmo falando. Ela havia ignorado a maioria das garotas desde a nossa briga.

— Você come? — perguntou Sarah.

Ruby apontou para a panela d'água.

— Você ferve, aí bebe o chá. Pip tem lido um livro sobre remédios naturais que encontramos na caverna. Casca de salgueiro-preto ajuda com a dor. — Ruby ofereceu o braço para Helene, tentando levantá-la devagar. — Por que vocês duas não vêm comigo? Podemos preparar o chá agora, e terão bastante para hoje à noite. Podemos até fazer um pouco para sua viagem. — Ela pegou uma panela com Sarah e elas subiram a praia. Ruby olhou para trás, meneando a cabeça para mim antes de ir embora.

Pip se acomodou na praia. Enterrou os pés na areia, os dedos só roçando a beirinha do lago.

— Ruby acha que eu devia conversar com você. — Ela mirava bem para a frente enquanto falava, olhando o lago.

Ela estava sentada ali porque Ruby tinha mandado? Agora que o havia feito, a contragosto, nem conseguia olhar para mim. Quanto tempo eu devia esperar ali naquela posição de defesa desesperada, suplicante, criando esperanças para que ela me perdoasse?

— E o que você acha? — perguntei.

Pip afastou alguns cachos emaranhados do rosto. À luz do dia, eu notava que suas sardas haviam desbotado, os círculos cinzentos debaixo dos olhos fazendo-a parecer perpetuamente cansada.

— Acho que ela tem razão — falou. — Acho que ainda há coisas para se dizer.

Enterrei meus dedos na areia, satisfeita com a sensação — alguma coisa, qualquer coisa à qual me segurar.

— Eu mudaria tudo se pudesse — falei. — Você precisa saber disso.

— Eu sei. — Pip pegou um graveto gasto da margem, esfregando-o entre os dedos antes de finalmente se voltar para mim.

— Mas passei tanto tempo naquele prédio pensando em você, me preocupando a respeito do seu paradeiro. Achei que pudessem tê-la levado para algum outro lugar. Mas quando a vi do outro lado do lago, com aquele vestido, ficou tão óbvio que você estava morando na Cidade o tempo inteiro. Eu a odiei por não estar lá comigo. E agora é tarde demais. Estou vivendo uma vida que não desejo. Eu nunca escolhi isso. — Ela olhou para a própria barriga, a camiseta que apertava o meio do corpo. Aí abaixou a cabeça, pressionando os dedos nos olhos.

— Não há mais escolha. Eu não queria ser filha de meu pai. Estava na Cidade quando o cerco aconteceu, vi meus amigos serem enforcados. Vi alguém que amava levar um tiro e ser morto por soldados. Eu não queria nada disso. Estamos todos fazendo o melhor que podemos com o que nos foi dado — falei, repetindo as palavras de Charles. O Palácio, aquela suíte, pareciam longe agora, uma lembrança de uma época anterior. — E talvez o melhor de algumas pessoas não seja o bastante. Talvez eu não tenha feito o bastante.

— Alguém que você amava? — indagou Pip. — O tal sobre quem Arden nos falou? Caleb?

— Ele foi morto — contei. Não tinha certeza se devia continuar, mas de certa forma parecia errado que Clara e Beatrice soubessem de algo que Pip não sabia. Mesmo agora, depois de tanto tempo separadas. — Eu estou grávida. Quase quatro meses. Não contei para as outras meninas.

Pip me avaliou.

— Por que você faria isso? — perguntou. — Por que iria querer isso?

— Não há como evitar dentro da Cidade — falei. — E com tudo que as Professoras disseram, não havia como saber qual era a verdade. Eu não conhecia todas as consequências, mas não consigo me arrepender do que fizemos. Eu o amava.

Pip balançou a cabeça.

— Nós duas — disse ela, seus olhos se enchendo d'água. — Parece que tudo está acabando, como se uma parte de mim tivesse morrido. Lembra-se do ano passado, nesta época? Lembra-se de todas as coisas sobre as quais conversávamos? Eu ficava imaginando o apartamento que teríamos na Cidade. Achava que seria incrível aprender um ofício, viver além dos muros do complexo.

— Ainda temos tempo. — Deixei a areia cair por entre os meus dedos, e segurei a mão dela. Pip não a afastou. — Vocês têm que vir conosco para Califia. Vai ser mais seguro para vocês lá, para nós. Podem ficar lá indefinidamente. — Ela já estava balançando a cabeça. — O que vão fazer aqui, só você e Ruby? Não podem ficar aqui para sempre; em algum momento os suprimentos vão acabar.

Pip apertou minha mão com força.

— Eu simplesmente não posso ir agora — falou. — Não parece certo. Mal consigo fazer as coisas aqui... Como vou passar uma semana na estrada?

— Se levarmos os cavalos, vão ser só alguns dias. Você não teria que andar.

Pip desgrudou a mão da minha, colocando-a em cima da barriga em vez disso.

— E se acontecer alguma coisa no caminho para Califia? Prefiro ficar aqui. Não me importa qual seja o risco. É tarde demais para ir embora agora... Já faz quase seis meses.

Ouvi o som de pedras se mexendo atrás de mim. Beatrice estava descendo a praia, abraçada a um saco de roupas. Ela as largou no chão atrás de Clara e arregaçou as barras da calça. Ficou nos observando ao entrar, estudando Pip minuciosamente, que ainda estava enxugando os olhos.

— Quantos cavalos ainda restam? — perguntei.

— Talvez seis ou sete — disse Pip. — Eles levaram pelo menos a metade. Os outros que passaram também tinham suprimentos. Alguém havia roubado um dos jipes do governo.

— Quatro dias — tentei novamente. — Só isso. Pode tentar?

— Não tenho energia, não tenho. — O queixo dela tremeu um pouco, da maneira que sempre fazia quando estava tentando não chorar. — Se você tiver que ir, eu vou entender.

Olhei para o lago, para sua superfície imóvel, vítrea. Estaríamos mais seguras em Califia. As garotas poderiam começar a se acomodar, permanentemente, criando lares para si entre as outras fugitivas. Mas como poderíamos deixar Ruby e Pip? Por mais que não quisesse aceitar, eu sabia que era mais perigoso para ela viajar do que para mim. Era provável que estivesse carregando mais de uma criança, como a maioria das meninas do complexo. Desde que havíamos chegado, ela sempre parecera exausta, retirando-se para seu quarto antes do jantar, para dormir durante horas, às vezes só acordando depois do pôr do sol.

— Não vou abandonar você de novo — falei.

— Mas eu não posso, Eva.

— Sei que você não pode ir — completei. — Então também não vou.

Passei meu braço em volta de seu ombro. Ela apertou o rosto contra meu pescoço e em um instante voltamos ao silêncio confortável entre nós. Na Escola sempre fôramos boas em dividir espaço com uma compreensão silenciosa, ficando sozinhas sem dizer uma palavra.

Passou-se um longo tempo antes de a voz de Clara gritar da praia.

— Já terminamos — falou, botando a última das camisas em cima das pedras. Ela veio em nossa direção, a expressão se abrandando. Eu sabia que ela estava aliviada por nos ver conversando. — Estava planejando treinar as meninas esta tarde, presumindo que os cavalos estejam prontos, não? — Ela olhou para Pip.

— Devem estar — disse ela. — Ruby os alimenta todas as manhãs. Ela pode levá-las ao estábulo; fica a uns quatrocentos metros daqui.

— Ótimo, então — falou Clara, secando as mãos na calça. — Quando as meninas tiverem aprendido o básico, nós poderemos ir. Dê-me dois dias com elas, talvez três, dependendo dos cavalos.

Clara havia aprendido a montar nos estábulos da Cidade, passando os primeiros anos treinando lá. Ela me levara uma vez e eu havia aprendido apenas o suficiente para conduzir o cavalo pelo gigantesco picadeiro de terra.

— Eu vou ficar aqui — expliquei, incapaz de olhar para ela enquanto falava. — Vou ficar com Ruby e Pip até ser seguro o bastante para partir para Califia.

— Só vocês três? — perguntou ela. — E quanto às garotas?

— Vocês têm que ir sem mim. Sabem cavalgar e eu posso lhes mostrar o caminho que devem pegar. Pode até mesmo ser mais seguro em Califia sem mim. Elas não sabem que você é parente do meu pai.

Clara continuou parada. Ela não desviou o olhar, como se esperando que eu repensasse, que recuasse antes de sedimentar minha decisão.

— Eu vou assim que puder — arrisquei. Também devia alguma coisa a Clara por ela ter ido embora da Cidade comigo.

De qualquer modo, indo ou ficando, eu estaria traindo uma de minhas amigas. — Não posso simplesmente deixá-las aqui.

— Certo, eu entendo — disse Clara, mas ela olhou além de mim, para onde a praia encontrava as árvores. — Posso levá-las pelo restante do caminho.

Ela me encarou, o silêncio caindo entre nós.

— Não vai ser por muito tempo — falei, mas ela já estava se virando, caminhando depressa pela praia.

VINTE E QUATRO

BENNY E SILAS CAÍRAM NA ÁGUA PRIMEIRO, MERGULHANDO, MOVI-mentando-se com a naturalidade dos peixes. Os segundos se passavam, e eu ficava ali examinando o lago, esperando que emergissem. Quando finalmente apareceram, estavam a vários metros de distância, empurrando um ao outro enquanto brincavam.

— Como fizeram isso? — perguntou Bette. Ela tirou os sapatos cuidadosamente, deixando seus pés afundarem na areia. — Eles simplesmente desapareceram.

Sarah entrou com facilidade, sem parar até a água chegar aos seus joelhos. Conforme se aventurava mais para dentro, seus movimentos se tornavam menos seguros, os olhos fixos na superfície encrespada.

— Esta é a parte difícil — gritou ela para Beatrice, que estava atrás de mim na margem, Clara ao lado dela. — Não consigo ver meus pés. É aqui que começo a perder a cabeça.

As vozes delas estavam em algum lugar fora de mim. Eu havia prometido às meninas que ia ensiná-las a nadar antes que partissem. Ainda me lembrava de como Caleb havia me ensinado, o primeiro fluxo da água quando mergulhei, o modo como ele me segurou, meus pés mal tocando o fundo arenoso. Eu tinha lido em algum lugar que quando você sentia saudades de alguém, você se transformava nessa pessoa, fazia coisas para preencher o espaço que ela havia deixado para você não se sentir tão solitário. Parada ali no lago, meses depois dele ter morrido, eu sabia que isso não funcionava. Fazer aquelas coisas — as mesmas coisas que ele costumava fazer — só me deixava com mais saudade dele.

Entrei na água, estranhamente reconfortada pelo quanto estava fria. Meus pés doeram por um momento, a sensação me acordando. Quando o restante das garotas entrou, eu me virei, fazendo um gesto para que Pip e Ruby se juntassem a nós. Estavam sentadas em um tronco de árvore logo acima, uma cesta entre elas, tirando os caules de frutas silvestres.

— A Diretora Burns não aprovaria — disse Ruby, uma minúscula insinuação de sorriso aparecendo em seus lábios. Ela penteou algumas mechas de cabelo para longe do rosto. — Nadar é perigoso demais. Não ouviu falar daqueles que se afogaram antes da praga? — Ela imitou a voz solene da Diretora Burns.

Era o mais próximo de uma piada que eu ouvia em dias. Eu teria rido, mas Pip estava ao lado, seus passos vacilantes. Ela caminhava lentamente, a exaustão tomando conta. Quando eu dissera a Beatrice que ia ficar, ela não discutira como eu acreditara que faria. Parecia concordar que Pip precisava descansar, que era melhor para ela permanecer ali até dar à luz — algo que iríamos enfrentar juntas, do melhor jeito que pudéssemos, com a pequena quantidade de informação que Beatrice me dera. Com Califia ainda a quase quinhentos quilômetros de distância, era possível que ficássemos presas em algum lugar pelo caminho. Se ela queria ficar, quem era eu para forçá-la a ir?

Elas desceram até a beira da água, observando as meninas ficando de short e camiseta, algumas já tremendo de frio.

— O primeiro passo é ficar submersa — expliquei, entrando, mais perto de Bette e Kit. — Assim. — Bloqueei o nariz com os dedos e deixei minhas pernas cederem, mergulhando abaixo da superfície, a corrente de água soando em meus ouvidos. Abri os olhos, observando as bolhas subirem até a superfície conforme eu exalava. Quando a respiração latejou em meus pulmões, e o batimento cardíaco em meus ouvidos, finalmente subi para pegar ar. Só Sarah havia submergido, seu cabelo molhado grudando nas bochechas.

Bette estava observando Benny e Silas, que nadavam ainda mais para o fundo, boiando de costas, as barrigas estufadas subindo acima da água.

— Não tão longe — berrei, fazendo um sinal para a bétula que havia caído dentro do lago, o marcador que os meninos costumavam usar para mantê-los perto da praia. Benny levantou a cabeça, como se tivesse me escutado, aí desapareceu novamente, mergulhando de volta.

— Eu ficarei de olho neles. Não se preocupe — falou Beatrice, largando três camisas esfarrapadas na parte rasa. Ela bateu o tecido contra as pedras, lavando-as à medida que mais algumas garotas submergiam. Bette parou na altura do pescoço, estremecendo ao escorregar lentamente para dentro do lago.

Desgrudei o suéter molhado do meu corpo, mas ele ainda colava em mim. Aí afundei, submergindo até o peito, deixando o lago me esconder. Olhei de novo para Benny e Silas, que estavam cuspindo água um no outro. Beatrice mantinha os olhos neles, como tinha dito que faria, assegurando-se de que não fossem longe demais.

— Vocês foram projetadas para flutuar. Apenas virem de costas — falei, indo até Sarah. Ela ficou na horizontal e eu ajeitei seus ombros e suas pernas para que um T perfeito se formasse. — Agora encham os pulmões. Mantenham os braços abertos e continuem olhando para cima. — Tirei a mão de debaixo de suas costas e ela afundou uns três centímetros mais ou menos, porém permaneceu na superfície. Seu rosto se abriu em um sorriso.

Clara serpenteava por entre as meninas, ajudando-as a boiar.

— Viram? — disse. — As pessoas se afogam quando entram em pânico. Apenas tentem relaxar. Vocês sempre podem boiar.

Ela foi até Bette, pressionando a mão em suas costas. Eu a observei, imaginando quanto tempo levaria até nos vermos novamente, me perguntando se ela voltaria depois que tivesse se estabelecido em Califia. Ela havia passado os últimos dois dias acostumando as meninas aos cavalos, ensinando-as o básico da equitação. Usamos a corda que tínhamos para criar estribos improvisados, amarrando uma ponta em volta da escápula do cavalo e deixando a outra pendurada por cima de seu dorso, o laço grande o bastante apenas para um pé entrar. Todos os suprimentos haviam sido postos em potes, as mochilas prontas e à espera para a viagem pela manhã. A esta hora do dia seguinte, Ruby, Pip e eu estaríamos sozinhas.

Tentei não pensar no assunto, concentrando-me em vez disso no que estava bem na minha frente — a tarde, aquela aula de natação. Era a única maneira de tornar o acontecimento suportável.

— Como você fez isso? — Sarah ficou de pé, movimentando os braços na frente do corpo. — Mostre-me como você estava nadando no túnel.

— Você tem que submergir — falei, olhando em volta. A maioria das outras garotas ainda estava entrando na água lentamente, mal conseguindo ficar na superfície. — Você tem que dar impulso do fundo, movimentando-se para fora e para a frente. Aí você usa seus braços e pernas ao mesmo tempo, quase como um sapo.

Respirei fundo e afundei. O mundo pareceu distante, as vozes das meninas se misturando em uma só. Eu vislumbrava as pernas de Clara conforme ela andava em volta de Kit, tentando ajudá-la a boiar. A pele de Sarah parecia mais branca abaixo da superfície. Ela pegou a água do lago com as mãos em concha.

Quando os gritos começaram, foi difícil reconhecer no início. Os berros em pânico vinham de algum lugar além de mim. Conforme eu emergia, a voz de Beatrice enchia o ambiente, espremendo todo o ar do meu corpo.

— Deixem-me passar — gritou ela, empurrando algumas das garotas.

Examinei a beira da água, procurando Benny e Silas. Eles não estavam onde eu os vira pela última vez. Às vezes eles se empoleiravam em uma pedra a vários metros de distância, mas não estavam lá. Levei algum tempo antes de vê-los na margem oposta, agarrados ao resto do píer quebrado. Eles olharam de volta para mim, tão confusos quanto eu estava, mas perfeitamente a salvo.

Foi quando vi o que Beatrice tinha visto. Ela passou por algumas das meninas até chegar a Pip, que estava submersa. Ela havia caído na parte rasa, o cabelo flutuando em volta da cabeça. Seus olhos estavam sem foco. Beatrice esticou-se para baixo, enfiando as mãos embaixo dos braços de Pip, tentando puxá-la em direção à margem. Quando ela se virou, me chamando, percebi que suas roupas estavam manchadas. Uma nuvem de sangue havia se espalhado na água, tingindo tudo de vermelho.

Nadei o mais rápido que pude, sem parar até chegar lá, a mão de Pip na minha. A pele debaixo de suas unhas tinha um tom cinza opaco.

— Fique acordada — pedi, apertando o sangue de volta para seus dedos, como se isso pudesse ressuscitá-la. — Você tem que ficar acordada.

Ruby veio correndo, agarrando-a dos lados, tentando içá-la.

— Qual é o problema? O que aconteceu?

Eu olhei para dentro da água escura, incapaz de enxergar nossos pés. Pip estava sangrando demais, escorria pelas pernas, turvando a água ao redor. Quando finalmente conseguimos levá-la até a praia, ela já estava inconsciente, corpo pesado e frouxo.

As garotas correram do lago, acotovelando-se em torno de nós, tão perto que eu podia ouvir cada uma de suas respirações arfantes.

— Leve-as para dentro — gritei para Clara quando algumas delas começaram a chorar.

— Ela está morrendo? — perguntou Sarah. Clara a puxou margem acima, apressando assim as outras meninas. A pergunta dela se tornou a minha. Ajoelhei-me ao lado de Pip, pressionando os dedos em sua bochecha, sentindo a frieza de sua pele. O rosto não tinha nenhuma cor. Seus braços estavam salpicados de água rosa clara.

O sangue não parava de escapar, empoçando embaixo dela. Empapando a areia. Enquanto Beatrice se inclinava, tentando respiração boca a boca, eu alisava seu cabelo para trás. Continuei fazendo isso, tocando delicadamente os cachos macios em volta da testa, como se esse gesto simples pudesse mantê-la viva.

NA MANHÃ SEGUINTE EU TIREI OS SEIXOS DA TERRA, CATANDO-OS metodicamente, tomando cuidado para não deixar passar nenhum. Depois de ter largado o último dentro da tigela, só fiquei sentada ali, olhando para a terra recém-revirada. As árvores se movimentavam acima, cedendo ao vento. Eu me flagrei criando listas de coisas para fazer, e então cumprindo-as. Havia limpado o terreno de todos os restos do enterro? Estava com a última das flores que as meninas haviam colocado? A terra estava nivelada, o túmulo escondido o suficiente para que ninguém o percebesse? Esses pequenos detalhes eram as únicas coisas que me acalmavam.

O túmulo tinha mais de um metro de profundidade. Beatrice conhecia as medidas por causa dos enterros durante a praga — profundo demais para alguém perceber ou remexer nos restos. Havíamos escolhido a bétula branca na beira da floresta, enterrando-a ali, logo além das raízes, para que eu sempre soubesse o lugar. Fora eu quem preparara o corpo, lavando a terra e o sangue da pele, desembaraçando seus cabelos. Eu a enrolara em um dos cobertores da caverna, uma colcha cinza macia, o bordado cor-de-rosa intacto. Ruby disse algo para homenageá-la. Parecia errado não fazê-lo, apesar de todas termos ficado em silêncio a maior parte do tempo. As horas haviam passado voando para mim, o enterro simples e silencioso. A morte dela. Eu não conseguia acreditar. Catei uma pétala de flor solta do chão e a esmaguei entre os dedos, satisfeita quando ela se despedaçou.

Beatrice acreditava que ela já estava doente há algum tempo, que estava sangrando internamente. O sangue saíra rápido demais. Ele afundara na areia, manchando a praia. Eu ainda era capaz de enxergá-lo agora, apesar de Clara ter tentado lavá-lo. Um pedaço escuro se espalhava pela beira da água, as pedras num tom negro avermelhado.

Eu me sentia diferente de quando Caleb morrera. A dor não me dilacerava. Não chorei nenhuma vez durante a cerimônia. Só fiquei sentada ali, ouvindo as palavras de Ruby em algum lugar fora de mim, sentindo-me completamente distante, como se estivesse flutuando em algum lugar acima do grupo. Não parava de traçar as coisas até onde podia. Fui para o dia em que a visitara na Escola, imaginando se teria feito diferença caso ela tivesse fugido então. Quando foi que ela ficou tão doente? Como eu não havia percebido o que estava acontecendo? Ela reclamava de exaustão, mas nada mais.

Em algum lugar atrás de mim, um graveto estalou. Eu me virei e vi Clara passando pelas árvores.

— Está na hora, Eva — disse ela. — Os cavalos estão prontos. Se partirmos agora, conseguiremos montar acampamento antes de o sol se pôr.

O chão diante de mim estava batido, os seixos que cercavam o túmulo agora reunidos em uma pilha arrumada. Botei um pouco de mato por cima do solo. Clara se abaixou para ajudar. Nós duas espalhamos as folhas secas e gravetos, mudando-os de lugar até toda a terra fresca estar coberta. Enquanto subíamos a colina eu me virei pela última vez, olhando para o local embaixo da bétula. Todos os vestígios do enterro, e de Pip, haviam sumido.

VINTE E CINCO

LEVAMOS TRÊS DIAS PARA CHEGAR A MARIN. HAVÍAMOS RESOLVIDO nos aproximar pelo norte, evitando a cidade, no caso de haver soldados passando. Quando estávamos a apenas quatrocentos metros de distância, Clara disparou pela estrada coberta de musgo, a cabeça baixa, as rédeas apertadas nas mãos. A égua malhada na qual cavalgava estava calma enquanto ela a incitava por entre os carros abandonados, as árvores caídas e sacos de lixo murchos e rasgados no meio-fio. Estavam indo tão rápido, quase a todo galope, seu cabelo soprando para trás pelo vento.

— Ela vai fazer — sussurrou Benny atrás de mim. Ele manteve as mãos nas laterais do cavalo para manter o equilíbrio. — Ela vai saltar.

Olhei estrada adiante, onde o asfalto era obscurecido por uma pilha destroçada de lixo — sacos plásticos cuspindo roupas, outros cheios de brinquedos gastos ou papéis. Tábuas de madeira empenadas estavam espalhadas pelo meio da estrada. Clara estava correndo bem em direção a elas, seus ombros baixos, olhos fixos à frente.

O cavalo saltou, pulando a pilha gigantesca, seu pelo refletindo a luz do meio-dia. Helene começou a aplaudir e algumas das outras meninas se juntaram a ela.

— Você viu aquilo? — perguntou Benny. Ele não parava de me cutucar nas costas, apontando para Clara, que já estava se virando de volta para nós. Ela fez uma pausa no canto da estrada, onde Ruby estava, e a ajudou a subir no cavalo de novo. Sorriu para mim enquanto jogava os pacotes nas ancas nuas do cavalo. Eu sabia que ela estava tentando melhorar o clima, comemorar nossa chegada com pequenas realizações.

Os dias haviam se passado em silêncio. À noite, quando acampávamos, a conversa sempre voltava à Pip. Benny e Silas pareciam aceitar sua morte de um jeito que o restante de nós não conseguia. O irmão de Benny, Paul, fora morto em uma ravina próxima dois anos antes, e para eles a morte parecia ser uma parte inevitável da vida em território selvagem. Mas as garotas queriam saber os detalhes de como Pip havia morrido, quanto tempo ela havia passado no prédio da Escola, se já estava doente ou se foi um fato inevitável. Eu ainda estava tentando entender as respostas e parecia estranho falar sobre a morte dela em voz alta. Discutir Pip, essa amiga que eu conhecia desde que tinha seis anos, com relativas estranhas. Dizer *ela era, ela fez, ela costumava* — tudo no passado.

Clara chamou as meninas conforme seguia à frente, parecendo satisfeita por estarem sorrindo agora. Ela havia nos guiado durante a maior parte do caminho. Enquanto descíamos as estradas, quilômetro após quilômetro, era difícil fazer qualquer coisa a não ser seguir. Eu escutava os sons surdos e hipnóticos dos cascos no asfalto. Pensava em Arden e no último dia em que a vira, quando lhe dera a chave. Era possível que ela estivesse na Cidade durante o cerco. Tentei afastar tal possibilidade, que não parava de vir à tona, a sensação persistente de que ela também estava morta. Havia chances de ela ser uma das rebeldes encontradas e executadas. Eu não tinha como saber agora, com tão poucas notícias da Trilha. Havia uma chance de eu nunca saber.

Três dias haviam se passado e nós não tínhamos encontrado nenhum soldado pelo caminho. Fiquei me perguntando se a maior parte das forças do Rei estava concentrada dentro da Cidade agora, em volta de seus muros, com menos reforço em território selvagem. Quando estávamos na caverna, Ruby havia mencionado os saques. Os meninos tinham visitado os armazéns três vezes no mês anterior e nunca foram pegos. Quando retornaram, os aposentos estavam como eles haviam deixado, as prateleiras quase vazias, o cadeado ainda quebrado.

Mas mesmo que a vigilância em território selvagem tivesse diminuído, era só uma questão de tempo antes de as tropas serem despachadas novamente. Por quanto tempo eu poderia ficar em Califia? Tínhamos ido embora do assentamento depois de descobrirmos que Maeve estava preparada para me usar como moeda de troca — um jeito de negociar a independência de Califia caso algum dia fosse descoberta pelo Rei. Será que eu estaria segura lá? Quanto tempo levaria até eu ser mandada de volta para a Cidade a fim de ser executada? Meu corpo havia mudado até mesmo nos últimos dias. Eu conseguia sentir a ligeira diferença. Minha gravidez estava ficando mais difícil de esconder. Se os boatos fossem verdade — se o Rei sempre tivesse suspeitado de que havia um assentamento do outro lado da ponte —, eu teria apenas alguns meses antes de ele me encontrar e levar meu filho embora.

— Fica logo do outro lado daquela colina — falei, impelindo o cavalo por uma fileira de carros abandonados. Eu conhecia a estrada, havia vasculhado os veículos eu mesma, procurando qualquer roupa ou ferramenta utilizável. Uma vez eu encontrara dois sacos de arroz em um carro enferrujado. Insetos marrons haviam entrado neles e tido filhotes, milhares rastejando pelo interior do porta-malas. — Há só duas guardas que cuidam da beirada norte do assentamento, e eu conheço as duas.

Conforme chegávamos ao cume da colina, eu via Isis à frente, empoleirada no mirante alto que elas haviam construído dentro de uma das árvores. Seu cabelo estava puxado para trás em uma bandana. Acenei, olhando diretamente para ela, mas ainda assim ela não largou a arma. Em vez disso, abaixou a escada de corda e desceu, erguendo a mão para que parássemos. Ela avaliou meu rosto, meu cabelo, o suéter esfarrapado que eu abraçava ao corpo.

— Eva, o que está fazendo aqui? — perguntou finalmente.

— Estou trazendo algumas das fugitivas das Escolas para ficarem... permanentemente. Elas querem acesso ao assentamento.

Isis examinou nosso grupo, os cavalos enfileirados, esperando permissão para entrar. Ela nos conduziu para sua direita, fazendo Clara guiar os cavalos pela trilha escondida para Sausalito. Ela jogou a mão para o alto quando notou Benny, pouco visível atrás de mim.

— Quem são os dois meninos? — indagou ela, apontando para Silas também, que cavalgava com Beatrice. Seu cabelo estava longo e embolado. Eu tinha uma esperança secreta de que, se andássemos rápido o bastante, poderíamos levá-los para o assentamento e discutir com as Mães Fundadoras mais tarde.

— Eles não têm para onde ir — expliquei.

A mão dela descansou no rifle ao seu lado e ela sorriu, revelando o espaço entre seus dentes da frente. Pensei naquela noite, em como ela fora à casa de Maeve para discutir meu lugar em Califia. Ela era uma das mulheres que acreditavam que eu havia comprometido a segurança do assentamento. Argumentara tão ferozmente para que Arden e eu fôssemos expulsas, nunca assumindo suas dúvidas em minha presença, sempre mantendo o mesmo sorriso enquanto eu me sentava com ela, bebendo à mesa de sua cozinha.

Ela os estudou, tentando calcular suas idades. Não esperei que decidisse.

— Eu não vou deixá-los — falei, manobrando meu cavalo em volta dela. Fiz um sinal para Beatrice passar na frente, seguindo Clara caminho abaixo. — Eles não têm mais ninguém. Se você preferir atirar em mim a me deixar passar, que seja.

Ela olhou para mim e passamos. Benny se segurou nas minhas laterais, seus punhos se fechando com força em volta do suéter. Isis não ergueu a arma. Em vez disso, ela só observou conforme eu desci lentamente o cavalo pelo lado da colina. Segui ao longo de algumas das casas que estavam tomadas pelo musgo. A livraria reformada onde eu costumava trabalhar estava escura, uma bandana preta amarrada em volta da maçaneta da frente, sinalizando que estava fechada. Passamos por mais algumas casas, as fogueiras disfarçadas com redes de hera. O cavalo desceu pelo beiral irregular do despenhadeiro e eu me esforcei para manter o equilíbrio, apertando minhas pernas em suas laterais.

A baía era visível logo além das árvores. A água estava calma, o final da luz do dia refletido em sua superfície. A visão familiar me reconfortou. Quando viramos na rua principal de Califia, a estrada abraçando o litoral, vi Quinn no convés de sua casa flutuante. Ela estava pendurando camisetas no bordo, prendendo-as com alguns pregos velhos. Seu cabelo preto encaracolado havia crescido até as costas e ela parecia mais cheinha, menos musculosa do que antes.

— Festa hoje à noite no Sappho's? — gritei para ela, esperando que notasse o divertimento em minha voz. Fiz um gesto para as garotas atrás de mim, os seis cavalos continuando a descer o caminho.

Quinn olhou para cima, sua cabeça inclinada para um lado, sorrindo. Ela desceu pela lateral do barco e apareceu no píer, seus passos apressados ao se aproximar. Eu saltei, deixando-a me apertar em um de seus abraços sufocantes. Seu cabelo tinha cheiro de água do mar, alguns cachos ásperos fazendo cócegas no meu pescoço.

Ela chegou para trás, seus olhos examinando as meninas atrás de mim.

— Cadê a Arden? — perguntou. — Achávamos que ela estivesse com você.

— Não a vejo há mais de três meses — falei, baixando a voz.
— Ela voltou para a Trilha. Foi para o cerco com alguns dos meninos da caverna.

As sobrancelhas de Quinn se franziram.

— Ela não esteve aqui.

— E vocês não tiveram nenhuma notícia dela? Nenhuma mensagem? Pensei que ela ainda pudesse estar dentro da Cidade.

— Eu lhe conto mais tarde o que está acontecendo na Cidade — sussurrou ela, olhando por cima do meu ombro para algumas das meninas mais jovens. — Soubemos de algumas coisas que nos preocuparam.

Antes que eu pudesse dizer mais alguma coisa, ouvi passos suaves no asfalto, então Lilac virou a esquina, seu cabelo amarrado em tranças. Ela estava segurando uma boneca pelo braço, seus traços pintados desbotados.

— Mamãe, é a Eva — berrou. — Ela tem cavalos!

A égua deu ré, mas eu agarrei as rédeas, esperando até ela se acalmar. As garotas já haviam desmontado atrás de mim, algumas amarrando os cavalos a árvores, outras descarregando os sacos e dando aos animais o resto da comida e da água. Beatrice tinha Benny e Silas ao seu lado, cada mão descansando em um deles quando Maeve veio na nossa direção.

— Você voltou — gritou ela. Não havia sentimento em sua voz; nenhuma surpresa, nenhum indício de raiva ou confusão. Ela abraçou sua jaqueta jeans gasta contra o corpo, protegendo-se do vento que chicoteava a baía. — E vejo que não está sozinha. — Seu olhar decaiu em Benny e Silas.

Todo o nervosismo que eu havia sentido a respeito de vê-la novamente sumiu. Tanta coisa havia mudado nos últimos meses. Nós duas éramos traidoras agora, de acordo com meu pai. Ela abrigara fugitivas das Escolas. Ambas poderíamos ser enforcadas. Tentei me lembrar disso enquanto ela continuava olhando para os dois meninos.

— Eles não têm nenhum outro lugar para ir — justifiquei. — Não vou deixá-los.

— Você sabe que temos regras.

— Para homens: nunca deve haver *homens* aqui — insisti. — Eles mal têm oito anos. O que vai acontecer com eles em território selvagem?

Beatrice os segurou com mais força.

— Posso ser responsável por eles. E, quando tiverem idade, poderemos conversar de novo.

— Eu não conheço você — falou Maeve, examinando o rosto de Beatrice. — Por que isso significaria alguma coisa para mim?

Atrás dela, algumas mulheres saíram de suas casas, algumas espiando pelas vitrines de lojas abandonadas.

— Você não devia ter ido embora sem nos avisar — continuou Maeve, dirigindo agora o comentário a mim. — No começo não tínhamos certeza se você havia sido levada ou se havia fugido. Algumas das mulheres ficaram preocupadas.

— Eu não estava em posição de lhe revelar que estava indo embora — falei.

Maeve semicerrou os olhos, sentindo que havia mais naquela declaração. Seus olhos foram de Benny para Silas, até que finalmente ela falou:

— Eles podem ficar por ora, mas você é responsável por eles.

— Aí fez um gesto por cima do ombro para o caminho que levava à sua casa. — Vamos acomodá-la na casa ao lado da minha. Vou poder tomar conta de você lá.

Tomar conta. Eu quase ri com as palavras. Bette e Kit pegaram algumas das mochilas e prosseguiram, mas eu as mandei parar.

— Vamos ficar com Quinn até podermos arrumar alguma coisa mais permanente. Mas obrigada pela sua generosidade.

Eu sorri — um sorriso duro, inabalável — e me virei de volta para o píer.

Quinn me lançou um olhar confuso. Eu ignorei, sabendo que teria que explicar mais tarde. Em vez disso, ajudei o restante das meninas a descer até o barco, certificando-me que amarrassem seus cavalos dentro do bosque, o suficiente para que não pudessem ser vistos da praia. Enquanto empacotávamos o restante dos suprimentos, vi Maeve subindo pelo bosque, aparecendo e desaparecendo além das árvores. De vez em quando ela se virava para trás, me observando.

VINTE E SEIS

QUINN ESCOLHERA A MAIOR CASA FLUTUANTE NA BAÍA, UMA COISA gigantesca agora verde de algas. Ainda continha os pertences dos antigos proprietários — estátuas douradas de patos, um sofá comprido de couro e um quadro rasgado que se assemelhava vagamente a um que eu tinha visto em meu velho livro de artes, de um homem chamado Rothko. Em dois dias as meninas já estavam acomodadas. Seus poucos pertences estavam espalhados por todos os cantos, em cima de bancadas, pendurados em portas e enfiados embaixo das almofadas do sofá.

Eu sabia que era o melhor para elas — estarem ali, estarem acomodadas. Tully, uma mulher mais velha que tinha trabalhado como médica antes da praga, examinou o pé de Helene. Ela o recolocou no lugar, acreditando que ainda havia uma chance de consolidar corretamente, mesmo agora. Silas e Benny haviam feito amizade com Lilac, apesar de Maeve a ter advertido contra isso. Eles se adaptaram com facilidade e, apesar da regra, a maioria das mulheres concordara que eram jovens o bastante para ficar.

Com Benny, Silas e as meninas mais jovens dormindo no andar de cima, Quinn movimentava-se pelo casco com facilidade, tirando alguns pratos de um armário alto. Do lado de fora, a água subia acima das escotilhas.

— E aqui estão vocês — falou ela, colocando os pratos na nossa frente. Apontou para a panela fumegante de moluscos no meio da mesa, pouco visível à luz de velas. — Espero que ainda não estejam enjoadas disso.

— Nós temos comido caxinguelê seco — disse Clara com uma gargalhada, referindo-se às carnes salgadas em potes que tínhamos encontrado na caverna. Em nossos dias na estrada, eu determinara que era esquilo, não caxinguelê, mas aparentemente não faz sentido mencionar isso agora. — Além do mais, não há frutos do mar na Cidade. Eu considero isso uma iguaria. — Ela pegou uma das conchas da panela e a colocou em seu prato, Beatrice e Ruby seguindo a deixa.

Eu observava Quinn se movimentar pela cozinha, tirando alguns garfos de prata e pratos extras do fogão enferrujado, preso com um fio inútil de fita isolante na lateral.

— Tenho que implorar? — perguntei. — Faz dois dias e você não disse uma palavra sobre aquela mensagem. O que você sabe que nós não sabemos?

Quinn botou os garfos na mesa. Ela apoiou as mãos nas costas da cadeira, apertando-a com tanta força que os nós de seus dedos ficaram brancos.

— De que adianta contar agora? — disse ela. — O cerco acabou. Não podemos mudar nada. — Ela fez uma pausa antes de sentar-se, olhando rapidamente para minha barriga.

— Desde quando você precisa me proteger, Quinn? — indaguei. — Nada de tratamento especial. Acha que eu não posso lidar com o que você vai dizer? Só porque estou grávida?

— É perturbador — falou Quinn, baixando a voz. — Só isso. — Ela deslizou um abalone para fora de sua concha iridescente, jogando a carne macia na boca.

Clara ficou em silêncio por um momento. Então largou o garfo.

— Ainda temos amigos e família dentro dos muros da Cidade — disse. — Minha mãe está lá... e Charles. Pensávamos que o confronto tivesse terminado.

— O confronto terminou — falou Quinn. — Mas, pelo que entendi, as coisas estão ainda piores agora. Houve batidas no meio da noite. Famílias na Periferia foram separadas... pessoas foram acusadas de lutar contra o Rei durante o cerco. Eles deixaram os corpos dos que foram executados, na frente do Palácio, apodrecendo durante dias. Houve uma mensagem de que o exército das colônias vai vir, que foram convocados por um líder rebelde do oeste. Mas ainda não é certo...

Ela olhou para mim de novo, depois para baixo, cutucando as conchas reluzentes em seu prato.

— Vá em frente, Quinn — incentivei. — Nós precisamos saber.

Ela apertou os lábios, e soltou um suspiro profundo.

— Houve essa mensagem da Cidade na outra noite. Era a voz de uma mulher. Ela nem mesmo usou um código. Identificou-se como funcionária do Palácio. Um homem estava gritando ao fundo. Ela disse que a Princesa havia traído o pai e que estava trabalhando para a causa rebelde. Eles estavam prendendo funcionários do Palácio para interrogá-los, para ver quem estava envolvido. Moss não voltou depois disso. Ela acreditava que um dos funcionários tinha sido executado por não ter cooperado.

— Qual era o nome dela? Quem era ela? — Eu mal consegui pronunciar as palavras.

— Ela não disse — respondeu Quinn. — Aparentemente eles têm interrogado todo mundo, tentando conseguir informações sobre seu paradeiro. E a maioria dos interrogados não foi vista depois. Quando pensei a respeito, soube que não devia lhe contar. Não queria que você sentisse que era sua culpa.

— É minha culpa — falei. — Você não vê isso? Eu fugi. Tinha conhecimento sobre os túneis e fui embora da Cidade. *É* minha culpa.

Eu me levantei. Beatrice tentou agarrar meu braço, mas eu o puxei.

— Você não tinha como saber — disse ela. — Fez o melhor que pôde. Há nove meninas aqui, a salvo, porque você as ajudou. Elas não estão mais nas Escolas. Você me trouxe, não trouxe? Onde eu estaria agora?

Ruby ficou me observando, os olhos vermelhos.

— Você não sabia que isso ia acontecer — falou. Mesmo aquelas palavras, aquela aliviada da parte dela, não foram capazes de me acalmar. Até eu estar lá de volta, sob custódia de meu pai, outros seriam capturados, torturados, detidos indefinidamente. Até eu ser executada, outros seriam executados em meu lugar.

— Não há nada que você possa fazer — disse Clara. Ela se afastou, para longe da mesa. — Não se culpe, Eva. Você estava trabalhando com Moss... você tentou.

Mas a menção a Moss só me levou de volta ao dia em que fui embora. Ao corpo dele no elevador. Ao modo como a bala lhe havia atravessado as costas.

— Só preciso que este dia acabe — falei, andando em direção às escadas. — Não consigo pensar mais.

Quinn se levantou, tentando ficar na minha frente, mas eu me desviei dela.

— Eva... Eu sinto muito. Entende agora por que eu não queria lhe contar?

— Não, fico feliz que tenha contado — respondi, observando-as subi as escadas. — Eu precisava saber. — Quando cheguei ao andar de cima, manobrei pelos corredores em silêncio. A luz entrava pelas janelas, diminuída pelas plantas que cresciam em cima do teto da casa flutuante. Contei as portas à medida que andava, finalmente entrando no quarto que Ruby, Clara e eu dividíamos.

Eu me encolhi em cima do colchão. A cabine estava tão escura, que mal dava para ver cinco centímetros à minha frente. Pus a mão no peito, tentando desacelerar. Eu pensava em Arden agora, no que ela devia ter sentido quando estava escondida com Ruby e Pip, ouvindo notícias do cerco. É claro que ela quisera ir. Como eu podia ficar ali, aguardando notícias sobre o fim do confronto? Eu devia apenas ter esperanças de que, de alguma forma, meu pai seria detido?

Passou-se um longo tempo antes que Ruby e Clara viessem para a cama. Fechei os olhos, fingindo estar dormindo.

— Ela precisava descansar — sussurrou Clara. Ouvi o colchão cedendo quando ela se deitou na cama acima de mim. Ruby também se acomodou, virando de lado, mudando de posição várias vezes até ficar confortável. Uma hora se passou, talvez duas. Quando tive certeza de que elas não iriam acordar, eu me levantei, e saí.

Andei corredor abaixo, passando pela ampla sala de estar, onde algumas das meninas dormiam em sofás. Portas deslizantes levavam ao convés gasto da casa flutuante. Do lado de fora, a lua havia desaparecido atrás de uma camada grossa de neblina. O ar frio era gostoso na pele. Desci a escada lateral e disparei pelo píer, contornando as tábuas quebradas cuidadosamente.

Eu só precisava estar do lado de fora, de me movimentar, de sentir que estava indo a algum lugar. Caminhei pelo meio das árvores, seguindo rapidamente por cima de raízes retorcidas e pedras. A maior parte das casas estava às escuras. Mais à frente, além de alguns arbustos altos, consegui distinguir uma silhueta. Estava prestes a me virar, serpenteando de volta pelo caminho, quando ela me viu.

— Eva... o que está fazendo aqui fora? — perguntou Maeve.
— Qual é o problema?

Olhei pela trilha abaixo, percebendo que havia quase chegado à casa de Maeve, que parada na base de um carvalho enorme. Levei um momento, meus olhos se ajustando à luz, para perceber que ela estava segurando a boneca de Lilac.

— Eu só precisava de ar — falei. — Não conseguia dormir.
— Acho que é preciso de um tempinho para se acostumar à casa da Quinn — disse ela. Havia uma pontinha de insinuação ali... Por que eu não havia voltado para aquele quarto ao lado do dela? Por que fora tão fria com ela quando chegara? Mesmo agora, eu percebia que ela queria saber.

— A casa da Quinn tem sido ótima — falei. — As meninas estão felizes lá. Mas não estou conseguindo dormir, só isso. E você?

Ela levantou a boneca.

— Lilac a deixou aqui fora. Prometi que ia organizar uma equipe de busca. Uma pessoa só, mas ainda assim... — Ela olhou por cima do ombro. — Quer entrar por um minuto? Ainda estou com as lamparinas acesas.

Quantas vezes eu havia imaginado aquela momento, pensado no que diria se estivéssemos a sós? Subi a trilha atrás dela, me desviando de alguns galhos baixos.

— Na noite em que parti... — comecei, mantendo os olhos nas raízes grossas das árvores que se contorciam pela terra. — Estávamos tentando encontrar Caleb.

— Eu presumi isso — falou Maeve. — Mas nunca tivemos notícias, de um jeito ou de outro. Como eu disse: você não devia ter partido sem se despedir.

Nós entramos na casa. A maioria dos armários de madeira estava semiaberta, seu conteúdo esvaziado em cima da bancada. A mesa da cozinha estava coberta de latas sem rótulos, montes de panos de prato recuperados e pilhas de utensílios. Havia dúzias de garrafas de vinho cheias de água da chuva fervida. Frutas secas descansavam em contêineres de plástico opacos, empenados e tortos, suas tampas presas com elásticos velhos.

— Eu limpo às vezes quando Lilac vai dormir — disse ela. — Ajuda a passar o tempo.

— Eu não lhe contei porque não queria que você tentasse me manter aqui — falei.

— E por que eu faria isso? — perguntou ela. Ela apoiou as costas na bancada, o rosto mais suave sob a luz da lamparina.

— Nós a ouvimos, Maeve. Você, Isis e Quinn. Nós as ouvimos debater se Arden e eu devíamos ou não ter permissão para ficar. Sei que você estava planejando me usar para negociar.

Ela esfregou as mãos no rosto, suspirando baixinho.

— Quinn foi a única que nos defendeu. Diga-me que você não falou isso... diga-me que não é verdade.

— Não, eu falei — admitiu ela. — Eu falei.

— Se você entregar qualquer uma das meninas aqui, eu vou...

— Eu falei *se* — interrompeu Maeve. — Sempre foi um *se*. Nunca quis usá-la contra o Rei. Só disse que, *se* tivesse que fazê-lo, *se* ele nos pressionasse a entregá-la para o exército, eu usaria isso em nosso favor.

— Pensei que sua função fosse proteger o assentamento — falei —, não entregar suas moradoras sempre que houvesse uma ameaça.

Ela deu as costas para mim, pegando algumas garrafas da mesa e enfiando-as de volta em um armário.

— Àquela altura, que chance eu teria?

Escutei o som oco de passos na escada. Quando me virei, Lilac estava de pé no vão da porta, seu cabelo preso com uma echarpe roxa. Ela esfregou os olhos para espantar o sono.

— Você a encontrou? — indagou ela.

Maeve catou a boneca da mesa da cozinha, olhando de soslaio para mim antes de enfiá-la nos braços de Lilac.

— Aqui está ela. Conforme prometi — disse, a mão descansando nas costas de Lilac. — Provavelmente você a deixou cair quando estava brincando na trilha. — Mesmo sob a luz fraca da lamparina eu enxergava os sulcos nas bochechas de Lilac, marcas dos lençóis amarrotados. Seus lábios fizeram biquinho quando ela soltou um longo bocejo, o rosto cedendo à exaustão.

— Venha — falou Maeve baixinho, passando o braço debaixo dos joelhos da menina. Ela a carregou em um movimento ágil e subiu a escada.

A cabeça de Lilac descansou tranquilamente na dobra do pescoço de Maeve, a bochecha pressionando sua blusa. Havia algo a respeito do rosto cansado da garota, na maneira como seus cílios escuros se curvavam nas pontas, como seu punho esfregava o nariz, tentando afastar uma coceira. Fazia tanto tempo desde que eu as vira juntas que tinha me esquecido de como Maeve ficava mais doce na presença de Lilac. Ela parecia mais calma, mais como ela mesma, caminhando tranquilamente pelo silêncio da casa velha.

Eu as ouvi em algum lugar acima, as molas da cama rangendo enquanto Lilac subia de volta no beliche. Fiquei imaginando se algum dia eu teria aquela sensação de calma, aquele conforto com minha filha, sabendo que meu pai ainda estava lá fora me caçando. Ele não ia desistir de nos encontrar, eu sabia disso, mesmo agora.

Havia alguns potes de vidro cheios de nozes na mesa da cozinha. Não devia haver mais do que cinco punhados em cada. Eu me flagrei contando-as, imaginando quanto tempo poderia fazê-las durar caso estivesse de volta em território selvagem (vinte dias). Comecei a traçar quanto tempo que levaria para voltar à Cidade, calculando o mesmo a pé, a cavalo, ou com a ajuda de um veículo roubado. Eu poderia estar lá em três dias, na melhor das hipóteses.

Independentemente de quantas tropas fossem trazidas das colônias, independentemente de quem as estivesse liderando, elas não seriam bem-sucedidas caso meu pai ainda estivesse vivo. Ele estava no centro de tudo dentro da Cidade. Pelo que Quinn havia dito, seu poder só havia crescido desde o cerco. Não parecia haver como evitar — eu podia ficar sentada ali e aguardar, esperando que as coisas fossem diferentes, ou podia agir. Se as colônias viessem até a Cidade, eu poderia ser aliada delas, uma das poucas rebeldes que conhecia o funcionamento do Palácio.

Quando Maeve finalmente desceu de novo, eu havia tomado uma decisão. Não havia nada para mim em Califia, a não ser esperar. Esperar que os soldados me achassem ali, esperar para ver se Maeve me entregaria. Esperar por notícias de outro cerco e de outro fracasso. Esperar que meu pai viesse atrás do meu bebê.

— Eu vou voltar — falei.

Maeve parou no vão da porta, a cabeça inclinada para o lado.

— Se está tentando me punir por...

— Não tem a ver com você — falei. — Tem a ver com ele.

Maeve catou mais alguns potes da mesa, trabalhando depressa, organizando-os em outro armário. Ela girou, de frente para mim de novo, me observando enquanto enxugava as mãos na frente da calça esfarrapada.

— Você devia ficar mais alguns dias — falou. — Descansar. Se recuperar. — Seus olhos pousaram em minha barriga. Puxei o suéter mais apertado, cobrindo-a.

— Tenho que ir logo — respondi. — Antes que não possa mais.

— Quem mais sabe?

— Ainda não contei para as meninas — falei. — Mas Quinn, Ruby e Clara sabem. Beatrice também.

Ela ficou olhando para a mesa, pegando algumas latas e uma das lamparinas. Aí saiu pela porta dos fundos, acenando com a cabeça para que eu a seguisse. Levou um momento para meus olhos se ajustarem à escuridão. O céu cinzento lançava uma luz opaca, irregular pelo bosque, tornando difícil enxergar Maeve apenas alguns passos adiante. Ela andava facilmente pelo caminho esburacado, usando os galhos de árvore baixos para ajudá-la. Disparou até a pequena estrutura que ficava alguns metros dentro da floresta.

— Aqui — disse ela. Uma lanterna foi acesa, o facho marcando meu caminho por cima das pedras pontiagudas.

Eu reconheci o barracão dos meses que passara morando na casa dela, ficava bem escondido atrás de uma cerca-viva alta. Maeve puxou a porta de suas dobradiças enferrujadas, então ergueu a lamparina, fazendo um gesto para que eu entrasse.

O pequeno aposento tinha cheiro de gasolina. Percebi os contêineres de metal que forravam as paredes — os mesmo que eu vira no armazém com os meninos. Duas motocicletas descansavam no meio, apoiadas em um descanso, as laterais mostrando poucos sinais de ferrugem.

— Guardamos isso para o caso de emergências — disse Maeve. — Deve conseguir levá-las por algumas centenas de quilômetros, talvez mais.

Ela rolou a moto para a frente, me passando o guidom. O peso do negócio me sobressaltou.

— Por que você vai voltar? — perguntou ela.

— As colônias não têm chance, a não ser que mirem diretamente no Rei — falei, empurrando a moto até estar do lado de fora novamente. Maeve me seguiu, trazendo dois dos contêineres menores de gasolina. O facho da lanterna caiu no caminho de terra. Eu mal conseguia vê-la no escuro. Só conseguia ouvir o som compassado e baixo de sua respiração. — Além do mais, ele virá atrás de mim em algum momento. Isis tinha razão: ele não vai parar até me encontrar. Principalmente agora.

— O que você vai fazer? — indagou ela.

Segurei firme na moto, minhas mãos escorregadias nos punhos. Eu não sabia se era capaz, ou como o faria, mas a ideia continuava ali:

— Tenho que matar meu pai.

O rosto dela se suavizou ao assentir resolutamente para mim.

— Boa sorte.

Encontrei seus olhos por um breve instante.

— Obrigada.

Com isso, eu me virei, mantendo a moto diante de mim enquanto voltava à estrada principal.

VINTE E SETE

— QUAL É O SENTIDO EM IR AGORA? — PERGUNTOU CLARA, SEGU-rando minhas mãos. As palmas estavam frias e úmidas, senti-la assim me assustava. — Os esforços deles ainda estão focados dentro da Cidade. Você ainda tem alguns meses.

— E então o quê? — indaguei. — Devo esperar até o bebê nascer e então me esconder? Ele pode me matar, mas a ideia de ele pegá-la...

Beatrice estava sentada em um dos braços do sofá. Sempre que as garotas chegavam à porta, ela as mandava sair, aí retornava à sua posição, pernas cruzadas nos tornozelos, a cabeça ligeiramente virada enquanto escutava.

Clara esfregou o rosto com as mãos.

— Não vamos deixar que ele a leve — disse. — Você está melhor aqui. O que vai fazer? Voltar ao Palácio e ameaçá-lo? Mesmo que consiga chegar lá, todos os soldados sabem quem você é, eles sabem o que você fez.

Eu me virei, avaliando a lateral do rosto de Beatrice. Ela estava em silêncio. Atrás dela, Quinn e Ruby estavam sentadas à mesa da cozinha. Os olhos de Ruby estavam vermelhos e cheios d'água, seus dedos puxando fios de um guardanapo esfarrapado cuidadosamente.

— Você o conhece, Beatrice, você já viu — falei. — Assim que puder, ele vai me levar de volta para a Cidade.

— Então nós vamos com você — disse Quinn. — Se você tem que fazer isso, deixe-nos ajudar.

Fiquei olhando para o pacote ao lado dos meus pés. Maeve me dera o grosso dos suprimentos, mostrando-me como guiar a moto, como carregá-la para que o peso ficasse igual dos dois lados. De todas as mulheres no assentamento, ela fora a menos resistente à minha partida, e isso parecia uma confirmação sutil de que eu estava certa. Por mais perigoso que fosse, se eu não voltasse para a Cidade agora, ele viria atrás de mim mais tarde — quando eu tivesse uma criança que dependia de mim. Quando não estivesse mais sozinha.

Eu me recostei, deixando a mão cair na barriga, imaginando exatamente o que minha mãe havia sentido por mim. Quantas vezes ela dissera que me amava naquelas cartas, descrito a maneira como penteava meu cabelo, prendendo cuidadosamente cada cachinho minúsculo atrás das orelhas? Ela me deixara ir, me enfiando nos braços de um estranho, mandando-me embora para que eu tivesse uma chance. Mas eu só estava começando a compreender isso agora, com minha própria gravidez, a entender o que ela havia sentido. Como era desgastante amar alguém assim. Logo haveria essa outra pessoa para proteger. Como eu poderia trazê-la para este mundo, sabendo que ela poderia ser levada dele tão facilmente? Que tipo de vida seria essa?

Balancei a cabeça, me fortalecendo contra as palavras de Quinn.

— Era por isso que eu ia embora ontem à noite... isso é algo que tenho que concluir sozinha. Não quero que mais ninguém fique em perigo por minha causa. Vocês ouviram, sabem o que está acontecendo no Palácio.

— Ele vai mandar executá-la — disse Clara. — Você precisa saber disso.

Eu me levantei, ajeitando a mochila no ombro.

— É por isso que tenho que encontrá-lo primeiro. Não há um vice no comando. O Tenente não tem o mesmo poder que meu pai tem. Se ele estiver morto, vai ser mais fácil depois que as colônias chegarem. Elas vão ter uma chance real de tomar a Cidade.

Clara pôs a mão no meu braço, mas eu a puxei para um abraço, enterrando o rosto na bagunça macia de seu cabelo.

— Estarei de volta em menos de duas semanas — falei. — Prometo. — Deixei as palavras pairarem entre nós, como se dizê-las pudesse fazer com que virassem verdade.

Ruby veio para o meu lado, seu rosto como eu nunca tinha visto na Escola. Ela levou os dedos aos olhos, mas eles ainda estavam inchados e vermelhos. Em pouco tempo eu estava cercada, Quinn, Ruby e Beatrice sussurrando para eu ficar em segurança, para mandar notícias pelo rádio caso acontecesse alguma coisa pelo caminho.

— Você tem que voltar. — Ruby não parava de repetir. — Você precisa voltar.

Do lado de fora, as gaivotas gritavam, circulando a baía. Algumas das meninas estavam vindo pelo píer, rindo e correndo. A mochila parecia mais pesada do que quando eu a botara horas antes. Minha mão foi para a barriga, alisando meu suéter para cobri-la.

— Eu voltarei — falei, quando finalmente me afastei. — Eu voltarei.

LEVEI TRÊS DIAS PARA CHEGAR AO TÚNEL. DEPOIS QUE ME ADAPTEI à moto, os quilômetros passaram rapidamente e fiquei mais hábil na hora de serpentear pelo meio de carros abandonados, permanecendo em ruas laterais para evitar ser vista. Eu ainda tinha alguns suprimentos que Maeve havia empacotado, as carnes secas e nozes diminuindo lentamente a cada dia. Eu sabia que o que estava fazendo era certo, que tinha que voltar para dentro dos muros. Mas quando estacionei perto dos prédios abandonados do lado de fora da Cidade, uma coluna branca de fumaça subia acima da muralha de pedra. O ar tinha cheiro de plástico queimado, o aroma enjoativo e acre o suficiente para fazer meus pulmões convulsionarem.

O prédio estava logo adiante, uma escola dilapidada com um mastro curvo e paredes verdes desbotadas. Maeve havia conseguido a localização em uma das primeiras mensagens da Trilha. As pessoas eram instruídas a não anotarem o endereço, então eu o havia memorizado. *North Campbell Road, 7351*, repeti para mim, do mesmo jeito que havia feito centenas de vezes nos últimos dias. Examinei o mapa gasto que eu possuía, verificando placas de rua para ter certeza.

Passei por um playground abandonado, os balanços de ferro batendo uns nos outros sempre que o vento soprava. Deixei meu farol desligado e fiquei perto da beira do edifício, tentando manter a torre de vigilância fora de vista. Uma das portas laterais estava amassada para dentro. Empurrei a moto através do vão quebrado, o fedor me atingindo primeiro. Eu me lembrava dele da época da praga, da podridão molhada dos cadáveres. Ao descer o corredor na direção da sala marcada 198, vi a sombra de um homem, deitado de barriga para baixo, vários metros à frente.

Prendi a respiração, cobrindo meu rosto com o suéter quando entrei na sala. Havia sangue espalhado pelo chão. Mesas baixas de madeira estavam viradas, empilhadas. Frases simples ainda estavam escritas na parede mais distante: *A festa foi divertida. Minha mãe sorriu. O céu é azul.* Andei até o armário dos fundos, o terceiro a partir das janelas, tal qual Maeve havia descrito. Havia um buraco de um metro de largura no chão. Fiquei escutando, tentando decifrar passos. Tudo estava silencioso e imóvel.

Abaixei-me na escuridão, segurando as bordas com as mãos. Quando atingi o chão, eu me atrapalhei com a lanterna que Maeve me dera, ligando-a finalmente. O facho voou adiante, iluminando o túnel. A lama subiu pelas solas de minhas botas. Havia mais sangue, uma parte seca na parede. Uma jaqueta estava embolada no chão, a faixa vermelha ainda amarrada na manga.

Virei a esquina, vendo pela primeira vez como as paredes haviam mudado, a lama dando lugar aos resquícios dos antigos canais de escoamento de concreto. O corredor se alargava em alguns lugares, até ganhar vários metros de um lado a outro. Um pano vermelho fora amarrado a um cano que serpenteava para fora do teto, marcando o limiar de quando atravessei para dentro da Cidade. Quando me aproximei do final, vi uma figura enroscada no chão, cuidando de um ferimento na perna. Parecia que o sujeito estava escondido ali há semanas, um monte de latas aos seus pés. Ele levantou a arma, mirando em mim, e congelei, a lanterna trêmula na mão.

— Só estou tentando passar — falei. — Estou com os rebeldes.

Ele franziu os olhos contra a luz, e abaixou a arma.

— Assim que sair, vá para o leste — disse. Colocou a arma no chão e voltou a trocar a atadura de pano em sua perna. — Há uma barricada do governo a oeste, a apenas três quarteirões de distância.

Ele voltou ao trabalho, estremecendo conforme dava um nó na faixa. Não falou mais nada, optando por vasculhar seus suprimentos, pegando garrafas de água com rolhas.

— Valeu — falei, voltando a descer o túnel, onde o teto se abria, para revelar um aposento frio e úmido. Subi no armário pequeno, botando o tapete fino de volta por cima da abertura, e também a uma caixa de papelão vazia que havia sido empurrada para o canto.

Lá dentro, o apartamento do primeiro andar estava escuro. Dava para distinguir o sofá rasgado virado de lado e um sanduíche mofado pela metade na mesa da cozinha, descansando casualmente ali como se alguém o tivesse largado abruptamente e nunca voltado. A janela da frente estava estilhaçada no canto, tornando difícil enxergar através dela.

Puxei as cortinas esfarrapadas só alguns centímetros, expondo um pedaço intacto de vidro. Um soldado desceu a rua. Ele olhava por cima do cano de sua arma e examinava os edifícios. Parou por um momento em minha direção e congelei, afastando a mão da cortina fina. Era mais jovem do que eu, seu rosto descarnado, as bochechas cavadas. Franziu os olhos por um instante antes de finalmente desviar o olhar.

Fiquei ali por um longo tempo, meu dedo segurando a cortina longe do vidro, esperando até ter certeza de que ele não ia voltar. A viagem de oito horas se refletia em meus movimentos, na dor surda em minhas pernas, no latejar na minha lombar. Precisava de uma noite para descansar, para me preparar para o que estava por vir de manhã, mas era perigoso demais ficar na boca do túnel. Saí do apartamento, examinando a rua em busca de sinal dos homens do Rei. Quando estava livre, comecei a andar para leste, conforme o rebelde havia instruído, procurando pelo primeiro local seguro que pudesse encontrar.

Havia um velho complexo de apartamentos a parcos metros além. Alguns dos aposentos tinham sido incendiados. O letreiro havia caído e se estilhaçara no asfalto, deixando uma camada fina de vidro colorido em seu rastro. Mas era afastado da rua, o pátio interno estava vazio. Havia um estacionamento ao lado, alguns carros descansando ali, de barriga para cima, como insetos mortos.

Subi as escadas internas, estimulada por uma explosão que soou oitocentos metros a leste. Andando ao longo do corredor externo, finalmente encontrei um apartamento destrancado, o interior saqueado em alguma busca por suprimentos. Botei os móveis que restavam contra a entrada, sem parar até formarem uma pilha, uma cadeira de escritório enfiada debaixo da maçaneta.

Havia só um punhado de frutas secas na minha mochila. Eu me obriguei a comê-las, apesar do enjoo que sentia em minhas entranhas. Fiquei escutando os sons da Periferia, os tiros ocasionais cortando a noite. Em algum lugar alguém gritou. Deitei a cabeça no colchão encardido no chão, me enroscando em mim mesma, tentando me aquecer.

Logo os sons do lado de fora ficaram mais altos. Um jipe passou correndo. Conforme a noite adentrava, eu pensava em meu pai, na quietude de sua suíte, no olhar que dividira com o Tenente quando Moss e eu fôramos interrogados. Era quase impossível dormir, meu corpo acordado, vivo, os pensamentos disparando.

A manhã ia chegar para nós dois.

VINTE E OITO

A SOLDADA ESTAVA MORTA HÁ ALGUMAS HORAS. MINHAS MÃOS tremiam ao tirar a jaqueta de seu corpo. Seus braços pesavam, pareciam travados enquanto eu os tirava das mangas aos trancos. Eu tentava não olhar para seu rosto, mas era impossível. Meu olhar não parava de voltar para as bochechas brancas, os lábios ligeiramente abertos, secos e rachados em alguns lugares. Seus olhos estavam cobertos com uma película cinza fina.

Eu a havia encontrado a vários quarteirões de distância do hotel, caída contra uma loja incendiada. A cabeça estava sangrando atrás, o sangue coagulando no rabo de cavalo. Parecia que alguém a havia surpreendido conforme patrulhava a Periferia — provavelmente um rebelde determinado a se vingar. Eu parei, segurando sua mão fria e tirei a outra manga. O nome *Jackson* estava bordado em sua lapela.

Enfiei na calça a arma que havíamos tirado do homem no hotel e a faca na lateral do cinto. Passei a jaqueta pelos meus ombros, pegando o boné que estava enrolado na mão dela, uma mancha grossa de sangue na parte de trás. Olhei para ela mais uma vez antes de partir, percebendo a tatuagem minúscula na parte interna do pulso, um pássaro voando. Ela não devia ser muito mais velha do que eu.

Caminhei em direção ao shopping do Palácio, sabendo que esta seria a parte mais fácil da segurança de atravessar. Soldados entravam e saíam dos fundos, cumprimentando-se com um aceno de cabeça. Seria mais difícil conseguir acesso às escadas da torre, que nos primeiros dias do cerco haviam sido vigiadas em todos os pontos. Os soldados ficavam de prontidão lá durante toda a noite, revezando o turno a cada seis horas, às seis e às doze.

Alguns jipes estavam enfileirados perto da entrada dos fundos, criando uma barreira baixa contra o prédio. Dois soldados estavam conversando, os ombros encostados na parede. Tive um vislumbre de Arden naquela noite na Escola, no modo como ela passara confiantemente pelas guardas, fazendo um sinal com uma das mãos, como se tivesse passado a vida inteira do lado de fora dos muros. Joguei os ombros para trás, olhando rapidamente em seus olhos quando bati continência. Fingi ajustar meu boné, cobrindo a mancha de sangue na parte de trás enquanto empurrava a porta pesada.

Do lado de dentro, o shopping do Palácio estava silencioso. O som de botas no mármore ecoava pelos longos corredores. Alguns soldados seguiam para os velhos salões de jogos, mas mal se viraram quando entrei. Eu havia me decidido por uma das escadas no lado norte da torre. Ela ficava em um corredor estreito, mais isolada do que as outras.

Continuei andando pelas lojas fechadas, as grades abaixadas, as silhuetas dos manequins nas vitrines. Bem acima, o relógio gigante assomava, o segundo ponteiro seguindo lentamente em direção ao doze. Eu me enfiei no corredor estreito e vi um soldado se abaixar e mexer em um arranhão em sua bota. Não falei até ele estar ao meu alcance, minha mão na arma.

— Estou aqui para rendê-lo — falei. — Um pouco adiantada, mas tenho certeza de que você não se incomoda.

Ele soltou uma risada baixa.

— Não, nem um pouco.

Ele puxou o rifle ao lado da porta. Olhei pelo corredor abaixo, sabendo que outro soldado viria em alguns minutos. Enquanto o homem se afastava, virando à esquerda no shopping do Palácio, entrei na escada, começando a longa subida, sentindo a queimação lenta e dolorosa nas pernas.

Os andares mais baixos estavam destrancados, abrindo-se para fileiras de quartinhos de solteiro, onde muitos dos funcionários do Palácio dormiam. Atravessei os corredores, virando para o vigésimo andar, aí o vigésimo-quinto, mudando de escada para evitar ser vista.

Quando cheguei ao último lance, minhas pernas queimavam, as dores curtas e agudas subindo até a lombar. Eu respirava lentamente, segurando o ritmo das batidas, tentando acalmar o tremor nas mãos, não pensar na minha barriga inchada, agora escondida debaixo da jaqueta. Eu não parava de voltar àquele momento na suíte, quando meu pai se virara de costas e os soldados me seguraram, olhando para as execuções abaixo. Quem quer que ele fosse para mim, o que quer que tivéssemos em comum, ele se tornara insensível àquilo. Ele não *sentia* mais, não do jeito que uma pessoa deveria sentir. Eu tinha que manter aquilo na cabeça, aquela lembrança, para ter alguma chance.

Espiei pela vidraça da porta. O corredor onde a suíte ficava estava silencioso. Uma figura solitária vinha na minha direção, seus ombros encurvados à medida que andava, lendo um pedaço de papel. Estava usando a mesma gravata velha que usava no dia em que parti. Antes que eu pudesse me virar, Charles ergueu os olhos, encontrando os meus. Eu me agachei de novo na escada, esperando ali, imaginando se ele teria me reconhecido.

Em segundos a porta se abriu e Charles saiu.

— O que você está fazendo aqui? — perguntou. Ele olhou por cima do corrimão, para o meio do poço, procurando por soldados. — Onde conseguiu esse uniforme?

Ele examinou a jaqueta e o boné que eu havia roubado da soldada, a calça que encontrara no quarto do hotel, as botas amarradas nos tornozelos. Seu rosto se contorceu de preocupação quando olhou para o rifle passado pelas minhas costas.

— Eu não sabia que você estaria aqui — falei. — Você está bem. Estava preocupada que fosse punido pelo que fez.

— Eu me livrei na conversa — disse ele. — Falei que você era minha esposa, que eu estava com medo, que não sabia o que você tinha feito. Era verdade, não era?

— Preciso encontrar meu pai — falei.

Charles verificou a vidraça na porta, nos empurrando para trás, fora de vista.

— Não pode fazer isso — falou. — Eles estão procurando por você. Têm patrulhas vasculhando o Vale da Morte desde a última semana. Você devia estar escondida, não aqui. Especialmente não agora.

— Não vou passar a vida esperando que ele venha me buscar — retruquei. — Você viu, Charles. Você viu do que ele é capaz. Por quantos anos mais, décadas, isso vai continuar?

Ele começou a andar de um lado a outro pelo patamar. Sob a luz fluorescente, sua pele parecia fina e cinzenta e ele incrivelmente cansado.

— Não tenho tempo — implorei. — Por favor.

Ele soltou um suspiro profundo e apontou para o andar de cima.

— Ele está em seu escritório — falou. — Deve ter uma reunião com o Tenente em uma hora.

— Preciso dos códigos — pedi.

Charles soltou um suspiro baixo e ruidoso.

— Um-trinta-e-um — falou. — Ele mudou para o seu aniversário.

Fiz uma pausa, observando-o, imaginando se ele tinha noção da importância do que havia acabado de me contar. Eu nunca soubera meu aniversário quando estava na Escola. Caleb e eu havíamos decidido que era 28 de agosto, e aquela data ficou na minha cabeça, o dia em si passou quando eu estava em Califia. Ouvir isso agora era um pequeno lembrete do conhecimento que meu pai carregava. Ele era a única pessoa que sabia dessas coisas a meu respeito.

— Não vou envolver você nisso — avisei, meneando a cabeça para Charles antes de me virar para ir embora. Não atingi o segundo degrau antes de ele pegar minha mão, me trazendo de volta para si. Abraçou-me, puxando-me para seu peito, de forma que minha bochecha ficasse pressionada nele. Ficou me segurando ali, a mão na parte de trás da minha cabeça.

— Fique segura, está bem? — Ele esticou o braço para alcançar minha mão, apertando-a uma última vez, e eu tive o estranho ímpeto de rir.

— Vou ficar — falei. — Juro. Não se preocupe comigo. — Era uma mentira, é claro, mas o modo como o rosto de Charles mudou, a maneira como sua expressão se suavizou, me fez sentir um pouquinho de alívio. Talvez eu ficasse bem. Talvez tudo estivesse acabado em uma hora e eu estivesse de volta à Periferia, atravessando os túneis novamente.

Subi os dois lances seguintes, tentando afastar qualquer outro pensamento da cabeça. Prendi o fôlego, esperando que meu coração desacelerasse. Digitei o código no teclado, entrando. Ao descer o corredor para o escritório dele, outro soldado passou. Mantive os olhos baixos, a aba do boné escondendo o rosto. Ergui a mão em uma continência rápida e ele passou por mim, entrando em um quarto na outra ponta do corredor.

Todos os músculos do meu corpo ficaram tensos conforme me aproximava do escritório do meu pai. Eu raramente o visitava ali, a não ser nas poucas ocasiões em que fui chamada para ser interrogada. De fora, eu não conseguia ouvir nada. Olhei para as cortinas grossas ao lado da porta, aí bati, entrando rapidamente atrás delas.

Tentei desacelerar minha respiração, mas podia ouvir meus batimentos cardíacos nos ouvidos. Minhas mãos estavam frias e úmidas. Eu segurava a arma na cintura, tentando cessar o tremor nos dedos e também observar a beirada da porta, esperando que se abrisse. Houve o clique suave da fechadura, aí a maçaneta girou, meu pai espiando para fora de detrás dela.

Deslizei para o corredor, colocando uma das mãos na porta para mantê-la aberta.

— Vá para dentro — ameacei, mantendo a arma apontada para ele. — Se chamar qualquer um, vou ter que atirar em você.

O rosto dele estava relaxado, os olhos nos meus ao dar um passo para trás, mais para dentro do escritório. Fechei a porta atrás de nós e a tranquei.

— Você não vai me matar — falou ele. Juntou as mãos diante de si, a testa franzida. Parecia magro, o rosto encovado. Era como se as últimas semanas não tivessem acontecido, como se ele tivesse permanecido igual àquele dia, nunca se recuperando da doença.

— Não tenha tanta certeza — respondi, mantendo a arma nele. Pisquei para afastar as lágrimas súbitas que embaçavam minha visão.

— Se fosse fazer isso, já teria feito — falou meu pai. Ele me encarou, seus olhos fixos nos meus. — A pergunta verdadeira é: por que você voltou aqui? Vou tomar outro sermão? Você quer me dizer que essas escolhas que fiz, as escolhas que têm mantido todos a salvo, estavam erradas?

— Não vai mais haver execuções na Cidade — orientei lentamente. — Você vai renunciar hoje e me dar o controle temporário enquanto a Cidade faz a transição.

As bochechas dele ficaram vermelhas. As veias no rosto se tornaram visíveis, as mãos se apertaram com força uma contra a outra.

— Transição para *o quê*, Genevieve? Diga-me, já que você parece saber, para o que exatamente esta Cidade vai fazer transição? A ilegalidade que ocorreu depois da praga? Os tumultos? Antes de mim, as pessoas não podiam pegar água sem levar um tiro. Você quer que a Cidade volte a isso?

— Baixe a voz — falei.

— Se quer ver o que há do outro lado dessa revolta — disse ele, erguendo as mãos —, então vá em frente. Mas há uma escuridão à espreita que você não tem como imaginar. — Os olhos dele continuavam grudados aos meus. Ele estava parado ali, implorando para que eu atirasse nele.

Então meu pai se virou de costas, de volta para sua mesa, e levei um instante para registrar: o gesto rápido, o modo como ele enfiara os dedos no bolso interno do paletó. Seu braço se ergueu, a arma visível, seu rosto firme de concentração. Eu atirei apenas uma vez, o som do tiro me sobressaltando. Ele deu um passo para trás, caindo de lado, sua arma aterrissando no chão.

Fui até ele, chutando a arma pelo chão. Fiquei ao seu lado, meu peito subindo e descendo, observando à medida que a expressão dele ficava mais estranha, seu rosto contorcido de dor. Ele segurou o peito, apertando o ferimento do lado direito do coração. Eu o ajudei a se deitar, acomodando-o no chão. O sangue estava jorrando rápido, a mancha se espalhando em seu terno, o tecido escuro rasgado onde a bala havia passado. Eu me ajoelhei ao seu lado, meio que esperando que ele me empurrasse. Mas ele ficou daquele jeito, a mão tensa em volta da minha enquanto a cor sumia de seu rosto. Aí seus olhos se fecharam, apertados. A respiração diminuiu até parar, até eu estar sozinha novamente, em silêncio.

VINTE E NOVE

ESTAVA ACABADO. ERA ISSO QUE EU QUERIA, NÃO ERA? NOTÍCIAS DA morte dele iam se espalhar pela Trilha. O exército das colônias chegaria em algum momento. A Cidade iria fazer a transição para um novo poder. Deveria ficar melhor agora.

Continuei segurando a mão dele, notando a frieza que se espalhava pelos dedos. A forma como o sangue escorria, pingando do terno ao chão, onde afundava no carpete grosso. Ele estava caído contra a frente da mesa, seus ombros curvados, seu queixo pressionado o pescoço. Eu não sentia nenhum alívio agora que ele estava morto. Em vez disso, só pensava naquela foto, a que ele segurava no dia em que nos conhecemos, o papel amassado sob seus dedos. Ela desaparecera do meu quarto na minha primeira semana no Palácio. Beatrice havia passado horas procurando por ela. Ele parecia estar se divertindo tanto nela, os olhos se demorando sobre minha mãe, estudando a maneira como sua franja escura caía nos olhos. Ele parecia feliz.

Abri o botão da frente de seu terno, pela primeira vez percebendo o coldre passado em torno do braço, a cartucheira de couro onde ele mantivera a arma escondida. Eu não queria olhar, mas fui obrigada. Meus dedos tatearam pelo bolso interno. O quadrado grosso apertado contra a seda. Ainda estava lá. Ele a carregava consigo, a fotografia descansando no lado esquerdo de seu terno, bem em cima do coração.

Inspirei, o sentimento pesado e engasgado vindo tão depressa que não consegui prever. Lá estavam eles, meus pais, no ano antes da praga. Eles estavam juntos, eternizados no tempo. Eu enfiei a foto dentro da blusa, apertando-a no top, onde não se soltaria. *Ele estava dizendo a verdade*, pensei, forçando-me a não chorar. *Ele a amava. Não havia mentido sobre isso.*

A Cidade lá fora estava silenciosa e imóvel. Eu sabia que tinha que ir embora, mas não conseguia me mexer. Minha mão não parava de procurar a dele, apertando seus dedos nos meus. Só quando a batida na porta soou foi que me sobressaltei, lembrando-me de onde estava e do que havia feito.

A maçaneta girou, o trinco travando. Houve uma pausa, aí a voz de um homem chamando do corredor.

— Senhor?

Fiquei de pé em um pulo, olhando para a mesa gigantesca de madeira atrás de mim, as cortinas que emolduravam as janelas compridas, os armários na parede mais distante, procurando por um lugar para me esconder. O soldado digitou no teclado ao lado da porta e então a maçaneta girou novamente. Só tive tempo suficiente para disparar para detrás da mesa, me enroscando embaixo dela antes da porta se abrir.

O soldado não se mexeu. Eu podia ouvir cada uma de suas respirações. Ele ficou lá tanto tempo que comecei a contá-las, tentando me manter calma.

— Jones! — gritou ele finalmente pelo corredor. — Venha cá! — Aí escutei o som de pés no carpete e um sussurro baixo quando ele se inclinou, a apenas alguns centímetros do outro lado da mesa. — Senhor? Pode me ouvir?

— O que foi? — gritou outra voz do corredor.

— Alerte o Tenente — disse o homem. — O Rei levou um tiro.

Mantive a mão na arma em minha cintura. Havia três centímetros entre a parte de baixo da escrivaninha de madeira e o carpete. Eu podia ver a sombra do soldado andando até a lateral da mesa. Suas pernas passaram na minha frente, seus pés apenas a alguns centímetros dos meus. Havia um arranhão no dedo direito de sua bota e a barra da calça estava presa nos cadarços pretos. Ele batia o pé nervosamente enquanto remexia em alguns papéis acima. Congelei, a respiração latejando em meus pulmões por prender o ar ali, tentando não fazer nenhum som. Aí ele circulou de volta até a janela.

Eu tinha apenas alguns minutos até ficar totalmente encurralada. Assim que o Tenente viesse, o aposento seria lacrado e revistado. Eu tinha que sair agora.

Espiei pela beirada da mesa. A porta estava escancarada. O outro soldado estava no fim do corredor, falando rápido no rádio. Ele andou várias vezes de um lado ao outro do curto corredor antes de virar à esquerda e desaparecer de vista. Rastejei de debaixo da mesa, me espremendo contra a lateral, tentando não fazer nenhum barulho. O outro soldado ainda estava pairando perto das janelas. Eu ouvia o chiado ocasional do rádio em seu cinto.

O martelar no meu peito diminuiu. Meus membros ficavam leves conforme eu me erguia, disparando pela porta aberta. Levou um momento para o soldado processar o que havia acontecido. Continuei correndo, impulsionando meus braços o mais depressa possível, zunindo para o final do corredor. Ele alcançou a porta assim que virei, disparando duas balas na parede atrás de mim.

Corri para a escada mais próxima, digitando os números no teclado na maior velocidade possível. Quando ele finalmente chegou ao final do corredor, eu já havia entrado, descendo os degraus de três em três. Continuei em frente, espiralando pelo vão aberto e agarrando o corrimão frio para me ajudar a prosseguir. Estava quatro andares abaixo quando ouvi o bip metálico da fechadura, aí uma porta se abrindo em algum lugar acima de mim. O primeiro tiro soou, tirando um pedaço de concreto da beira da escada. Não parei, só pressionei o corpo contra a parede, longe do vão aberto, tentando ficar fora de vista.

Não havia descido mais do que dois lances quando uma porta abaixo de mim se abriu. Eu só conseguia ter vislumbres do uniforme da pessoa que corria escada acima. Tentei retornar, mas o andar mais próximo estava mais um lance acima, e o outro soldado já estava descendo, bloqueando minha saída. Quando o homem que subia apareceu, ele ergueu sua arma. Nós dois ficamos ali, congelados, mas eu vi o reconhecimento no rosto dele, o lento suavizar de seus traços conforme ele percebia quem eu era. O Tenente subiu tão depressa que mal tive tempo para me virar. Em segundos ele estava ali, a arma nas minhas costas.

Eu levantei os braços e o outro soldado desceu as escadas, me encurralando. O Tenente agarrou um pulso e o girou para trás, amarrando-o ao outro com uma algema de plástico grosso.

— Ele está morto — disse o soldado, apontando sua arma para mim. Mas o Tenente fez um gesto para que a abaixasse.

— Volte para o escritório e tome conta do corpo — ordenou.
— Vou subir em uma hora. Você não deve contar a ninguém sobre isso. Se alguém perguntar, foi um alarme falso. Você se enganou. — Ele falava e puxava meu braço, arrastando-me atrás de si. Tive dificuldade em manter o equilíbrio conforme descíamos a escada.

— Para onde a está levando? — perguntou o soldado.

Eu forcei a amarra de plástico, o sangue latejando nas mãos.

— Para a carceragem no primeiro andar — disse o Tenente. — Avise aos outros que vai haver outra execução esta noite, antes do pôr do sol. Todos os cidadãos devem se reunir diante do Palácio.

A expressão do soldado mudou. Seus olhos caíram em minha barriga.

— Mas eu pensei...

— A Princesa traiu seu pai — falou o Tenente, então ele agarrou meus pulsos e me puxou pelas costas pelo corredor mal-iluminado.

TRINTA

MINHA TIA ROSE CAMINHAVA AO LADO DOS SOLDADOS, TENTANDO ficar na nossa frente, de onde tinha uma visão melhor de mim.

— Não façam isso — pediu. Eles não se viraram para olhar para ela enquanto ela falava. — Onde está o pai dela? Deixem-me falar com ele. Ele não ia querer isso, não importa o que tenha acontecido entre eles.

A arma estava no vão das minhas costas, me cutucando para a frente pelo saguão principal, que absorvi em vislumbres rápidos e passageiros: o estampado elaborado no carpete, as máquinas de jogo cobertas por panos, os dois soltados de cada lado do elevador dourado. Funcionários do Palácio estavam chorando, alguns aglomerados atrás da recepção, me observando passar pelo grande chafariz no centro do saguão. Meu rosto estava inchado onde o Tenente havia me atingido, meu malar latejando. Depois de oito horas de interrogatório, eles desistiram. Não paravam de me perguntar sobre os rebeldes, sobre onde ficava o túnel por baixo do muro, sobre a localização das meninas em território selvagem. Eu me recusei a falar, deixando o Tenente me bater até um dos soldados detê-lo.

— Está agindo sem a permissão do Rei. Onde está ele? — perguntou minha tia de novo. Ela segurou nas pontas de seu xale, apertando-o mais para firmar as mãos. Eu via em seu rosto a mesma tensão de Clara quando estava zangada, a mesma pele manchada e vermelha.

— Ele ordenou isso — berrou o Tenente, indo para trás do aglomerado de soldados e fazendo um gesto para que minha tia se afastasse. — Genevieve é responsável por uma tentativa de assassinato contra seu pai.

Minha tia Rose nunca havia prestado muita atenção em mim dentro das paredes do Palácio. Ela estava sempre tão ocupada com Clara, preocupando-se com o que ela vestia, com o que comia, arrumando os cachos soltos que às vezes caíam em volta de seu rosto. Eu nunca a vira daquele jeito — ela estava praticamente gritando com os soldados, cada palavra nivelada com uma fúria determinada. De repente desejei tê-la conhecido melhor, que tivéssemos conversado mais.

— Vocês não podem fazer isso — repetiu ela, falando mais alto.

— O Rei me pediu para substituí-lo no ínterim — disse o Tenente. — Enquanto ele se recupera.

Minha tia gritou para alguém na frente das portas principais, correndo para encontrá-lo. Charles estava discutindo com um dos outros soldados — o mesmo que ficara de guarda na cela na primeira parte do dia. Ele havia passado horas tentando convencê-los a adiar a execução, exigindo ver meu pai. Dava para ouvi-lo da carceragem de concreto, e fiquei admirada pelo modo como ele escolhia cuidadosamente suas palavras, sem querer revelar o que sabia. Eles nunca responderam às perguntas dele, sempre se dirigindo ao Tenente. Minha tia disse algo para Charles, apontando quando eles me levaram para fora do prédio. A cena se desenrolava ao redor, mas eu me sentia isolada, sozinha. As vozes na recepção se misturavam, as palavras indistinguíveis.

Eles haviam apertado tanto as amarras que eu não conseguia mais sentir minhas mãos. A faca e a arma foram tomadas de mim. Tiraram o meu uniforme, deixando-me com as mesmas roupas que eu estava usando desde que partira de Califia, a frente da blusa agora salpicada de sangue. Observei Charles passar, oferecendo-lhe um rápido aceno de cabeça, um minúsculo reconhecimento de que ele havia tentado. Eu não queria que ele fizesse mais nada além do que tinha feito, temendo que revelasse suas alianças verdadeiras. A decisão de ir até ali tinha sido minha. Eu tinha concluído o que pretendia fazer. Não era culpa dele.

As portas se abriram e eu me vi do lado de fora, o sol ferindo meus olhos. Eles me empurraram pelo caminho curvo, além da fileira comprida de árvores estreitas. A plataforma ainda estava lá, montada na beira da estrada. Examinei a grande multidão de pessoas reunidas na frente dela, tentando ver se havia alguma escapatória. Havia uma barricada de metal de quase um metro e vinte de altura, a qual eu teria que escalar antes de desaparecer na multidão. O caminho se curvava em direção à rua, uns bons vinte metros que eu teria que percorrer. Mesmo que esperasse até chegarmos mais perto, eu provavelmente levaria um tiro antes de conseguir passar para o outro lado.

Minhas pernas pareciam prestes a ceder. Os soldados me empurravam para a frente, cada um segurando um dos meus braços para que eu não caísse. Era tolice, eu sabia de alguma forma, mas ainda estava fazendo listas. Arden teria que ser comunicada se eu morresse. Eu gostaria que ela soubesse o quanto eu lhe devia pelo que havia feito por Pip e Ruby. Beatrice precisava saber que eu a havia perdoado antes de ela precisar pedir. Eu esperava que Maeve, sabendo minhas razões para estar ali, permitisse que Silas e Benny ficassem indefinidamente em Califia. Eu esperava que, se houvesse alguma forma de voltar para Caleb, eu conseguisse.

Charles veio pelo caminho, minha tia logo atrás. Ele andava rápido, nos seguindo, sua presença fazendo eu me sentir só um pouquinho menos sozinha. Havia manchas pretas nas bochechas de minha tia, uma umidade pesada de maquiagem e lágrimas. Lembrei-me das palavras de Clara enquanto íamos para o Norte, sobre como Rose devia estar preocupada, ainda sem saber onde ela estava. Eu me virei para eles, esperando até minha tia erguer a cabeça.

— Clara está viva — foi tudo o que eu disse: três palavras, alto o suficiente para que ela pudesse escutar. Eu queria lhe dizer mais: sobre Califia, sobre como Clara iria voltar, se e quando pudesse. Mas o soldado puxou meu braço, me virando de volta para a plataforma.

Eles me apressavam para a escada do elevado, mas eu mirava para cima, meu olhar pousando na torre de vigia da Cidade. A luz no topo da agulha estava piscando, vermelha — um alarme lento, constante. Algumas pessoas na multidão também haviam percebido, uma ou outra torcendo o pescoço para ver se havia alguma coisa acontecendo perto do portão norte. Havia um zumbido baixo e constante de vozes ao longe. Acima, um homem se inclinou para fora da janela de seu apartamento, tentando decifrar de que direção o barulho estava vindo.

Os soldados me conduziram escada acima, estimulados pela atenção desviada da multidão. Alguma coisa estava acontecendo na Periferia, mesmo que fosse impossível saber o quê. Eles me giraram para o outro lado e imaginei o que Curtis e Jo sentiram quando ficaram parados ali, olhando para a multidão. As pessoas haviam caído em um silêncio estranho. Reconheci alguns do círculo de meu pai. Amelda Wentworth, que havia me parabenizado pelo meu noivado há apenas alguns meses, estava de pé bem na frente, um lenço fino apertado contra o rosto. *Façam alguma coisa*, pensei, observando todos eles, rígidos, esperando. *Por que vocês não fazem alguma coisa?*

Empurrei os soldados, para longe da corda enrolada, mas eles me arrastaram para a frente. Eu lutava para continuar de pé, meus pés mal tocando o chão. De soslaio, vi o Tenente. Ele estava olhando fixamente para o portão norte, para a fumaça preta que subia para o céu alaranjado. Houve uma explosão, o som alto de estouros, como o escapamento de um carro.

— Vamos terminar com isso — disse ele para os outros dois soldados. Ele não olhou para mim quando falou aquilo.

Houve mais explosões e gritos encheram o ar. Percebi então que não podia ser um tumulto na Periferia — estava ruidoso demais. A multidão se afastou da cena, espalhando-se pela rua principal, de volta aos seus apartamentos. Alguns começaram a correr, atravessando para o lado sul da rua em disparada. O Tenente me empurrou, tentando me botar em cima do caixote de madeira de um metro. Resisti, deixando meu peso cair, minhas pernas desabarem, tentando me tornar o mais pesada possível.

— Ajudem-me — gritou ele, olhando para os outros soldados, que haviam chegado para trás, seus olhos mirando na fumaça que vinha da ponte norte do muro.

Mais uma explosão foi ouvida, e houve um grande grito coletivo e a luz no topo da torre de vigia mudou, deixando de piscar para se tornar um vermelho sólido, estável, sinalizando que o perímetro do muro fora comprometido.

— As colônias estão aqui — gritou um homem mais jovem, correndo para o sul pela rua. A multidão mudou de direção de repente, derrubando a barricada de metal na frente da plataforma, fazendo pessoas tropeçarem para cima da calçada. Um grupo de mulheres correu para o shopping do Palácio, na esperança de entrar. Dei um tranco para trás com o máximo de força que consegui, a base da minha cabeça encontrando com o nariz do Tenente. Eu me virei e o chutei, com força, entre as pernas. Ele se encolheu de dor e tropeçou para trás. Assim que me soltou, desci da plataforma e entrei na multidão densa. Eu o perdi de vista poucos metros depois, seu rosto aparecendo e então desaparecendo conforme mais pessoas passavam correndo.

Disparei para o outro lado da rua principal, mantendo a cabeça abaixada, serpenteando entre as pessoas, que se dispersavam da plataforma. Minhas mãos estavam dormentes, meus pulsos ainda amarrados na base da minha espinha. Um homem com casaco preto esfarrapado esbarrou em mim, registrando rapidamente quem eu era, e então foi em frente. Todos estavam preocupados demais em entrar. Os primeiros sinais do exército podiam ser vistos da extremidade norte da rua, uma muralha de soldados com roupas desbotadas e encharcadas de lama. Os rebeldes usavam pedaços de pano amarrados em volta dos bíceps, os retalhos vermelhos visíveis a distância.

Eu desapareci pelo meio dos jardins do Venetian, serpenteando pelos becos do mesmo jeito que fazia quando Caleb e eu estávamos juntos. Mas era mais difícil correr com as mãos amarradas, meus pulsos latejavam onde as algemas se enterravam na pele. Eu seguia rapidamente, ao longo dos fundos do prédio, passando pelos canais largos e azuis, o céu escurecendo por cima de sua superfície vítrea. As pessoas corriam diante das lojas trancadas, ziguezagueando por baixo dos arcos e através dos corredores externos para permanecerem escondidas. Outros zuniam para os complexos de apartamentos, trancando as portas atrás de si. Eu me virei para trás, examinando as pontes arqueadas e o pátio aberto, as cadeiras de ferro batido espalhadas pelos tijolos. Havia despistado o Tenente em algum lugar pelo caminho, mas agora um soldado estava vindo na minha direção, seus olhos fixos em mim ao puxar a faca.

Disparei por um dos corredores abertos, as colunas de pedra voando por mim à medida que eu corria. Finalmente cheguei a uma entrada lateral do Venetian, mas estava trancada, uma corrente passada entre os puxadores internos. Conforme eu corria pelo perímetro do prédio, ia tentando a porta seguinte, depois a próxima. O soldado partiu em disparada, seu ritmo superando o meu enquanto eu lutava, tentando achar uma entrada. Em segundos ele me alcançou.

— Princesa — falou, a faca exposta. Ele agarrou minhas mãos e me puxou de costas, cortando as amarras com a lâmina. — Pronto. Achei que fosse precisar de ajuda.

O sangue voltou às minhas mãos, a sensação fria e formigante me acordando com um sobressalto. Fechei bem os punhos, tentando trazer o calor de volta aos dedos. Ele era apenas um ou dois anos mais velho do que eu, o cabelo ruivo quase raspado e um punhado de sardas no nariz. Eu o reconheci vagamente como um dos soldados que ficava posicionado no conservatório do Palácio. Seus olhos cinzentos vasculharam o meu rosto, meus braços, aí desceram para minha barriga. Percebi então — ele sabia que eu estava grávida.

Ele olhou por cima do ombro, observando o restante da multidão vindo da rua principal. Outro soldado apareceu do lado oposto dos canais, na beira da ponte, e meu salvador disparou novamente, correndo para leste, para longe de mim. Ele acenou com a cabeça antes de virar e sumir atrás do velho hotel.

Corri para a Periferia, passando pelo monotrilho, que estava congelado acima. Ao longe, depois dos hotéis que restavam, o terreno se abria em trechos secos e pálidos de areia. Passei correndo por um estacionamento. Alguns corpos descansavam ali, o sangue coagulado no asfalto em poças horríveis e resplandecentes. Virei para o outro lado, tentando manter meus olhos em um armazém de três andares lá na frente. Um grupo de oito pessoas mais ou menos se afunilou para dentro. Uma mulher com casaco rasgado foi a última a entrar e se virou, puxando a porta fechada atrás de si.

— Esperem! — gritei, olhando de volta para a rua principal.
— Mais um — falei rapidamente, entrando.

— Ela não — berrou um homem de cabelo negro despenteado logo atrás do vão da porta. — Vamos ser julgados por ficar do lado dos rebeldes.

O rosto da mulher era magro e pálido, a pele em seu pescoço flácida devido à idade.

— Só se os rebeldes perderem — disse ela, virando-se para mim. — Ela está grávida. Não podemos deixar que fique lá fora.

Houve uma discussão lá dentro. Olhei atrás de mim, observando enquanto os soldados das colônias se espalhavam, andando pelas ruas. Dois deles rumaram para o norte, virando antes de nos verem pairando perto da porta.

— Por favor — implorei.

A mulher não se deu ao trabalho de perguntar aos outros de novo. Em vez disso, ela me puxou para dentro do armazém escuro e trancou a porta atrás de nós.

TRINTA E UM

O SOL FOI EMBORA. O CÉU GANHOU UM TOM ROXO ESCURO, AS estrelas salpicadas pela abóbada gigantesca, desaparecendo atrás da fumaça que subia da muralha. Havia milhares de soldados. Os caminhões e jipes estavam espalhados para oeste, logo do lado de fora da Cidade. Eu não conseguia distingui-los em detalhes, mas rebeldes ainda desciam de suas caçambas cobertas, rumo ao portão quebrado da Cidade, seus corpos quase invisíveis na escuridão crescente.

Agarrei a beirada do teto e algumas mulheres se amontoaram atrás de mim, olhando para a Periferia. O exército das colônias ainda estava cobrindo o território, espalhando-se para as ruas laterais, esmurrando portas de complexos de apartamentos dilapidados. Eles abriram caminho pelas fábricas de roupas e em torno dos campos de lavoura para oeste. Havia milhares deles, alguns se deslocando em veículos restaurados similares aos jipes do governo, outros a pé. Todos tinham um pedaço de pano vermelho enrolado em volta do braço, alguns carregando revólveres, outros facas.

Estávamos no telhado há duas horas, possivelmente mais. O tempo passava rápido enquanto os rebeldes vinham para o sul, aparecendo a menos de oitocentos metros de distância. Vi dois soldados da Nova América em uma das ruas abaixo. Eles se ajoelharam, suas armas na terra, à sua frente, as mãos erguidas em sinal de rendição. Quando um rebelde se aproximou, amarrou os pulsos deles, enfileirando-os contra a parede.

— Devíamos estar em maior número do que eles — murmurou uma mulher atrás de mim. Ela era uma cabeça mais alta do que o restante de nós, seus dedos pressionando as bochechas. — Eles disseram que as colônias não tinham recursos para nos alcançar.

— Era mentira. — Mal me virei quando me dirigi a ela. Meus olhos estavam fixos no número crescente de rebeldes que apareciam nas ruas, passando por baixo do monotrilho, mais perto da gente. Sempre que eu ouvia meu pai falar sobre as colônias, era para dizer às pessoas como tínhamos sorte ali dentro da Cidade, discorrer sobre os luxos que possuíamos comparados àqueles que haviam se assentado no leste. Ele havia descrito duas das maiores colônias no Texas e na Pensilvânia como primitivas, sem eletricidade ou água corrente. Dissera que ainda havia assassinatos por lá, brigas pelos recursos limitados que tinham. Também falara em conquistá-las, em murar as comunidades nos próximos anos. Eu não pensara que esses outros, tão distantes, poderiam ser mais numerosos do que nós, e que na verdade eram mais poderosos, com mais suprimentos reunidos entre si.

Conforme eles se aproximavam, eu examinava seus rostos, procurando pelos meninos da caverna, ainda acreditando que podiam estar dentro da Cidade. Cada rosto era completamente estranho para mim. Muitos estavam incrustados de lama e terra, suas botas rasgadas. Outros pareciam magros e abatidos. Uma mulher estava com o pulso amarrado com corda, o osso apertado contra uma tábua chata de madeira.

— Finalmente acabou — disse a mulher mais velha ao meu lado. Sua blusa branca e calça preta indicavam que ela havia trabalhado em uma das lojas no shopping do Palácio. — É o fim. — Ela sorriu, quase gargalhando quando os soldados com as armas em riste, se aproximaram do armazém.

Dois ergueram os olhos para nós, mirando no beiral mais alto.

— Um de vocês vai nos deixar entrar — berrou o homem. — Os outros mantenham as mãos levantadas. Fiquem ao longo da beirada do telhado, de modo que permaneçam visíveis.

Um homem magro de óculos se ofereceu como voluntário, desaparecendo atrás de nós, nas profundezas do armazém. Retornou minutos depois, trazendo dois soldados consigo. A mulher tinha traços duros, angulosos. Sua bochecha estava borrada de sangue seco. Ela mantinha a arma apontada para nós e falava.

— Vamos perguntar só uma vez — disse. — Alguém aqui é associado ao regime?

Ficamos em uma fila, nossas mãos para o alto, e eu tentava desacelerar a respiração para impedir meus dedos de tremerem. Alguns segundos se passaram. A mulher ao meu lado estava observando, esperando para ver se eu ia falar. Fechei os olhos. Eu era a filha do Rei, o fato inescapável.

Ninguém falou. O vento chicoteava por cima do telhado, trazendo lágrimas aos meus olhos. Contei os segundos, grata por cada um que passou. O outro soldado, que era mais baixo, as calças rasgadas nos joelhos, caminhou na nossa frente. Inspecionou nossos rostos, nossas roupas, pausando por um momento perto da mulher com o uniforme do Palácio.

— Você trabalhava...

— Esperem — falou alguém no fim da fila. Um homem com um casaco cinza esfarrapado estava olhando para mim. Seu dedo tremia ao apontar em minha direção. — Ela é a filha do Rei. Eles ordenaram sua execução na Cidade hoje.

— Pela tentativa de assassinato de seu pai — acrescentou a mulher ao meu lado. Ela se virou, encarando os soldados. — Não podem puni-la. Ela atuou com os rebeldes, não contra eles.

Os soldados não falaram. O mais baixo e atarracado de cabelo grisalho me tirou da fila. Ele puxou uma corda de seu cinto e começou a amarrar minhas mãos, ao passo que a soldada apontava a arma para meu peito. Seus rostos estavam calmos, nada revelando.

— Mais alguém? — perguntou a soldada. Ela falou devagar e percebi que seu lábio estava cortado, a carne inchada no canto da boca. — Mais alguém é do Palácio?

— Ela não deveria ser punida — repetiu a mulher. Ela abaixou as mãos, saindo da fila. — Por favor, deixem-na em paz. Ela está grávida.

O homem com cabelo grisalho me puxou para a frente, minhas mãos já amarradas.

— Isso não é decisão sua. — Ele me guiou para a saída do telhado, a soldada nos seguindo. O restante dos cidadãos só ficou ali, observando, todos com as mãos ainda levantadas enquanto os soldados me arrastavam escada abaixo.

Assim que ficamos sozinhos, as palavras se derramaram dos meus lábios. Tentei não soar desesperada à medida que me puxavam, os degraus de metal passando rapidamente debaixo dos meus pés.

— Eu estava trabalhando com Moss. — Eu mal conseguia distinguir seus rostos na escuridão. — Ele tinha um cargo dentro do Palácio e eu estava trabalhando com ele em um plano de assassinato contra o Rei.

O soldado atarracado torceu a corda em volta da mão de novo, sem olhar para mim enquanto eu falava. Atravessamos o armazém de cimento, seu interior frio, úmido e sombrio, cheio de mobília semiconstruída — cômodas, mesas e cadeiras. O rifle estava pressionado contra minhas costas quando botamos os pés na rua.

— Nunca ouvi falar de um Moss — disse a soldada.

— Reginald — falei. — Ele usava Reginald dentro da Cidade. Trabalhava como Diretor de Imprensa do meu pai.

Uma fogueira queimava mais além, lançando um brilho estranho nos prédios. O soldado atarracado me puxou, a corda queimando meus pulsos.

— Você admite que ele é seu pai — disse ele.

A mulher balançou a cabeça. Seu cabelo era enrolado em dreadlocks finos, as pontas incrustadas de terra.

— Eu fazia parte da Trilha — acrescentei. — Perguntem às mulheres em Califia. Entrem em contato com Maeve. Ela sabe.

Nós simplesmente continuamos andando, os rostos deles insensíveis conforme passávamos por fileiras de cidadãos. Alguns estavam aglomerados do lado de fora de complexos de apartamentos, sendo interrogados pelos rebeldes. Havia uma fila inteira de soldados da Nova América no estacionamento de um supermercado abandonado, suas mãos amarradas atrás das costas, as armas em uma pilha. Tentei afastar o medo silencioso e persistente que havia me tomado. Como poderia terminar ali, daquele jeito?

— Eu o matei. Não foi uma tentativa. Vocês vão saber logo, logo. Ele está morto.

Eles não responderam. Estávamos subindo a rua principal. Um bando de rebeldes estava perto dos apartamentos Mirage, a fachada de vidro no escuro. Escutavam uma mulher gritando ordens. Ela os apontou em direções diferentes, gesticulando.

— Precisamos de mais na extremidade sul da Cidade — disse ela. Estava de costas para mim, seu cabelo preto emaranhado na base do pescoço.

Eu a reconheci antes de ela virar, revelando o mesmo perfil que eu vira centenas de vezes. Sorri, apesar da corda amarrando minhas mãos, apesar do som de tiros ao norte, perto do muro.

— Você está viva — gritei. — É você a líder rebelde?

Arden se virou. O cabelo preto havia crescido, emoldurando seu rosto em um Chanel curto. Em suas roupas sujas de lama, a faixa vermelha amarrada apertada em volta do bíceps, ela se parecia com qualquer outro soldado. E tinha rifle cruzando suas costas. Ela ergueu uma das mãos e os soldados em volta dela caíram em um silêncio vagaroso, pausando, esperando que ela se dirigisse a eles novamente. Aí ela veio até mim, me envolvendo em um abraço.

O peso de tudo aquilo sumiu, meu corpo entregando-se ao dela. Enterrei o rosto em seu pescoço, me permitindo chorar pela primeira vez em dias, a onda tão intensa que senti como se alguém estivesse me sufocando. Nós ficamos assim, presas em um abraço apertado, como se fôssemos as duas últimas pessoas na Terra.

TRINTA E DOIS

— ELES VIRAM OS PRIMEIROS SINAIS DOS CAMINHÕES — DISSE Arden. — Não vai levar mais de uma hora até as meninas das Escolas chegarem à Cidade. — Ela tirou os sapatos, enroscando seus pés debaixo de si quando sentou na beirada da minha cama

Estava usando um suéter preto de tricô e saia vinho, o cabelo estava penteado para longe do rosto. Depois de tantos meses juntas em território selvagem, de vê-la em roupas duras incrustadas de terra, ela parecia estranha para mim. Parecia tão à vontade na Cidade, confiante até na maneira como se sentava: pernas dobradas para um lado, seus dedos massageando um músculo no pescoço.

— Eu vou com você para recebê-las — falei. — Os funcionários nos centros de adoção foram postos de plantão para ajudar. Eles trouxeram os suprimentos para os andares mais baixos dos apartamentos Mandalay. Tomara que em algumas semanas, quando as coisas se estabilizarem, as meninas possam começar a se aventurar pela Cidade.

— Tomara — repetiu Arden. Ela me encarou por um instante antes de desviar o olhar.

Não precisava explicar o que queria dizer. Fazia três semanas desde que as colônias tinham assumido e a Cidade ainda estava em transição. Eu me perguntava quanto tempo duraria, com todas aquelas revoltas súbitas na rua principal. Uma facção dos soldados da Nova América se ressentia com os rebeldes por tomarem o controle do exército e afrouxar a segurança no muro. O Tenente havia fugido nas horas seguintes à invasão, abandonando os homens. Quando imaginava a vida na Cidade, sem o meu pai, com os rebeldes fazendo a segurança do Palácio, eu não tinha percebido que eu ainda estaria em perigo. Mesmo agora, apesar de Arden e eu estarmos escondidas na torre do Cosmopolitan a vários quarteirões de distância, os soldados me escoltavam aonde quer que eu fosse. E ficavam posicionados diante de nossas portas à noite, prevendo uma tentativa de assassinato.

— As eleições têm que ser feitas rapidamente — falei. — Depois que o governo fizer a transição formalmente, depois que houver um líder...

— Presidente — especificou Arden, quase sorrindo ao falar. — O primeiro presidente em quase 17 anos.

— Talvez você — falei. Arden se levantou, mal dando sinais de ter ouvido o comentário. Vários líderes do leste haviam decidido que era melhor acumular os recursos das cidades agora, estabelecendo três assentamentos separados sob um comando unificado. Diziam que um casal que havia liderado a colônia mais ao norte disputaria a eleição, mas havia rumores de que Arden também seria levada em consideração. Ela era uma das três rebeldes do oeste que haviam inspirado as colônias a se apresentarem no rastro do cerco fracassado. Quando pensava em Arden deixando os meninos e em vez disso indo a cavalo para o leste, eu tinha certeza de que ela merecia uma posição permanente no Palácio (apesar deste termo, "Palácio", estar sendo cada vez menos utilizado).

— Vai haver um lugar para você também — disse Arden. — E para Charles. Ele tem sido inestimável para acessar os arquivos do seu pai dentro da Cidade. Os rebeldes disseram que nenhum dos outros quis ajudar com a transição.

Nos dias após os rebeldes estabelecerem controle, eu fora interrogada, dando um longo relato dos acontecimentos que levaram à morte do meu pai, incluindo os dias que havia passado em território selvagem. Também fiz um relato detalhado da morte de Moss, apesar de o corpo ainda não ter sido recuperado. Eles suspeitavam que ele tivesse sido enterrado em uma das covas coletivas perto da extremidade sul do muro. Um número exato nunca fora confirmado, mas acreditavam que milhares haviam morrido no cerco inicial e na violência que se sucedeu.

Conforme Arden caminhava para a porta, eu me levantei, o movimento súbito me enraizando no lugar. Pus a mão na barriga, que estava tão inchada agora que eu não conseguia mais escondê-la debaixo da blusa.

— O que foi? — perguntou Arden, dando alguns passos em minha direção, diminuindo rapidamente a distância entre nós.

Pressionei a palma da mão no ponto em que eu havia sentido, esperando que o movimento rápido e súbito acontecesse de novo. Eu já havia percebido uma sensação estranha, trêmula, antes, mas tinha passado rápido.

— Acho que eu a estou sentindo. — Era uma tensão sutil, quase como um espasmo muscular, tão rápida que fiquei pensando se havia imaginado.

Arden ficou de pé ao meu lado, congelada, as mãos esticadas, mas sem tocar as minhas. Ela parecia insegura enquanto me analisava. Mantive meus dedos logo abaixo do umbigo e a tensão veio novamente. Comecei a rir, a estranheza daquilo me sobressaltando.

— Eva — falou Arden, desta vez dobrando minha mão na dela. Eu podia ver no rosto dela, sentir a maneira como seus dedos apertavam os meus. Desde que eu lhe contara o que acontecera com Pip, ela ficara mais preocupada, me observando atentamente nas semanas que se seguiram. — Você está bem?

Olhei em volta do quarto, enxergando-o como se fosse a primeira vez. A cama que era só minha, a camiseta de Caleb guardadinha embaixo do travesseiro. A porta que não tinha teclado ao lado, nenhum código ou trinco para me manter do lado de dentro. Até mesmo a Cidade parecia diferente agora, o céu de um azul límpido, imaculado através da janela de vidro.

— Estou bem — respondi, deixando minha mão escorregar da barriga, sentindo como se fosse genuinamente verdadeiro. — Nós duas estamos.

—◆—

MAIS GAROTAS SAÍAM DOS CAMINHÕES, UMA LONGA FILA DELAS, agarrando mochilas contra o peito, algumas de mãos dadas. Era a segunda leva de refugiadas das Escolas, vindo quase doze horas depois da primeira.

— Fila única — gritou uma das voluntárias. Ela estava na entrada dos apartamentos Mandalay, direcionando as meninas para dentro. Eu perambulava pelo saguão vazio, meio em transe. Era quase uma da manhã e eu não havia dormido desde a noite anterior.

— Qual é esta? — perguntou uma voluntária, vindo em minha direção. Eu a reconheci como uma das funcionárias dos centros de adoção. Seu vestido azul curto a entregava.

— Uma Escola do norte da Califórnia — falei. — Trinta e três. — Ela ficou me olhando, esperando que eu continuasse, mas meus pensamentos já haviam voltado para Clara e Beatrice. Eu aguardava por elas, meio que esperando que estivessem naquele grupo. Califia mandara uma mensagem dizendo que várias mulheres iam voltar para a Cidade quando chegassem a uma das Escolas libertas. Caminhões haviam sido enviados para buscá-las, e também Benny e Silas. Elas deviam estar a algumas horas de distância, não mais do que isso.

Virei-me para ir embora, mas a mulher ainda estava parada ali, me estudando.

— Desculpe — falei. — Estou um pouco distraída.

— Você não disse que estava procurando meninos da área do lago Tahoe? — perguntou ela, seu rosto se suavizando. — Ouvi dizer que acabaram de trazer novos sobreviventes. Foram todos acomodados no MGM.

Examinei o saguão, tentando me orientar em meio ao caos. Presumira-se que os garotos da caverna não haviam sobrevivido ao cerco inicial. Nenhum dos médicos relatara sobreviventes naquela região e Arden chegara a verificar entre os feridos. Ainda assim, andei na direção da saída, querendo pelo menos saber por mim mesma.

Dois soldados seguiram atrás de mim, sussurrando algo que não consegui escutar. Saí para a noite. Sem a fumaça, as estrelas estavam mais brilhantes do que tinham estado em semanas. Eu ficava pensando neles — Kevin, Aaron, Michael e Leif —, e imaginava como estariam toda vez que os caminhões passavam, removendo os corpos remanescentes da rua. Há quanto tempo eles estavam dentro da Cidade? Por quanto tempo haviam lutado? Arden os havia deixado há mais de um mês, oitenta quilômetros ao norte, quando eles então continuaram a seguir na direção dos portões da Cidade.

Os soldados me alcançaram, me bloqueando dos dois lados, as mãos nas armas. Quando entrei nos aposentos da frente do MGM, o ar estava pesado por causa do cheiro de sangue; o local tinha sido transformado em um hospital improvisado. Agora o saguão estava coberto de catres e colchões — qualquer coisa que pudessem encontrar para deitarem os feridos. Caminhei entre as fileiras, examinando cada catre, procurando por rostos conhecidos.

A bochecha de um homem estava enfaixada e ensanguentada, parte da orelha separada da cabeça. O braço de outro fora arrebentado, muito provavelmente por uma granada que detonara em sua mão. Para todo lugar que eu olhava havia pessoas sofrendo, algumas muito jovens não mais que 14 anos. Desci mais um pouco, tão depressa e metodicamente quanto possível, mas nenhum dos meninos estava lá.

— A senhorita está bem? — perguntou um dos guardas. — Parece perdida.

— Estou procurando sobreviventes do norte. Membros de um grupo rebelde do lago Tahoe.

O guarda examinou os catres.

— Só ouvi falar de um — disse ele.

Do outro lado do saguão, um médico pairava acima de um homem com curativos grossos e brancos em seu olho direito. O guarda apontou para ele, como se fosse a pessoa a quem perguntar. O médico tinha por volta de cinquenta anos, seu cabelo uma mistura de grisalho e branco. Ele usava uma camisa branca lisa e calça preta.

Quando me aproximei, ele tirou alguns papéis de debaixo do catre, rabiscando algo nas margens.

— Disseram que você poderia me ajudar... Estou procurando sobreviventes do grupo rebelde perto do lago Tahoe.

O médico assentiu, serpenteando pelo meio das camas, sem se dar ao trabalho de me dizer para segui-lo.

— Estou com este rapaz sob meus cuidados há algum tempo. A administração do Rei me mandou não medicá-lo. Deixá-lo morrer. Mas ele sobreviveu e eu cuidei dele nos últimos meses. Ele não recuperou o movimento das pernas, mas está em um dos quartos.

— Qual é o nome dele? — indaguei, esperançosa de que, se pudéssemos identificar Aaron ou Kevin, também seríamos capazes de encontrar os outros.

— Caleb Young.

— Onde? — perguntei, disparando para o corredor, sem esperar que ele viesse atrás.

— O quarto ao final do corredor. Ele está com outros três. — Ele olhou de soslaio para um dos guardas. — Quem é ela? — indagou.

Não olhei para trás. Segui adiante, para a frente, uma das mãos no monte macio da barriga enquanto gritava para ambos.

— Sou a esposa dele.

Agradecimentos

ESTA SÉRIE NÃO SERIA POSSÍVEL SEM O APOIO DE VÁRIAS PESSOAS. Um grande abraço e obrigada a: Josh Bank, por uma virada que mudou tudo; Sara Shandler, fada-madrinha de editoração, que realmente é capaz de transformar sonhos em realidade; Joelle Hobeika — editora, confidente, companheira de almoço, amiga de caminhadas —, por seus comentários precisos, por me ajudar a atravessar períodos difíceis e por conhecer esta série de cor e salteado; Farrin Jacobs, por sua fé e apoio contínuos; e Sarah Landis, por todos os seus *insights* inestimáveis. Agradecimentos infinitos por defender Eva na equipe.

Para toda a Equipe Eva, que promoveu estes livros com amor e carinho: minhas assessoras de imprensa na Harper Collins, Marisa Russell e Hallie Patterson, por me ajudarem a fazer da turnê Spring into the Future um enorme sucesso; Deb Shapiro, por vender a ideia e mais; e Christina Colangelo, por todos os meus dias sombrios. Um grande agradecimento a Kristin Marang, por aquelas semanas loucas fazendo maratona de blog. E para Heather Schroder, da ICM, por ficar acordada até tarde para finalizar *Uma vez*. Seu entusiasmo significou muito.

Para muitos amigos, em muitas cidades, por amor e apoio sem fronteiras. Um agradecimento especial àqueles amigos e parentes que leram cada página: Eve Carey, Christine Imbrogno, Helen Carey, Susan Smoter, Cindy Meyers, Ali Mountford, Anna Gilbert, Lauren Weisman e Lauren Morphew. Muito amor para meu irmão, Kevin, consultor, médico oficial e assessor de imprensa não oficial. Eu teria dificuldades para encontrar outro homem de 31 anos e tão entusiasmado por esta série. Para Tom meu pai, gentil e democrático, por me iludir apenas em relação ao melhor de todas as coisas. Obrigada por não levar este livro para o lado pessoal. E para minha mãe, Elaine, por acreditar no que não pode ser visto. Sua fé me impulsionou. Eu te amo, eu te amo, eu te amo.

Este livro foi composto na tipologia Adobe Garamond Pro,
em corpo 11/15,3, e impresso em papel off-white,
no Sistema Cameron da Divisão Gráfica
da Distribuidora Record.